U0113757

民国趣读

——老城记——

老厦门

中国文史出版社

本书编辑组

主　　编：韩淑芳

本书执行主编：张春霞

本书编辑：牛梦岳　高　贝　李军政　孙　裕

目录

第三辑　文教生活·中西合璧的独特文化

第六辑　地道闽南菜·让人念念不忘的清爽鲜嫩

第九辑　岁月留痕·老厦门的逸闻轶事

第十辑　鼓浪闻音·文人笔下的海天情缘

第一辑

探秘海上花园的遗风古韵

闾巷屐痕·

❖ 瑞今法师：闽南名刹南普陀寺

厦门南普陀寺是闽南名刹，在民初因创办闽南佛学院，造就了不少杰出僧才而闻名遐迩。

▷ 南普陀寺

南普陀寺于清末年间由喜参和尚重兴，曾传三坛大戒，戒会殊胜。之后，由转尘、瑞等诸师接任。改建大殿，创立梅檀林，聘请转初法师，讲学授徒，以初机佛学兼《中庸》《大学》等课程教授青年。当时，转逢、会泉、性愿诸师正在大江南北之天童、金山、天宁、高旻等大丛林参学，接受传统禅唱培训。其时，厦门佛教虽有寺庙僧人，但于唱诵威仪、教礼戒行却诸多疏漏。转尘、瑞等诸师有见及此，于是相仪礼，请转逢和尚返厦，出任南普陀寺方丈，借以整顿寺规，立法行事，早晚课诵，禅唱兼修。一时道风严整，颇有丛林之风范。

南普陀寺原为小雪峰喝云派下所属寺庙，寺权由剃度子孙承接。佛、喜、转、瑞、广、传、道、法，等等，为小雪峰派系字辈，颇出人才。近代闽南泉、漳、厦地区及海外星、马、菲、台各地之弘法垦荒者，不少是出自雪峰派下。转逢和尚任方丈数年，将告退，倡议将南普陀寺的传承由子孙制改为十方选贤制，于1924甲子年，推选会泉法师为首任住持。会泉法师善说法要，口才无碍，任内极力提倡讲经说法，重视信解并行，对正信佛教的推行有一定的贡献。

《南普陀寺与闽南佛学》

❖ 邱承忠：造型别致的八卦楼

八卦楼位于鼓浪屿笔架山麓，与厦门市区隔海相望，与岛上著名的日光岩并峙争高。其独特的建筑风格和突出的位置使这座典雅的建筑显得十分雄伟壮观，尤其是大楼塔顶那10米直径的红色圆顶挺立苍穹，与四周山水和谐地构成了"海上花园"引人注目的秀丽景观。

八卦楼正立面宽54米，进深33米，高28米，为三层别墅式仿欧亚古典建筑，外加一层塔楼和一层地下室。占地面积1700多平方米，总建筑面积5436平方米。八卦楼的名称与周易八卦实无关系。因为它的红色圆顶有八道棱角，顶层塔楼八面开窗，又坐落在八边形的台基上，所以民间称之为八角楼，后来衍称为"八卦楼"。八卦楼许多人誉之与美国白宫的建筑相似，号称"小白宫"，有些人则认为它是折中耶路撒冷阿克萨清真寺、希腊雅典神庙和罗马教堂以及中国古典装饰等多种建筑艺术风格的仿古建筑典型。造型典雅大方，别具一格，具有中西结合的建筑艺术的风韵。

▷ 八卦楼

▷ 日光岩

八卦楼的红色圆顶，造型别致，加上玫瑰红的颜色，显得格外的醒目、壮观。楼层四周的大圆柱有的高达10米、直径90厘米，具有古希腊陶立克柱式和爱奥尼亚柱式的风格。正面半圆廊两侧的圆柱头雕饰着号角形和旋涡纹饰，而柱间的石栏杆的装饰有着闽南传统建筑风格的青斗石花瓶雕件，体现了中西古典建筑装饰美的格调。楼正中的通道呈十字形，中央是一个有10米直径的圆形大厅，大厅的四侧墙体为拱形，与十字通道贯通。圆形大厅之上为室内天井，其高直达第四层塔楼穿顶。巨大的圆形天井起到采光和通风的作用，使整座大楼内的空间更为宽阔，线条柔和流畅。宽大的廊道、门窗，及相对称的宽敞房间，还有那四周高大的廊柱，给人一种轻松、舒适之感，也显现出大楼的别致和气派。如登上楼顶，放眼望去，鹭江两岸远近景色尽收眼底。如今八卦楼已成为鼓浪屿一个主要的旅游景点。

八卦楼的四周还有园地一万多平方米。园内种植各种果树花木，有古榕、古樟、木棉、玉兰、千里香以及芒果、龙眼、荔枝、人心果、菠萝蜜等，红花绿叶点缀其间，花果四季飘香，环境特别幽雅，每年吸引着不少海内外宾客前来游览参观。

八卦楼始建于1907年，创建人林鹤寿乃台湾富商，是菽庄花园主人林尔嘉的堂弟。中日"甲午战争"后，林氏兄弟举家移居鼓浪屿。林鹤寿立下宏愿，斥资在鼓浪屿建造一座独具风格，新颖别致的别墅。然而，庞大的工程开支日见不敷，林鹤寿半途出于无奈，不得已将楼房作抵押，向日资"台湾银行"贷款。由于工程浩大，资金匮乏，大楼建造历时十三载仍未能最后竣工，连屋顶也未能建成。而林鹤寿已倾家荡产，人则走避台湾，自此终未回鼓浪屿。嗣后，日本人将此楼草草休整，遂就此开办"旭瀛书院"，抗战期间曾作为难民所。抗战胜利后，国民政府接收后也无力维修，任其荒废。

《八卦楼》

❖ 刘聚星：胡里山炮台沧桑

昔日的军事禁区——胡里山炮台，今日成了旅游风景区。清光绪十七年（1891），闽浙总督卞宝第奏请在胡里山设炮台，因他卒于任，由继任闽浙总督谭仲麟续办，奏准清廷援照福州长门电光山炮台置炮成案，亦向德国克虏伯炮厂定购二十八生后膛钢炮二尊，建台及装炮于光绪二十二年（1896）完成。

克虏伯二十八生钢炮，随配炮座零件、钢铁弹、螺丝拉火、棕色药饼、起重设备等，计付款1264650马克，折合库平纹银280800两，每尊炮重42000公斤，炮身长度12米，有效射程16400米。

胡里山炮台是清末厦门要塞主炮台，原有屿仔尾、龙角尾、曾厝域、武口、鸟空园、白石头、胡里山、磐石等八座炮台。龙角尾、武口、鸟空园三处炮台，皆系砖石砌成，所装又系英国老炮，不能及远破坚，所以皆废置不用，仅存屿仔尾、白石头、胡里山、磐石四座炮台。胡里山主台，除了两尊二十八生巨炮，左右各配有十五生副炮一尊，另有小口径两轮车炮十二门，作近距离及陆上防御用。

1923年4月，孙中山先生派广州大元帅参谋长李烈钧乘永丰军舰（后改名中山舰）来厦门，会晤驻军司令臧致平，商讨闽粤军务，并视察胡里山炮台，检阅炮兵作战演习。李对胡里山装备之强及炮兵训练之精熟极为赞许，誉为全国第一。

胡里山炮台的大炮，据我所知，在20年代曾发射三次，其威力之大，足使人丧胆。第一次是1923年，当时北洋政府总统黎元洪任命臧致平为漳厦护军使。臧宣布对孙传芳（北洋政府任命的福建督理）独立，并和浙江卢永祥联络，企图驱逐孙传芳离闽。北洋政府海军总司令杜锡圭命令练习舰队司令杨树庄率海容、应瑞两艘巡洋舰和陆战队前来攻打厦门。7月30日上午，胡里山炮台发炮迎击，震动全市，一炮几乎击中海容号舰尾，两舰慑于炮台火力，快速开往鼓浪屿后停泊，借公共租界为屏障。两天后（8月1日）乘微雾之夜，悄悄离开厦门海域。

第二次是1924年4月，臧致平撤兵离厦，与杨化昭合兵，欲取道漳、龙、汀入赣，胡里山炮台发炮轰击对岸王献臣军队，掩护臧致平部队乘帆船顺利渡海。

第三次是1928年5月，奉系军阀的渤海舰队司令温树德率海圻、海琛、肇和三巡洋舰南下，想攻取厦门，以扩张奉系南方势力，因慑于胡里山大炮的威力，不敢贸然进港，停泊在金门海面。5月12日深夜，海圻、肇和两舰突然驶近港口，胡里山炮台立即发炮阻击，磐石和白石头炮台亦随之发炮，双方炮战约一小时，两舰不敢前进。第二天，这支舰队就掉头北上了。

胡里山炮台现仅存一尊二十八生巨炮，是极为珍贵的历史文物，为新辟的旅游风景区增添了极难得的景色，据悉，它是世界上仅存的最大的后膛炮。

《胡里山炮台沧桑》

◆ **卢志明**：海渡传奇天一楼

天一楼又名"庆让堂"，落成于1921年，外貌巍峨挺拔，气势不凡，精雕的花岗岩基座，红砖的墙体，堆塑的西洋花式窗楣，加之以半圆形探出式的门庭及阳台，整幢天一楼仍展现出了一种精致的布局、结构、色彩和雕琢之美。

天一楼外形虽是西式洋楼，但其建筑构思却含蕴了深邃的中国哲理。天一楼有门楼、中庭、后楼三进及一列边楼，实有房间60间，合一甲子之数，若将阳台、角亭、边台全部计算，则有72间之数，楼体及内部装饰，博采西洋花式及中国吉祥图案，突出体现天人合一的中国哲学思想，尤其独具匠心的是，楼下大厅的水泥天花板，竟是用中国的九宫图像浇铸而成，真是一处西式外体蕴含东方哲理美轮美奂的经典之作。

厦门自1843年辟为五口通商口岸之后，同安石浔的吴姓族人纷纷来厦门的码头打工。这年，同安石浔村因荒年，庄稼无收，年方十三四岁的吴文渥、吴文褪兄弟，跟着族人来到厦门的码头谋生，几年之后，兄弟俩购置了一条小舢板，专为来往于厦门、鼓浪屿的客人摆渡。某天有位洋人雇了这对小兄弟的船，从厦门到鼓浪屿，洋人匆匆上岸之后忘记将一包行李带走，行李内有财物和许多证件。憨直的兄弟俩，不再渡客，把船泊在岸边专等失主来寻，直待到傍晚时分，仍未见到失主前来，这时小兄弟突然发现，相邻码头上的人群里有个人像是洋人渡客，在那儿转悠，小兄弟把船拴住，上岸寻那洋人。原来那洋人匆忙上岸回到住处后发现失了行李，返回码头寻找，但由于路径不熟，竟找到相邻的码头去了。那洋人重要财物失而复得自然高兴，但他更有感于这两位中国青年的诚实，原来这位洋人是英国亚细亚煤油公司中国商务代表，他正在筹设厦门分公司。洋人建议兄弟俩学习经商，答应让他俩进公司工作。

过了不久，厦门亚细亚（地址在今鹭江道邮电大楼隔壁）开业，经营批发汽油、蜡烛、火柴等民生用品，兄弟俩成了厦门亚细亚的职员，后来一直升至经理，这些商品在当时的厦门不仅畅销，而且利润可观，后来洋人又将渣华轮船公司交由兄弟俩代理，几年之后兄弟俩就发了家，因此决定在思明西路建造住宅。据说兄弟俩经营的物品都隐有"火"，因此取"天一生水"，水能制火、水能生财之意，将楼名定为"天一楼"。此中还有一段佳话：吴文渥、吴文褪兄弟双双创业，由赤贫而成巨富，天一楼落成之后，谁当屋主又互相谦让，后来兄弟又住一起，大哥居右，小弟居左，兄友弟恭，互为礼让，这就是"庆让堂"的来历。

《海渡传奇天一楼》

❖ 范寿春：鼓浪洞天，别有风情

"鼓浪洞天"为厦门八大景之一。据古书载："大天之内有洞天三十六所，乃神仙所居。"世人称洞天福地。鼓浪屿人真有福气。

1935至1941年，笔者在"五个牌"美华学校念书，经常在海滨游泳，在礁石旁嬉戏。小学生们最感兴趣的是在被称为"鼓浪"的石洞追逐捉迷藏。

"鼓浪"洞就在鼓浪屿的西南海边，即在"鼓浪别墅"门前岸边。这是一座千百年来被海浪冲击穿透的风化石岩洞。每当大潮日子，风大浪高，阵阵浪涛拍击岩洞而发出轰隆巨响。"鼓浪"由此得名。这座礁石延伸20来米。洞高3米左右，洞宽1米有余。岩洞顶上有株1米多高、碗口粗的相思树，人们称为"古董树"。它顽强地扎根在风化岩缝里，增添了"鼓浪洞"的生命力。

鼓浪屿的洞，最有代表性的是"古避暑洞"的天然巨洞。本地人俗称它为"双孔弄"，酷暑炎夏，游人额挂豆大汗珠，走入这座几块巨大岩石相叠而成的穹隆宽敞岩洞，海风劲吹，汗倦俱消。岩上"古避暑洞"四个大字是施士洁所题。施是光绪年间进士，被称为清末台湾四大诗人之一。

《鼓浪屿的洞》

❖ 洪卜仁：香火旺盛的白鹿洞寺

厦门白鹿洞起源于唐朝，建有大观楼。宋代于大观楼奉祀理学家朱熹。岩洞开拓于明代，仿照朱熹在江西庐山重建白鹿洞的故事而取名"白鹿洞"。寺的后山岩壁上仍可见"鹿洞书声""亦庐"的题刻，即源于此。

▷ 白鹿洞

▷ 白鹿洞寺

白鹿洞寺创建于清康熙四十四年（1705），开山祖师为苇江老和尚。威略将军吴英为福建水师提督，曾住在此。他为奖励文教，建造了文昌殿。复构萃文亭，增置学舍，为教学之所。乾隆十六年（1751），代理水师提督倪鸿范倡学，乃逐僧徒、迁佛像、拆殿宇，建玉屏书院。道光四年（1824），僧永瑞和尚募集资金，重建大观楼，施主自为《重修白鹿洞序》。

清末民初，佛教兴盛，僧人又开始重修、扩建寺宇。重建完后，由觉斌和尚主持寺院，中兴佛法。由于南普陀寺僧众和信众邀请，觉斌和尚担任南普陀寺都监，由妙廉继任白鹿洞寺住持。

白鹿洞寺是禅宗曹洞延脉，源于泉州三大丛林之一的崇福寺。白鹿洞寺僧人跟武术、医学渊源很深。妙月老和尚是闽南的著名高僧，他以其精湛的医术，结合少林铁砂掌指力，行医济世，蜚声海内外，太虚大师题联赞曰"双拳铁罗汉，十亩老农禅"。

《厦门古刹名僧》

❖ 郑高菽、郑轰轰：灌口名刹凤山祖庙

凤山祖庙位于灌口老街北侧的凤山上，为前后二进挑山琉璃瓦顶结构。因建于凤山斜坡，殿前堆高找平，形成高约一米的长方形基座，后殿亦同此。入殿便须沿两旁踏阶拾级而升，中间形成类似陛的形制。前后殿通面宽21米，总进深27米，总建筑面积共约567平方米，中间隔以宽敞的井式天庭。左右庑廊长约2丈余，宽7尺。庙前广场榕伞高张，临风舒展，两侧矗立着美轮美奂的日月亭，古朴而庄重，雍容华贵而不失典雅。

由集灌路而来，步过分路口的牌坊（山门），左拐上坡便进入庙门。门前廊下是两道八级的石砌台阶，左右的石人石马雕塑精湛，气势雄浑，是仿明清时的作品。庙门与前殿为一体，面阔五间进深三间（长约5丈宽约2丈），面积100余平方米，为石木结构大硬山式。辟有中门与两边门，前檐

为花岗岩石柱托起，中二柱为雕龙柱，边二为勒线圆柱，均为八角墩形辉绿岩柱础。门楣门额也均采用泉州白石材，用料考究。中门旁的青石狮及边门旁的青石门鼓上，皆镌有浮雕纹饰，造型洗练精美。屋顶中脊、规带及檐角悬鱼处，以剪粘法塑造出故事人物、翎毛花草，与飞檐翘角上的腾龙翔凤映衬着碧绿的琉璃瓦，更显杂彩纷呈，美不胜收。

值得一提的，是前殿正面墙上镶嵌着大小不一的浮雕，皆工艺精致，镂雕细腻，计20幅。其中尤以中门边的青石花窗别具特色，显系明末清初的工艺，自有一种古朴的风格。此花窗并列于中门左右，上下各二堵，为方形石刻浮雕，借由透雕螭纹联结。窗中图案描绘了李冰父子应蜀中耆老恳请斩蛟建堰，造福蜀郡人民的故事，正面突出了所奉神祇的丰功伟绩。从而点明了灌口凤山祖庙与四川灌江口"二王庙"的渊源，恰如画龙点睛。他如"蟾宫折桂，独占鳌头"，"王母乘鸾，麻姑献寿"以及骏马奔鹿、花卉翎毛、腾龙舞凤等吉祥雕塑图案，均场景真切，人物如生，为古代闽南石雕的精品，折射出明清时期的雕塑艺术水平。

前后殿之间的方形石埕天井，主要起采光和泄水的作用，简洁明快，中间及两边的廊庑有台阶直上后殿即大殿。后殿为光绪己亥年由印尼华侨黄志信捐银元7000元重修，民国十八年缅甸仰光华侨公会又捐资续修。这里还有一段尘封的故事。

据传厦门小刀会起义失败后，身为财粮官的黄志信与数十位战士夺得一艘大海船突围，在茫茫的南海上漂泊。多日的风颠浪簸，失败的苦闷与前途的渺茫使他们心灰意懒，求生的意志全消。忽一日黄志信取出船上供奉大使公神坛上的一根信香，征询众人道：我点燃这炷香插到炸药堆上，若天欲灭我们，大家同归于尽！若大使公保佑，我们寻个岛屿上岸谋生如何？众人哄然允诺。黄志信便点燃信香，香火在海风中迅疾延燃。眼看燃近炸药，大家未免心惊胆战，下意识地祈祷着真君庇佑。也许他们真的感动了神明，突然乌云聚顶、暴雨骤降，顿时淋灭了香火。众人这才松了一口气，又升起了求生的欲望。他们历尽艰辛，终于在印尼上岸，渔猎维生、垦殖拓荒，安家立业。并将大使公的雕像郑重地供奉起来晨昏膜拜，朝夕顶礼。黄志信凭借自己的奋斗，也成了当地的首富。饮水思源，他出巨资重修了凤山祖庙。

由于两次重修的巨资都来自南洋，大殿的建筑形制便处处带有洋气。屋架过梁与连续梁是钢筋混凝土整体浇注，坚固异常；琉璃瓦檐头的瓦当，铸印的是洋狮头图像。殿中的二十四立柱，除了明间的一对云龙透雕石柱显系旧制外，余皆为钢筋水泥圆柱；柱础虽沿用旧制，或墩或鼓，但柱上的楹联则兼用油漆刷书。屋顶的装饰、藻井的花篮飞凤均为仿木结构，纹饰华丽。翘脊悬鱼等均用水泥预制剪粘而成，美观大方且肃穆典丽，俨然就是古建筑的模式。大殿空畅，整体简洁明净，并无一般殿宇的阴森和压抑感，足见规划时已具一定的超前思维。大殿后墙并列五龛，左边奉祀妈祖娘娘与注生娘娘，右边供奉关圣与阎王，中龛主祀三尊大使公，即俗称三太子的大使、二使、三使公的尊神。左殿角附有配祀的白犬塑像小龛，神桌上供有巨型的仿螺壳香炉，都具有特殊的内涵。

《灌口名刹凤山祖庙》

❖ 龚小莞：厦门最早的马路——开元路

位于营平社区的开元路是厦门最早的马路。20世纪20年代，厦门道尹陈培锟、地方士绅林尔嘉等发起成立市政会，开始进行市政道路建设。1920年12月，从提督路头到浮屿兴建厦门第一条马路。该路长700米，车行道9.1米，两侧人行道。1924年8月1日起，人力车通行。1926年铺水泥混凝土路面。这是厦门第一条近代化马路，取名开元路。

正是这样一条不足千米的老街，见证了厦门近百年沧桑巨变，并红极一时。在开元路10米来宽的道路上，旅店，卖米的，卖海产、干货的……应有尽有。那里便于经商，便于人们逛商店，"骑楼"这一从南洋引进的建筑风格也是在开元路首先出现的。同时由于是厦门第一条市政建设马路，开元路两侧的房产引起了很多华侨兴趣，甚至一时间，华侨在开元路购房置业成为当时一种时尚。这也是为什么现在开元路这么多侨房的一个原因。

如今开元路上的骑楼成了老厦门骑楼的典型代表，依旧保持着原来的面貌。但是老马路毕竟上了年纪，就像一位迟暮的老人，车水马龙的喧嚣，街边小贩的吆喝，还有骑楼下那些理发店、修车店、沙茶面店、米酒店等，都让"老人"有些承受不了，显得疲惫不堪了。

《开元路："骑楼"时尚开创者》

❖ 叶时荣：厦门最早的公园——中山公园

1926年，漳厦海军警备司令林国赓委周醒南辟建厦门公园，先后历时四年，耗资银元百余万。为纪念孙中山先生倡导的"天下为公"，命名为"中山公园"。

此园坐落市区东北隅，占地面积13万平方米。东连蓼花溪、妙释寺，西抱魁星河至草埔尾，南临靖山麓接道尹署，北止溪岸。共有园门四座，中西合璧，以南门最壮观瞻。南部山为主景，中部水为主景，北以荷庵河为主景。园西南之魁星山，一名崎山，奇石巍峨，古木参天，曾为道尹署后花园。西北荷庵河、盐草河、魁星河萦绕，东部溪沙溪、蓼花溪分贯。北有古刹妙释寺、荷庵、功德寺、东岳庙，寺邻为动物园。东门孙中山先生纪念碑矗立，高17米。

该园原有长桥2座、短桥10座，造型各异，可通四门。其中"彩虹桥"仿北京颐和园"玉石桥"；"晓春桥"仿杭州西湖"玉带桥"，桥以当年商界名流洪晓春捐建命名。

中山公园曾以天然美色，誉称"华南第一园"，并被鉴评为仅次于颐和园之全国第二园。

《厦门最早的公园》

▷ 中山公园南门

▷ 中山公园醒狮球

❖ **蔡佳伍：**福建第一条铁路——漳厦铁路

在清末收回路权运动和商办铁路的高潮中，福建也诞生了第一条铁路——漳厦铁路。

1905年9月，福建籍的光禄寺卿张亨嘉等奏请清政府商部承办福建全省铁路公司，并推举前内阁学士兼礼部侍郎陈宝琛为总理。获准后，于光绪三十二年（1906）7月7日正式成立商办福建全省铁路有限公司，并同时在北京设立福建铁路议事处，在福州和厦门设立公司办事处。

公司鉴于福州、厦门辟为通商口岸后，客货较多，拟先集股修筑由厦门对岸嵩屿到漳州的漳厦线和由福州至马尾的福马线两段，虽已先集股，但商部不予批准，未能开工。后决定先行招股银600万元，先筑漳厦线。总理陈宝琛聘请陈庆平为漳厦铁路总工程师，王幼谷为副总工程师，自己则亲赴南洋各埠招股，共募得华侨股款170余万元。于光绪三十三年（1907）6月开始动工兴筑。

漳厦线全长45.5公里，兴工后因管理不善，加以股款不继，至宣统二年（1910）5月，以厦门嵩屿为起点，经海澄、同安，仅修至江东桥（长28公里），距离漳州还有17.5公里即告停工。江东桥和嵩屿两个码头亦未建成。该路采用标准轨距，轨重75磅（37公斤／米），沿线筑成大小桥441米，最大桥长60米。建筑费已达220万银元之多。除了在宣统元年（1909）以作为筑路公款、由省征收的粮、米、盐三项附加捐款充作抵押，并向广东交通银行借贷银元40万元外，其余都是华侨股款。

1910年漳厦铁路嵩（屿）江（东桥）段通车，全线设嵩屿、海沧、石美、江东桥四大站（厦门、漳州两站未完工），中间另设下厅、通津亭、后港溪、蔡店、吴宅、五旗及郭坑、浦南各小站。

由于嵩江段线路短，又与九龙江平行，而从厦门至嵩屿须用小轮拖载帆船转运客货，从江东桥至漳州间又须用帆船转载客货，极为不便。铁路营运时每天有两列火车来往于嵩屿与江东桥之间，初期每月收入仅3000元，而支出已达3500元，由于入不敷出，铁路公司难以维持。

1914年4月1日，北京政府交通部应股东要求，接管该路收归国有。又于1919年7月由交通部核准拨款70余万元，建筑江东桥和嵩屿两个码头。1923年7月工程尚未完成，北洋军队和广东军队在闽南发生战斗，漳厦一带均被粤军占领，铁路暂停营运。路局职员将重要物件迁移厦门鼓浪屿，设办事处管理全路，但路局财产已损失无遗。1927年，国民革命军入闽后，铁路营业遂由福建省建设厅派员管理，但收入甚少，维持极感困难。到1930年，漳州至嵩屿间公路通车后，漳厦铁路的嵩江段也就寿终正寝了。

《福建省第一条铁路——漳厦铁路》

❖ 常家祜：厦门最长的马路——厦禾路

厦门最长的马路，当推厦禾路。这条路长6公里，比新市区干道之一的湖滨南路还长1公里多。但其宽度大部分只有12.2至15.2米，而湖滨南路44米宽；其路上设施，也不如湖滨南路。

厦门市区开辟新马路之前，与禾山的交通有水陆两线，水路由新填埭、旧路头一带，乘小帆船顺潮水沿港而上，可至禾山的江头。陆路有白溪岸头出将军祠的一条古驿道。当时交通之不便，可想而知。

1920年，厦门开始修筑新马路后，次年便填筑一条通禾山的道路，以已经开辟的开元路东端浮屿角为起点，下贫笃港海滩，直达斗仔尾、龙船河；1922年，再由龙船河延伸，经文灶、梧村、双涵、莲坂、吕厝、乌林、江头至后埔社，初时称厦禾公路。1928年，转由浮屿角向西修筑至船坞。至此，全线填筑完成，同时把后江埭以西直到船坞的一段，划入市路范围，逐段铺设混凝土，改称厦禾路。中华人民共和国成立后，又把后江埭以东至莲坂的一段纳入此路，衔接福厦公路。

厦禾路与思明北路交接的地方，过去叫"浮屿"或叫"浮屿角"。旧时这地方位于港口海面，中间有一小岛，涨潮时小岛好像浮动在海面上，所以叫它为"浮屿"。有人考证，"浮屿"的位置，大约是厦禾路、外王路和小学路环绕的一块地方。"浮屿"一带，抗日战争前聚集了一些戏院、旅社、酒楼、茶馆，是个热闹的地方，但不久就衰落了。"浮屿"附近的感光化学厂旧厂址，30年代初是"新世界"娱乐场，楼下有宽敞的剧场，还有儿童游戏场和几家饮食店，楼上是剧场和电影放映场。观众下午购票进场，可以随意选择观看歌仔戏、京剧或电影，不受任何限制，直至深夜散场。成为当时厦门一个娱乐的好去处。

厦禾路的后江埭一带，旧社会里因分布了一些小型工厂、作坊，形成厦门的旧工业区，其中有肥皂厂、铁工厂、织布厂、酒厂、皮革厂、橡胶厂，等等。这些工厂目前部分还存在，但其规模、设备已大为发展，非昔日可以比拟。

20年代初厦门开辟新马路时，曾议定筑路方针，对市外交通和市内街道改良，应统筹兼顾，内外并举。所以在开辟了市内第一条马路"开元路"之后，接下来便开始填筑自"开元路"东端的浮屿角至市郊江头的厦禾公路。因缺资金，新马路虽然开辟了，现代交通设施却未能跟上。起初几年，在新马路上载客的，仍是轿、马车和黄包车。

1926年，马来亚华侨黄晴辉回国，见市内至市郊江头虽已开辟马路，但有路无车，交通仍感不便，因而邀集乡人集资万元，试办公共交通事业，购置美国芝罗力和福特汽车2辆，改装为可乘25人的客车，行驶于美仁官至江头村一线，长6公里多。厦门从此开始有了公共汽车。之后，他们扩大股份，组成民办全禾汽车股份有限公司，成为厦门第一家交通运输企业，除延伸原有公路外，扩建两条线路，一条由庵兜经殿前、埔仔至高崎；另一条由后院经后坑、桥头、高林、田头、霞边至五通。1928年后，又续建莲坂至何厝、江头至钟宅、江头至寨上、厦港大桥头至曾厝垵等四条线路。

20年代末，厦门市内主要新马路的开辟告一段落，市政当局招商承办公共交通事业，以应实际需要。地方人士张镇世、洪晓春组建公司投标，取得公共汽车营业专利权。此时，因与闽南各县实行联票联运而扩大了营业的民办全禾汽车公司，提出愿与甫经组建的厦门公共汽车公司合并营业，经过协商，合组了民办厦禾汽车股份有限公司，资本30万元，拥有汽车40多辆，职工150多人，设办事处于美仁宫，行驶六条线路：美仁宫至开元路头，美仁宫至南普陀，开元路头至南普陀，开元路头至中山公园南门，中山路头至南普陀，美仁宫至岛美路头。

　　合并后的民办厦禾汽车股份有限公司，因股东与股东之间争权夺利，意见不一，不久又告分化为原有两公司，各自独立经营。厦门公共汽车公司分出后经营不善，遂让出股权，由全禾汽车公司兼并。全禾汽车公司扩大后起初经营顺利，业务发展，但受不景气影响，不久也告衰落，于1932年底把资本打折扣转让泉漳厦长途汽车公司筹备处，由该处重组厦禾汽车股份有限公司，实行官督商办。新组成的公司，改设于浮屿角厦禾路与思明北路交接处，禾山区线路照常营业，市内各线一度停开，1935年后又恢复。

　　1938年5月，日军侵占厦门，厦禾汽车公司被日军接管，业务停顿。抗战胜利后，该公司虽曾复业，但条件不足，不多久又宣告停业。

《厦门最长的马路》

第二辑

名人故居·
此楼可待成追忆

❖ 龚 洁：马约翰与鼓浪屿的不解之缘

马约翰（1882—1966），1882年10月10日出生于鼓浪屿一个并不富裕的家庭，3岁时母亲去世，父亲也不幸亡故，约翰与哥哥保罗成了父母双亡的孩子，兄弟俩相依为命，在亲友和基督教会的帮助下生活。10岁时，常到鼓浪屿海边讨小海捉鱼虾，还常常爬山、爬树、跑跳、钻山洞，从而练就了结实的身体。

1895年，约翰13岁时才送进福民小学念书。18岁那年，也就是1900年，他与哥哥保罗被教会送到上海基督教青年会办的"明强中学"读书，四年后升入上海圣约翰（书院）大学预科，两年后升入本科，先修四年理科，又修一年医科，1911年毕业，约翰已经29岁了。

当年，圣约翰书院与苏州书院、南洋书院和南京书院联合组织"校际体育联合会"，每年秋季举行田径运动会，冬季举行足球赛，四院轮流举办。马约翰积极参与学院的足球、网球、棒球和田径项目，并很快成为主力。曾连续7年代表圣约翰获得7次冠军，尤其是在田径100码、220码、880码和一英里长跑中，冠军非他莫属。最激动人心的是1905年的"万国运动会"上，许多外国选手参加，观众超过5000人，马约翰参加一英里长跑比赛，前三圈四个日本人领先，而且一字排开占据整条跑道，有意阻挡其他选手超越，到了最后一圈，马约翰加速冲刺，以领先50码的优势夺得冠军，观众疯狂地喊"约翰，中国；中国，约翰"，并抬着他绕场一周，大长了中国人的志气！从此，马约翰成了明星，声名远扬，他也从此与体育结下了不解之缘。

1914年，马约翰应聘到北平清华学校（今清华大学）任化学课和体育课的助教，同时兼体育部的英文秘书。那年11月，他被推为"北平体育协

▷ 20 世纪 30 年代，马约翰在清华大学室内游泳池边

▷ 1934 年清华大学体育教研组教师合影（一排中间为马约翰）

进会"的代表。1919年，马约翰在清华任教已满五年，有专门休假时间，他就到美国马萨诸塞州的"国际青年会学院"（即春田大学）攻读体育教育专业，1920年回清华任教授，接替美国人担任体育部主任。任上参加上海第五、第八次远东运动会，创造20项全国纪录，大大超过了美国人。

马约翰故居坐落于鼓浪屿漳州路58号，是一幢二层的欧式别墅，呈曲尺形，素雅大方。自1900年他与哥哥离开鼓浪屿到上海后，直到他去世的50多年间，都没有再回来。100多年过去，别墅显得老旧，有的天花板也垂落，墙面斑驳，大约于20世纪80年代中期，别墅产权作了转移，新主人重修了别墅，基本保持了原貌，唯墙面色彩换成暗红色釉面砖，蹲在别墅群里颇为显眼。

别墅的环境，按当年状况，西邻大宫，即兴贤宫，祀保生大帝和伽蓝神关羽，宫前有一水井称大道公井，宫左边就是洋人球埔了；南面是实业家陈天恩牧师的别墅；北面是晃岩路；东南与林语堂新娘房廖家别墅紧邻，只隔一个小花园金鱼池，园中的龙眼树荫庇马林两家，十分亲密。站在别墅的小阳台里，抬眼就见林语堂的读书楼和菲律宾木材大王李清泉的"李家庄"别墅，十分温馨亲和。

《厦门名人故居》

❖ 卢志明、李文轩："茶叶大王"的宝镜楼

在五通下边社96—97号有一幢西洋风格的番仔红楼，因主人名叫张宝镜，乡里人又称"宝镜楼"。从外面四围来看，它方方正正，和一般的独幢别墅似乎并无二致，但仔细观察，却发现细微之处透着奥妙：在楼的四周，运用了"灰泥塑"的工艺，雕砌了形态生动的西洋裸体美女，栩栩如生的安琪儿，还有人面狮身的雕像，每一样都不是那个时代传统中国农村所能想象得到的。屋顶上几颗穿透砖泥，奋力窜身而出的小榕树，青青郁

郁，与灰白色的砖墙，相映生辉，情趣盎然，似乎昭显着这栋奇楼的别样生命力。

走入院内，举目四望，我们却在刹那间惊呆了，不由自主地发出一声赞叹，它的美除了眼睛更需要我们用心灵去体会。如果外面还不能很好地体现它的奇特之处，那么里面，每一样装饰和建筑构造，则实实在在地展示给人们一幅瑰丽的画卷。整幢楼共两层，上面为西洋伊斯兰风格的连环拱门，按四个方位连接起来形成回廊，拱门外侧同样用五彩的灰泥塑工艺雕琢花饰图案或西洋风格的人物、动物造型，活泼有趣，拱门下用青绿色的水泥宝瓶作为扶手，排列连接成圈；楼下则是木建筑，南北主屋各立两个原木的四方体柱子，遍雕花卉，上面用圆刻出空白，然后镌刻对联，典型的古典中国建筑式样，"中西合璧"这一词在这里得到了完美的结合与体现，各种风格的综合运用，让人没有不搭调的感觉，反而觉得"洋为中用"，中西两种文化艺术在这里合理地融合通汇。称它为"奇楼"，的确堪称实至名归。

《"茶叶大王"的宝镜楼》

❖ **谢明俊：黄世金故居，中西合璧**

黄世金（1869—1937），名庆元，又名黄榜，字世金，祖籍福建泉州，出生于厦门，是厦门现代著名的工商实业家。早年受私塾教育，年轻时在厦门富商黄书传的仁记洋行当伙计，因聪明干练而受赏识，后得黄书洋资助，经营"建源钱庄"，从此开始，事业蒸蒸日上，在厦门工商界占有相当地位，1912年到1920年间历任厦门商会协理、总理、会长领导职务达八年之久。1920年，厦门成立市政会，由林尔嘉、黄世金、黄廷元、洪晓春、黄奕住、黄仲训、林文庆、李禧、周殿薰、王人骥等厦门知名人士31人组成，林尔嘉任会长，黄世金任副会长，组织富商及华侨投资市政建设，推动了厦门城市建设的发展。

在地方公益事业和教育事业方面，黄世金也做出积极贡献。他曾担任厦门"三堂"（慈善机构）董事，长期董理"三堂"业务。曾创办厦门鸿麓学校，并被推举为厦门同文中学董事长，为两校教学事业的发展做出一定贡献。

1919年五四运动时，他态度坚决、旗帜鲜明地带领商界支持学生爱国运动，并以罢市相声援。同年，又和厦门教育会一起领导反对英国侵占海后滩的斗争。1916—1920年，带领商界人士和厦门人民一道，为反对日本在厦擅设警署、侵犯我国主权坚持斗争达数年之久。1920年黄世金任厦门商务总会会长期间，参与策划、筹备《厦门商报》，并于1921年元旦出版、发行。1925年五卅运动发生后，作为商会的四位代表之一，参加"厦门国民外交后援会"，发动各界联合举行反帝游行示威。

黄世金故居现位于普佑街44号之五、之六，建于1916年。原黄氏家族建筑群范围包括黄世金故居、胞弟黄世铭故居、其父黄传昌居住的一座古厝、亲戚住的一座古厝、黄氏祖祠以及后花园等，总占地面积约5000平方米。建筑群均为坐西北朝东南。现保存较好的是黄世金故居和黄世铭故居。黄传昌古厝也基本完好。亲戚住的古厝和祖祠已被拆除。

故居是三幢以天井相连的砖混西洋式建筑，如闽南传统建筑的三落。其中前楼、中楼二层，后楼三层，楼间均有一个天井。黄世金故居原是一座三落的传统古民居，后因发生了火灾，将房屋烧毁，黄世金遂在原建筑的基础上建起了现在的三幢西洋式建筑。其弟黄世铭故居也同时在右侧兴建。此时黄世金还重修了祖祠，在其建筑前增建了称为"小楼"的一排平房，供佣人居住。将后方辟为后花园，建有假山、鱼池和用来接待客人的一座平房"八卦楼"及私塾等。在祖祠前兴建一座花岗岩牌坊。牌坊为四柱三间，坊额上镌刻"孝阙增光"四字，上款为："大总统题褒"，下款为："福建才子黄传昌，中华民国五年九月"。中有印章"荣典之玺"。根据时间分析，应是黎元洪总统所题。坊额两侧有两尊浮雕神像，雕工精细。坊门两侧则镌刻民国八年（1919）福建督军李厚基题写的对联："江夏宗风千秋名不朽，中华褒典百行孝为先"和厦门道尹陈培锟题写的对联："荣问策名保世滋大，孝思锡类垂后无疆"，书法、雕工均属上乘。

▷ **孝阙增光牌坊**

　　建筑群有两道门，两门相距10多米，均为西洋风格，上有泥塑卷草纹。进门后首先是"小楼"，位于门的右侧，也位于整个建筑群的前方，与建筑群相对而立，如传统闽南民居的倒座，是一幢长27.2米，宽3.6米的红砖平屋。建筑群从右到左的排列是黄世铭故居、黄世金故居、黄传昌古厝、一座古厝和祖祠。

　　黄世金故居面阔15米，总进深44米，占地面积约660平方米，他和五子一女住在这里。故居使用原来古厝的基础及墙裙部分。一层的正立面仍采用传统建筑的红砖墙，屋顶是双坡瓦顶。一楼门前的走廊正面墙以空斗砖装饰，两侧廊墙，一边镌刻着己未年（1919）硕士柯荣试题词石雕，边框有浅雕花卉纹，十分精美。另一边是松鹤图石雕，无论雕工、画工都具有一定的艺术水准。大厅内部是传统民居装修，其中的彩绘绘工精致，美不胜收。四扇窗户的进口玻璃上绘着国画牡丹、梅花、荷花等花卉四幅。厅两侧分别有两间房。二楼结构与一楼相同。但在二楼的左侧山墙处有一个小小的阳台。阳台的支撑柱为水泥竹形。

经过一个天井，就是中楼。黄世金就居住于该楼的二楼。现仍可看到有较多的西洋风格装修，如西洋式柱子、进口墙砖、地砖、玻璃等。屋顶为平顶，四周围以栏杆。后来住进来的住户在上面搭盖了许多违章建筑。天井两侧有门与外面相通，后楼之前也有一个天井，后楼屋顶为马鞍脊。

三幢楼的侧面即山墙部分都有较多的窗户，窗户上有一道弧形的装饰，类似今天的遮阳棚，属西洋式风格。山花的位置有窗户，窗户两边为卷草纹。

黄世金故居采用了西式建筑的外部风格和中国传统风格的内部装饰，融合了中西两种建筑文化，是民国时期厦门具有较高建筑艺术价值和人文价值的建筑物。

《厦门名人故居》

❖ 李斯颧、卢志明：林在华的"珠光剑气楼"

红楼位于塘边社208号，建于民国四年。现存的红楼占地1000多平方米，为西式洋楼构造，但装潢雕饰又带有闽南地方特色，民间亦称之为"番仔楼"。建造者为前清人林在华，现由其后人掌管。

清朝年间，塘边村依托着邻近港口的方便，村民们纷纷怀揣着到南洋创建家业的梦想扬帆出海。到了清朝末年，国内常遭列强侵夺，再加上年成不好，而在这时，前期下南洋者却多有所成就，汇资回乡建房买地，因此，更激发了村民下南洋的意愿。只读过几年私塾的林在华就在这时候和一些同族的兄弟约好，定好船期准备一起出发。在准备出发时，林在华突发眼疾，无法出行，不料却因祸得福，其他乘船出发的人，船行到海中时，因为有人在船上抽烟，致使那艘船意外失火，同伴中有个人裹住棉被，冲出失火的船跳入海中，被其他要回唐山的船只救起。回来之后，把这一历险告知了林在华，林在华逃过此劫，但并没有因此退缩，他仍然下定决心，在眼疾治好之后，还是要前往南洋闯荡一番，临出发时发愿："临难不死，他日起大厝。"

到南洋之后，贫苦出身的林在华，非常勤奋，开始时，在橡胶园当一名工人，后来当局允许华人自己开荒种植橡胶，农民出身的他，种植起橡胶来得心应手，终于有了自己的第一桶金，后来他又兼做其他生意。林静灿先生向我们介绍到，林在华的生平十分传奇，除了大难不死之外，还有一次的意外收获一直让乡亲们津津乐道。

在当时，林在华做生意，经营一些当地的土特产，如塘边的红糖。有一次，他在与外国人谈生意的过程中，双方正胶着于红糖的收购价，此时，林在华突然觉得腹痛难忍，于是赶忙直奔厕所，这一突发举动让外国商人顿时不知所措，误以为是林在华不满意他们提出的价格，准备放弃这笔贸易，于是情急之下立刻与他的手下达成协议，同意了他提出的价格。等林在华从厕所回来时，才得知生意已谈成，用他自己后来对亲朋说的话说就是"大赚一笔"，听到这个故事我们都忍俊不禁，没想到屋主的运气这样好，不仅大难不死，还有飞来横财，十几年的奋斗，林在华有了成果，他把积攒的财富带回家乡，建起了这栋洋楼。

我们刚踏进门，就看到了门庭上这块巨大的"急公好义"匾额，据同行的林静灿先生介绍，这块匾额是民国初年的官府颁发的，记载着林在华急公好义的事迹，并授予了他一个荣誉性的官职，这块匾额颁发的时间是民国四年。

据了解，在清朝的时候，对一些乐善好施的人士，清廷也会赏给官衔，这也许是中国历史上的一种习惯。史书记载"秦得天下，始令民纳粟，赐以爵"，自此后汉朝以下唐、宋、元、明都有捐纳，到清朝捐纳成为制度，但是这样买来的官衔只有官职没有官权，即有名无权。尽管只是一种荣誉称号，但还是得到人们的赏识。林在华到南洋创业后衣锦还乡，虽然那时已经改朝换代，但民国初年的政府对于他对公益事业的贡献，也沿用了清朝的褒奖方式，没想到这一特殊历史时期的历史印记，就在这栋楼里保留下来了，在今天看来，不仅有趣，更有一种引证历史的意义。

在"急公好义"匾的下方，还有一块牌匾上书"珠光剑气"，据说，是由林在华本人题写的，四个字写得大气磅礴，看来农民出身的林在华，在到南洋之后不仅财富上有了成就，文化上也进步了不少，字里行间看得出主人豪放的性情。

这座红楼在建筑手法上有不少亮点，但尤为值得一提的是，红楼的进门处建了一栋枪楼，枪楼不高，只有两层，但作用却不小。据村里的老人说，当时红楼的前边都是田野或矮房，登上两层高的枪楼就可眺望周边一切，它的功能主要就是防止土匪前来抢掠，同时，它也作为本村的更楼，夜晚的时候，这座楼通过一种敲击声来告诉人们大约的时辰。红楼的红砖柱可谓别具匠心，因为柱子是圆形的，而一般的砖是平面的，要砌成圆形不太可能，因此，林在华在建楼时，特地专门烧造了砌造网柱的弧形砖。经过近百年风雨，我们看到数十根的顶檐圆柱仍非常完好，而这种均由特制的弧形雁字红砖砌成的圆柱，在其他古建中也是极其少见的。

《林在华的"珠光剑气楼"》

❖ 陈　娜：陈文确、陈六使与文确楼

以陈文确、陈六使兄弟为代表的文确家族无论在故乡集美还是侨居地新加坡，都是一个备受赞誉的家族。这个家族在陈嘉庚先生的影响下，长期热心公益，无私奉献教育，造福社会民众，对东南亚华人华侨社会和祖居地均做出巨大的贡献，深受广大侨胞和家乡百姓的爱戴和敬仰。

1936年，文确兄弟在故乡集美大社清宅尾角购置了一片土地拟兴建两

座楼房，作为回乡时的居所。1937年，南楼落成，次年，因厦门沦陷，北楼兴建计划未能实施。

南楼，人们习惯称之为"文确楼"，现编集美集岑路206号之二。该楼坐北朝南，由主楼和副楼组成，三层，西式建筑样式。主楼面宽三间计10米，进深两间计8米。副楼面宽三间计10米，进深一间计4米，总占地面积180平方米。主楼和副楼间外立面以墙体连接，外观似一座整体楼房。内部设左右天井，以三条行廊相接，中部行廊为主通道，较宽；左右廊为辅道，仅供一人通行。两楼台基为花岗岩条石砌成，墙体为砖砌，墙面以水洗海蛎壳抹面。室外梁柱及楼面为钢筋混凝土结构，室内梁柱及楼面为砖木结构。室内地面铺设红色斗底砖，室外铺花岗岩条石。主楼一层明间内凹，形成入口前廊。前廊中部设六级入口台阶，左右设栏杆。二、三层均设前、后廊，栏杆由绿釉瓶式座杆叠压花岗岩条石板构成。主楼中间为大厅，设对开大门。东西两侧各设房四间，一、二层布局相同。三层外围内收形成回廊，内部中间设廊，左右各设两房。一、二层大厅后部设木楼梯通往二、三楼。主楼的柱头、廊檐、窗套及山花为重点装饰部位，尤其是柱头、廊檐堆塑着繁复灰雕装饰。柱头堆塑西洋式的花草，而廊檐则装饰了麒麟、翼马、狮头、鹭雁、喜鹊、花卉和卷草等。二层廊顶中部设西洋式楼牌，楼牌中间球形装饰上镌刻建筑年代"1937"，上部装饰男童天使。屋顶为四坡顶，上铺红色板瓦。两侧山墙亦作成西式楼牌样式，东面山墙雕塑翼龙，西面山墙雕塑徽章纹样。附楼一层设前走廊，二、三层设前、后廊，中间为厅，左右设两房。屋顶为双坡顶，上铺红色板瓦，两侧山墙作西式装饰。文确楼前后均有宽敞的花园，主入口设于花园东南侧。

文确楼甫建成，内装修尚未进行，日寇即攻占厦门，集美学校被迫内迁安溪、大田等地。因此，直到抗日战争结束后，该楼才由五弟陈文知装修入住，陈文确和陈六使几次回乡时，均在此小住。

《厦门名人故居》

❖ 龚　洁：林文庆的山顶别墅

林文庆（1869—1957），字梦琴，福建海澄县（今厦门市海沧）鳌冠人，清同治八年（1869）生于新加坡一华侨家庭。幼年父母双亡，由祖父抚养成人。先在福建会馆附设的学堂读"四书""五经"，后升入新加坡莱佛士学院，1887年因成绩优异，获英女皇奖学金，是获得该项奖学金的第一个中国人。毕业后，赴英国爱丁堡大学攻读医学，获内科学士和外科硕士，受聘剑桥大学研究病理学。

1893年，创办新加坡第一所女子学校。1904年创办英皇爱得华医学院，被授名誉院士。历任新加坡立法院华人议员、市政府委员、内务部顾问，新加坡中华总商会副会长。1911年代表中国出席伦敦"第一次世界人种代表大会"和德累斯顿"世界卫生会议"，一度出任伦敦中国公使馆的秘书。

1906年，林文庆加入同盟会，他带头剪掉辫子，反对妇女缠足，反对吸食鸦片。1912年应孙中山电召回国，任孙的秘书和医生，旋又任临时政府内务部卫生司长（实为总长）。1916年出任外交部顾问。1920年，林文庆与黄奕住等合资创建"和丰银行"和"华侨保险公司",成为新马华人金融业的先驱。

他还引种巴西橡胶成功,被尊为"南洋橡胶之父"。1921年,林文庆接受陈嘉庚的聘请,到厦门大学担任校长达16年。1937年厦大改为"国立"后,林文庆返回新加坡。1957年元月逝世,终年88岁。

鼓浪屿笔架山顶的一幢依山而筑的欧式别墅,就是林文庆博士于1921年修建住了16年的住所,现编笔山路5号。

▷ 林文庆故居

别墅挺立于笔山顶,可环顾厦门市区、簧筜渔火、厦门西海和九龙江出海口金带水海域,视野十分宽广,是一座理想的幽雅的高级别墅。别墅为二层加地下隔潮层,中西结合,依主人意愿设计。立面也不是一个平面,而是按地形错落,自由而随意。别墅前有长长的双向花岗岩蹬道直上前厅,西蹬道依花岗岩壁而行,设计颇为独到。前厅入口边有一株茂密的千年樟,掩映厅口。前厅的屋面是二层宽敞的大平台,连着后面的居室。林文庆晨昏可随心所欲步出卧室,远眺厦门鼓浪屿景色,舒筋健身,环顾西海域闪烁的海面和"簧筜渔火"美景。也可在此接谈、散步、纳凉、吸氧、养花,观赏九龙江入海口的海天一色!

别墅的厅室和副楼也按林文庆的需要设计,卧室、书房、琴房分配均十分合理,温馨可亲。尤其是卧室,处于绿色的掩映里,空气特别清新。

夜深人静时分，还可隐约听到远处的海涛声，牵人入梦。装饰也颇有文化气息，油画、钢琴、榉木地板，高雅洁净，一派高级文化人的生活环境！别墅右面是一副楼，特别宽敞，既可用于宴饮，又可与同学们切磋，风雨无忧。林文庆在这里过着"谈笑有鸿儒，往来无白丁"的儒雅生活，为他留下难忘的记忆。

别墅的花园颇有规模，各色鲜花长年开放，为林文庆增添了不少好心情。浓密的榕荫，掩映着别墅的前庭和那条颇有特色的花岗岩蹬道。园中的小径和休闲园心亭，把别墅扮得更有乡间情致。当林文庆步上蹬道俯视花园时，一天的劳累均得到释放，顿时有一种安逸的归依感。这确实是林文庆独具匠心选择了一处幽静优雅，远离喧嚣，与鸟蝉共眠宛如山村别墅的桃花源环境！

林文庆在这里按照陈嘉庚的意志，运筹厦门大学的建设和发展，接待师生，处理因他提倡"读孔孟的书与保存国粹"而发生的"驱林"学潮。由于他和陈嘉庚的坚持，导致欧元怀等九名教授带200名学生离开厦大，到上海另起炉灶，创办大夏大学。后来，又因创办国学院问题，发生了一大批著名教授间的矛盾，造成鲁迅、孙伏园、沈兼士、林语堂等离开厦大，刘树杞辞职去武汉筹建武汉大学的事件。

他还在这里酝酿制定厦门大学的"校训""校旨"，绘制校徽，设立评议会，实行民主治校，要求教学"切于实用，造就高等专门人才"。他不惜重金面向全国聘请著名教授、学者来厦大任教，月薪高出全国一倍。许多名教授应聘来到厦大，实为一大盛事。

林文庆还在这里写作、翻译《离骚》，编辑英文期刊《民族周刊》。他还兼任鼓浪屿医院院长，有时也在这里接诊鼓浪屿的中外患者。他为支持厦大教学，在经费紧缺的时候，将诊病所得连同全年薪金和夫人的私房钱全部捐给厦大。他对厦门大学可谓全心全意！直至厦门大学1937年改为"国立"，他才依依地离开耗去一生中最好年华的地方。弥留之际，还嘱咐将这幢山顶别墅捐赠给厦门大学，此乃为最珍贵的纪念！

《厦门名人故居》

❖ 谢明俊：石壁街上的最美庭院——王人骥故居

王人骥（1878—1947），字选闲，号蒜园，出生于台湾安平县。甲午战争后台湾被日本占领，王人骥不愿做亡国奴，毅然放弃了台湾庞大的家业，举家内渡，定居厦门。清光绪二十八年（1902）参加考试中举。当时新学流行，王人骥赴日本学习法政，毕业后回国受到光绪皇帝的接见，并被任命为法部会计司主事，授中宪大夫，后晋升为员外郎。不久以父母年高告假返厦。受兴泉永道台刘庆汾之聘协助新政。1906年清政府废科举之后，王人骥积极参与了厦门中学堂的创办并任学董，校址在玉屏书院（今厦门五中）。厦门中学堂的成立，开创了在厦门由中国人创办新制学校的先河。1912年厦门中学堂改名为厦门恩明中学，王人骥任校长六年。他大力改革教学制度和教材，除古文、经学、史地、数学等主科外，还增设国语、英语、音乐、体育等课程，体现了德、智、体三位同行的教育风格。此后，他与王敬济、王义芳等人合作创办了厦门和安小学，校址在大中路和安祠，并亲自担任校长。

王人骥除致力于厦门地方教育事业外，还热心于市政建设和文献资料的收集整理。1919年厦门成立审议市政规划和筹措资金的市政会，王人骥任会董。1931年厦门成立"文献委员会"，他受聘任该委员会委员，为《厦门市志》资料的征集、编纂做出了积极的贡献。

王人骥故居位于中华街区的石壁街10号，是王人骥回到厦门后购置的。故居是一座两落两护厝的砖石木结构传统闽南民居建筑，坐东向西，原占地面积600平方米，现存仅占地面积440平方米，建筑面积224平方米。这座建筑与众不同之处是它的正门开在北方，即建筑物的右侧，而不是通常的正前方。因此进入大门，房屋的廊庑部分就成了门厅。而房屋的正前方则是一道斜墙，墙内原建有一道四扇格扇门的假门，今已不存。

庭院约有100平方米，种了不少树木花草。较大的是两棵杨桃树，长得有6米多高，结满了果实。庭院的北侧有两间小屋，因重新翻建，已看不出原有的风貌。南侧是一间原被称为"花厅"的房屋，是用来接待客人的场所。原是一座非常漂亮的建筑，门由六扇格扇门组成，雕有各种精美的纹饰，还安上了雕花的进口玻璃。李禧、陈桂琛、周殿薫、苏眇公住处离此不远，当年常来此与王人骥谈书论画，切磋学问，是这家的常客。

庭院的东侧是这座建筑物的主体部分。天井比庭院高一个台阶，两边是在闽南被称作"榉头"的两间小屋。左侧一间依然保存原样，马鞍脊屋顶，墙的下部用红砖砌成，上部则是板墙。右侧"榉头"连着门厅，已改成砖混结构。天井再上一级台阶就是被称为"慎余堂"的正厅。"慎余堂"匾今仍存，三字为阴刻楷书，字迹仍很清晰，没有款识，已不再悬挂在厅内，而是被后代小心地收藏起来。正厅的门上原有"文魁"匾，今已不存。厅内原悬挂着"民国□年大总统题"的"孝德永彰"书法镜片，是当时的大总统褒奖王人骥之父王舜中所题。此外，原有一张圣旨，是王人骥从日本回国后光绪皇帝所赐。

▷ 慎余堂匾额

厅内基本保留原样，正面墙上是供桌。原厅两侧墙上悬挂着名人字画：有中国创建第一家博物馆"南通博物苑"的张謇赠送的书法对联；厦门地方名家庄俊元书法和四张宋画等书画作品。此外，王人骥作为当时厦门著名的收藏家，家中的收藏也有部分摆放在厅里，如后代尚能记得的有一对很大的红珊瑚、铜观音像等，两侧书画下各摆放的四张红木椅至今仍然完好。厅两侧各有两间厢房，原先住着王人骥的两个儿子。厅后是一个天井，左侧则是一幢两层的楼房，是王人骥儿子结婚时所建，外观已有所改变，但仍保存着原来的双坡布瓦屋顶。

从前面的庭院和正厅前的走廊都有通向护厝的门，庭院那道门被做成漂亮的花瓶式门。护厝的天井里一棵莲雾树，与庭院的杨桃树一般高，长得十分茂盛。王人骥夫妇当年就住在护厝的其中两间。护厝今已十分破落，但在其中的两扇窗上，可以看到用水泥做成蕉叶状装饰，上刻有"藏修"和"难得糊涂"的字样。后排护厝中华人民共和国成立后被后代出卖后拆除，建成了楼房。

在这座建筑物内，还曾十分隆重地迎娶了林祖密、钟广文、黄廷元的女儿。她们分别嫁给了王人骥的侄儿和两个儿子。

《厦门名人故居》

❖ 林庆明、蔡培育：菲律宾船王的钟宅古厝

正如有人形容禾山最大的社——殿前社如同一个笊篱，寨上社如同竹篙一样，有人比喻钟宅社的地形如同一把蒲扇平摊在厦门岛东部的海湾旁，扇面上沿是海堤，海堤外就是大海；扇柄就是村口，村口有巴士站，有巴士通往市区火车站、轮渡码头；两条扇骨则是两条村道分别从相反的方向沿着村边朝西北、东南方向斜斜地一直伸到海边；扇柄探进扇面300多米长，是以菜市场、原村委会、小基督教堂边上的大榕树为核心的村民活动中心；从村中心大榕树下散去的村里的小街小巷如同迷魂阵一样，也如扇子的脊骨支撑着整个村落。由扇骨腾起的扇面上，错落着许多百年以上的红砖古厝，间有三两座南洋风格的楼宇。虽说是岛内唯一少数民族（畲族）聚居的村落，村内诸多闽南红砖古民居却与周边村社无多大差异，足以说明，已有600多年历史的钟宅村（钟氏先祖在钟宅共传衍了22代、788户、3702人）已经融入了闽南人的生活圈，"入乡随俗"，连片的古厝老房也全都"闽南化"了。

一座座百年以上的老屋古厝，夹杂在众多方方正正的现代多层砖混贴瓷民居中，据说在钟宅保存基本完好的老屋古厝有百余座。这些百年建筑，燕尾、飞檐、马鞍背、斗拱、花岗岩石基、红砖雕砌、石雕门窗框、木雕屏梁等，处处透着先人对居所的重视、文化的传承、未来的寄望。不少老屋古厝都是当年华侨从海外寄钱回来修建的，每一座老屋似乎都在无声地诉说着一个个钟姓畲族先民的精彩传奇故事……早就听说，钟姓族人特性勇敢、勤劳，"爱拼才会赢"的精神特别突出。

▷ 门廊檐下木雕

　　现在的钟伟廉的老屋，其前落于1938年日寇占领厦门时被烧毁，后落由其堂妹夫居住和管理，收拾得干干净净，漂亮的红砖，别致的屋檐，精美的石雕，尤为出色的木雕，是一座典型的"大展部"闽南民居。"大展部"的特点即二落主厅前廊比一般的宽一倍，足有两米多，可摆上一张饭桌供全家人使用，而中厅前的梁枋下，设有木雕，称之为"罩"，紧贴于梁柱内沿之木质透雕，并依悬于柱侧，下端作茶几腿状；木质透雕沿梁柱内沿自然缩小下垂作莲花垂珠与花篮垂珠左右对称的装饰，梁枋下木质透雕有"三国演义"的典故，北面梁枋下的木雕共雕有将士人物19个、战马5匹及车等；南面梁枋下的木雕亦雕有将士人物13个，战马4匹，均作敌我双方战斗状，相较在许多民居中祥和、祈福、如意等图案而别具一格，其战斗场面恢宏、大气，彰显主人崇尚干大事业成就大事业的远大抱负。

《厦门名人故居》

❖ 洪文章：陈延香的"宜宜楼"

陈延香（1887—1960），又名树坛，字澄怀，晚年号慧香居士。清光绪十三年（1887），陈延香来到人间，有兄弟姐妹三人，延香排行第二。父亲是个秀才，长年任乡间塾师，家境还算富裕，陈延香在阳翟老屋度过欢乐的童年，并完成学业。19岁时，其父病故，陈延香继承父业，在灌口、角尾当乡村塾师，担负着一家人的生计。也就在此期间，他认识了陈飚臣、庄育才等人，共同的革命理想，相约加入中国同盟会，从此走上了民主革命的道路。

辛亥革命前夕，陈延香在同安组建青年自治研究会，被选为副会长。此后，一直在家乡奔走呼号，鼓吹民主革命，组织人马。辛亥革命中，与同村陈仲赫等人发动青年自治会会员，打出同安革命军旗号，与庄尊贤率领的灌口革命军里应外合，于9月19日光复同安县城。1913年，陈延香被推选为福建省议会议员。1915年，福建省省长、军阀李厚基解散省议会，陈延香因反对袁世凯称帝被通缉。第二年袁死，陈延香复任议员，积极建言献策为兴国助力。

1924年，陈延香卸任省参议员，赋闲在家，将任内为民请命的提案汇编成《延香建言录》，真实地反映了当时同安官吏的贪婪、军阀的残暴、民生的困厄、教育的衰败，以及沿袭清代陋规等一系列社会问题，敢怒敢言、疾恶如仇，他在自序中写道："明知时局蜩螗，徒口贾祸，亦不稍存顾忌，致我职权。耿耿此心，差堪对我父老兄弟耳！"《延香建言录》送请省议会议长林翰题签、作序，林翰展读之，喟然曰："十年以来政之阙失，民之疾苦，可言者之多，一至于是哉。"其间，陈延香还在家中整理并加注明代同安乡贤郑得潇遗著《我见如是》，其中一节批注："看来天地间别无毒药，只一利字，是真正杀人之最毒之药。五伦中着此一念，一切血性皆无用矣。末俗此毒更甚，吾欲以此篇敬告今军阀、官吏、议员、政客。"一副铮铮铁骨，跃然纸上。

▷ 陈延香

辛亥革命后，陈延香怀着教育救国的思想，致力于举办教育。1913年，创办阳翟小学，1924年，创办公立中学。先后四次出洋，历经东南亚80多个城镇，劝募教育基金10多万元。1931年，公立中学改为县立，1934年停办。1935—1937年改办职业学校。小学则一直延续到中华人民共和国成立后才由政府接办。此外，陈延香还于1917年任过同安县劝学所所长。1920—1922年，应陈嘉庚之聘，任集美学校总务主任兼女子小学校长，代理集美中学和师范学校校长，参与筹建厦门大学。

陈延香热心家乡的实业建设和公益事业。1924年招股开设仁爱医院和公中银行。1929年往新加坡劝募教育基金期间，倡议组建新加坡同安会馆。其后，相继任同安侨办同美汽车公司经理和同马灌角汽车公司经理、同安佛教会养老莲社院董事、同安救济院院长、同安县筹赈会常务委员。抗战胜利后，他出资创办阳翟图书馆，自任馆长，致力于收集文物与整理古籍，并钻研医学，种植多种中药材，方便群众。他还从菲律宾引进"一见喜"在同安广为栽种。

陈延香故居在今祥平街道阳翟村东南的荔枝宅，门牌号为二房三里292号，故居为其父亲陈仲信始建，硬山布瓦顶燕尾脊，主屋二进，中间天井连接，后进天井置一拜亭，两侧护厝，左前侧护厝为二层楼房。陈延香增建书房，取名"宜宜楼"，意为宜书宜画。全屋总宽度22.5米，总进深31.6米，占地面积711平方米。主屋面阔11.8米，前落进深5.8米，面宽三间，后接二厢房。后进三开间，进深8.05米。拜亭卷棚布瓦顶，宽5.3米、深3.5米与厅堂相接，两侧护龙厝各一列，宽10.7米，长与主厝同。主体建筑基本保留原来状态，部分墙体泥灰脱落，部分木构件些微腐朽。左侧护厝前原有八角亭楼，"文革"期间其后人自行拆除，并在原地建有条石平房。故居坐落在浔江畔，周围原有成片荔枝林和一些杂木，古木参天，风景十分宜人，现荔枝林已毁，唯右后侧一株百年芒果树尚存。古老的果树伴随着百年老屋，诉说着无限的沧海桑田。

《厦门名人故居》

❖ **陈　娜**：林祖密与林公馆

林祖密故居由"红楼"和"乌楼"两处建筑组成，原规模较大，所谓"红楼"即建筑外墙为红色清水砖砌成，而"乌楼"则为砖砌外抹灰，因此，相对红楼而言被称为"乌楼"。1895年5月林朝栋率全家迁居鼓浪屿后，先向他人购买了红楼，随后又兴建了乌楼，林氏家眷主要居住于乌楼，红楼则为接待宾客之所，两处宅第当时被人合称为"林公馆"，而林家内部则沿用其在雾峰"宫保第"的宅名称呼。林祖密故居现仅存"乌楼"，该建筑位于鼓浪屿四棵松，现编鼓新路67号和69号，由主楼和副楼两幢建筑组成。

主楼坐东朝西，砖木结构，共两层，为典型英式建筑。楼面阔三间计22米，进深二间计10米，建筑面积440平方米。中间为大厅，设对开大门。东西两侧各设房两间，一、二层布局相同。一楼大厅背面设木质屏墙，屏墙后有木楼梯通往二楼。主楼南、北、西三面设回廊相通。回廊立面呈拱券式，回廊栏杆由绿釉瓶式座杆叠压花岗岩条石板构成。屋顶为四坡顶，上铺红色板瓦。

副楼亦为两层西式建筑，坐南朝北，砖木结构。面宽五间计19米，进深一间计6米，建筑面积200多平方米。副楼东侧三间设前廊，西侧二间不设廊。屋顶为双坡顶，上铺红色板瓦。两楼地面均为红色斗底砖铺地，柱头及屋檐装饰脚线，墙基为花岗岩条石砌筑。主楼前有宽敞的花园，入口设于花园西侧，紧邻鼓新路，现入口仅存两根花岗石门柱。

1915年，林祖密加入中华革命党后，林公馆成为革命党人的活动据点和闽南军大本营。1915年袁世凯称帝，林祖密即召集漳泉两地的革命志士，在其鼓浪屿家中成立了秘密机关，商议反袁护国、铲除北洋军阀的大计，并捐巨资资助闽南靖国的护法两支民军，并在此基础上筹建闽南军。原林朝栋的部下、曾在台湾组织过武装抗日的张吕赤、高义和赖忠等人，也率部投奔林祖密。为节省开支，林氏家眷无论长幼曾在家中为革命军赶制军需用品，积极支持林祖密的革命活动。1918年1月6日，孙中山以中华民国海陆军大元帅的名义任命林祖密为闽南军司令。1918年4月2日，福建军阀李厚基派人包围了林公馆，并将林祖密拘捕，后在鼓浪屿公共租界工部局局长的调解下方获释。不久，林祖密接受孙中山的指示，带领闽南军攻打永春、德化、莆田、永安等七县，开辟了国民革命军闽南根据地。

林祖密在追随孙中山从事民主革命的同时，还怀抱"实业救国"的信念，先后在漳浦、龙溪、华安等地开垦荒山、兴办农牧场，建设轻便铁路、开发龙岩、漳平煤矿等。为使闽西煤矿能运至闽南，林祖密还出巨资疏凿九龙江北溪河道。1923年，北溪疏凿因工程复杂、艰巨，耗资巨大，此时，林祖密的家财已全部耗尽，林祖密遂将林公馆抵押他人，将所得资金再投

▷ 林祖密

▷ 林祖密故居

入工程，前后共花费20多万元，北溪工程才基本完工。林祖密逝世后，林氏家眷的日常生活顿时陷入困境，其家眷也先后离开了鼓浪屿。数年后，林祖密的胞弟才将林公馆的产权赎回。

《厦门名人故居》

❖ 龚　洁：李清泉的榕谷别墅

李清泉（1888—1940），原名回全，清光绪十四年（1888）生，福建晋江金井石圳村人。少时曾就读厦门同文书院。1901年，到菲律宾其父李昭以开的"成美木厂"学习木材商业经营。由于他悟性颇高，五年后就独立主持木厂业务。他兢兢业业，诚信为本，广结商缘，业务得到巨大发展，成为菲律宾的"木材大王"，享誉菲华社会。

从1919年起，他连续六届蝉联马尼拉中华商会会长。其间，他又在菲律宾创建合资的中兴银行，为他的木材生意保驾护航。

李清泉致富后，不忘祖国和家乡，首先在石圳建了"华侨学校"，又到厦门创立"李岷兴置业公司"，投资300万银元，兴建厦门新路头到沙坡尾的海堤。在厦门建了近20幢大楼和别墅，在鼓浪屿建了"李家庄"和榕谷别墅。

1922年，北洋军阀滋扰闽南，他组织"旅菲华侨激进会"，任会长，支持孙中山。1925年，他又在马尼拉召集"南洋闽侨救乡会"，被举为总理。

1933年11月，国民党反蒋介石的李济深、陈铭枢等联合十九路军将领蔡廷锴、蒋光鼐发动"闽变"，成立"中华共和国人民革命政府"，他在菲募得20万银元捐款，支持革命政府肃清匪患。

抗战爆发后，他发起组织"菲律宾华侨抗敌后援会"，任会长。1938年又任南洋华侨筹赈祖国难民总会副主席，救助难民。

1940年10月15日，他在美国求医不治，临终立下遗嘱：捐10万美元救济抚养祖国的难童，被誉为"至死不忘救国"的人，年仅52岁。

榕谷别墅坐落于鼓浪屿升旗山麓，是李清泉众多别墅中最漂亮豪华的一座，现编旗山路7号。榕谷是因大门口几株古榕，把入口处掩映得如山谷一样，故名。但大门上的名称却是"容谷"，可解读为此谷有容乃大，意义更深了。

▷ 榕谷别墅

1925年前后，李清泉投资30多万银元，在厦门中山路建了一列四层大厦，又在恩明南路、虎头山等处建了高级楼宇，在鼓浪屿的"李家庄"已不够居住，即在升旗山麓买下地皮，建造榕谷别墅。

榕谷分大楼和小楼，由旅美中国工程师设计并督造，1926年动工，1928年竣工。入口处榕荫密蔽，左边是大假山，右边是小假山，山上均建有观景亭眺望厦鼓美景。入口后是欧式花园，中心设欧式喷水池，园内用特意打造的彩色花岗岩卵石铺成花式曲径，显得清静高雅。径边有七棵南洋杉，显示主人是经营木材的，现已粗大得需双人合抱。

花园左边建有一幢小别墅，是李清泉夫妇特意为大姐颜雪建造的，作为她照顾小妹颜敕的报答。1906年姐姐颜雪带着小妹颜敕嫁到李清泉家乡的石圳村，颜家姐妹都长得美丽动人，李清泉的母亲看中了小妹，三番五次去向颜雪为儿子求婚，精诚所至，金石为开，颜雪终于答应了这门亲事，但她对李清泉母亲说："我俩自幼父母双亡，姐妹相依为命，小妹在母亲分娩时满盆金光，是带着财富来到人世的，她一定要嫁一个有钱又能善待她的人。"颜敕嫁给李清泉后，果真李家财源广进，并在马尼拉独资兴建一条"树日街"。这幢别墅就是李清泉送给大姐的纪念礼物！因颜敕十分喜欢榕谷，李清泉就把别墅房契注册法人为李颜敕，让她成为榕谷的主人，也就留下榕谷姐妹别墅的美誉！

榕谷别墅的立面设计非常有特色，主立面的中部凸起是门廊和阳台，剁斧大廊柱通高二层，颇有气势。柱下是花岗岩双向台阶，迎面正中是拱心石券门，券顶就是钢花雕栏小阳台，还有一点巴洛克风韵，形成主入口的优美组合，特具艺术美。整座别墅为清水红砖，配以白色廊柱，红白相间，色彩质感强烈，碧海蓝天，花园绿荫把别墅衬托得分外有美感。两个侧面以廊柱和阳台为装饰重点，虚实结合，简繁对比，不同位置的不同栏板点缀了整座建筑。南立面的窗户设计颇为出色，大小长短，显示出流动感。东立面增加一个拱形装饰窗，它的右侧又设上下串联的装饰小窗，与窗下小庭院和谐配合，形成颇可把玩的艺术墙面。

别墅为三层，由于主人是经营木材的，内部装饰全部使用进口高级木材，赤楠的地板、楼梯和门窗，至今仍完好如初。一层为李清泉的书房和办公地方，辅以休息间和客房；二层是他们夫妇和子女的卧室，中厅置真虎皮长沙发；三层是议事厅和招待大厅，后厅选用得过亚洲博览会金奖、直径达两米的整块赤楠圆桌和高级家私，十分气派。

别墅的环境设计也颇具匠心，东北角为堆土假山，上建有小亭和休闲观光平台；西南角特挖了一个风水池，永不干涸，滋润着别墅和花园，营造出一个幽深的小景区，使别墅有了宁静、高雅、舒适、湿润的居住环境。

《厦门名人故居》

❖ 孙以灌：乐善好施的孙有泰及其别墅

情系祖国安危的旅菲华侨——孙有泰（1866—1934），1866年3月13日出生于厦门禾山五通村泥金社，1882年远渡重洋到菲律宾马尼拉谋生，从学徒做起，而后致力于橡胶树种植业和渔业生产，开办碾米厂、剧场、百货店、食杂店等，到20世纪20年代末，事业有较大发展，成为了当地有名的实业家。当时正是日本加紧侵略中国，国家处于危难之中，孙有泰等人铭记孙中山先生"航空救国"遗训，与旅菲华侨陈国梁（德国航空专业留学生，莆田人）筹谋在家乡厦门五通开辟飞机场，创办航空学校，培养航空人才，抵御外国侵略，为国效力。并与旅菲华侨吴记霍、吴福奇、薛煜添等人组织了"航空委员会"。孙有泰带头捐资，募集了一大笔款项，从国外买回七架教练机和一批器材、设备，1928年8月办起了"福建厦门五通民用航空学校"。校址设在泥金社民房里，并在五通的店里社后空旷农地上至五通风头社海岸边上，开辟了一条飞机起降跑道。航校在菲律宾和国内招收了百名学生和若干名飞行员、教练员、教师等，由陈国梁出任校长。不久，因日本侵占厦门，厦门沦陷，航校迁移别地而停办。

1924年，侨居印尼的泥金社华侨在家乡泥金社创办私立小学，命名为"乐安小学"，为五通村及附近几个村的农民子弟提供就学机会。数年后因印尼侨资不济，孙有泰主动资助"乐安小学"，并扩大为完全小学。

孙有泰乐善好施，1930年他回乡探亲，得知社里有人穷到死后连棺木都买不起，便拿出一笔钱作为今后村里穷人逢年过节及办丧事费用。

20世纪初，孙有泰在家乡泥金社中兴建一幢二层楼宇，命名"有泰别墅"，占地约1500平方米。主楼内结构：每层为四房一厅，厅大而宽敞；主楼东侧有侧楼。二层，系为厨房、餐厅、工具房等系列用途。楼宇坐北朝

南、阳光充足、空气通畅、夏凉冬暖、外观装饰堂皇秀丽、中西合璧、稍有洋味。抗战胜利后，孙有泰家人主动让出"别墅"，供作厦门私立龙塘小学（即乐安小学）做校舍，可供办一所六个年级的完全小学，教室与教师办公室全够配用。楼宇四周都有用砖铺成的围埕，前埕宽大，埕的四周都有砖围墙，围墙的东西向，有龙凤门两个，各是石门柱，石柱上雕刻有名家诗词，门扇全是坚实厚重的红木板制成的，加上一层厚重的暗红色油漆，显得格外牢固庄重。

《孙有泰的"有泰别墅"》

❖ **陈　娜：**陈水成、陈占梅与松竹园

陈水成（1892—1963），厦门灌口人，清光绪十八年（1892）出生于同安灌口三社松柏窟（现属集美区），兄弟共三人，陈水成排行老大，二弟陈

登梓早逝，三弟名占梅。少时，兄弟随父亲前往缅甸。成人后兄弟俩先后继承父业，陈水成经营顺和号土产行及碾米厂，并代理信汇业务，陈占梅则另创英顺美公司，兼营水上运输业。兄弟两人实行企业分管，财产共有，业务不断扩大，成为缅甸颇具实力的华侨商人。

事业有成后，陈水成兄弟积极参加华侨社团活动。1928年，陈水成被推选为缅甸颖川公司董事长。1930年，又被推选为缅甸华侨总会副会长。这一年他汇款回乡，在家乡创办了私立莲山小学。1937年七七事变爆发后，陈嘉庚在新加坡成立了"南侨总会"，号召南洋华侨支援祖国抗战，陈占梅作为缅甸华侨的代表，被推举为"南侨总会"常务委员。随后，陈水成兄弟在仰光组织成立了缅甸华侨抗日救国总会，发动旅缅华侨为祖国抗战捐款捐物，有力地支援了祖国的抗日救亡运动。1942年日军占领缅甸后，大肆搜捕当地的抗日分子，陈水成兄弟被迫举家退回故乡灌口居住。

松竹园建于1943年，这是陈水成兄弟从缅甸返回故居后兴建的自用住宅。该园由一座主楼和两列平房组成，位于松柏窟社西北部一个小山岗上，现编门牌号为松柏窟158号，总占地面积1000平方米。主楼坐北朝南，系一座典型的双角楼西式建筑，砖木结构，共两层。楼面宽三间计15米，进深两间计12米，明间为厅，中间设对开大门，次间各设前后两房，地面铺红色斗底砖。一楼大厅后设有木楼梯通达二楼。建筑正面设前廊，一层前廊简单朴素，廊柱为砖砌外抹灰。二层前廊则做了较多装饰，立面建成拱券式，中部为一大跨度的圆拱，左、右各簇拥着两个小圆拱。廊柱则以红色清水砖砌成，栏杆以绿色琉璃镂空方砖为护栏。主楼的东、西两端各向前加建一六边形角楼，角楼面宽、进深均为一间，东西南三面各开五个大窗，采光充足。主楼屋顶主体部分为双坡布瓦顶，前廊及角楼则为平顶，外沿加建女儿墙。廊顶中部及角楼中部各设三个西式楼牌。建筑外墙以花岗岩条石为基础，其余为砖砌外抹灰。窗套、山花及女儿墙是建筑的重点装饰部位。廊顶女儿墙上镌刻行书"松竹园"三字。二楼大门门额上镌有建筑落成的年款"颖川　民国三十二年中秋之月"等字样，而门框则镌刻对联："颖川衍派浴频繁之可荐，两钱流芳庆瓜瓞以绵长"，横批为"景星云庆"。

园内南面及西面各建两列回向，做厨房、饭厅及储物间。回向均为单层，屋顶为卷棚顶，上铺红色板瓦。西南侧建有中国传统的卷棚顶入口门兜，墙裙为砖砌外抹灰，墙身以红色清水砖及朱红底蓝彩作装饰。

《厦门名人故居》

❖ 洪文章：陈仲赫功成身退

陈仲赫（1882—1931），字希周，同安阳翟人。清光绪二十七年（1901）南渡缅甸仰光习商。光绪二十九年（1903），庄银安、徐赞周等创办中华义学和益商夜校，聘仲赫为教习。仲赫与中国同盟会员秦力山交好，思想激进，对康有为保皇主张不屑一顾，倾心于孙中山的革命思想。光绪三十四年（1908）3月，仲赫与徐赞周、陈守礼三人加入中国同盟会，6月组建中国同盟会仰光分会，仲赫为七个主盟人之一，任庶务长。8月参与创办机关报《光华报》，一度任经理，撰写、组织文章与保皇派论战，大振革命声势。此后，与居正赴南洋各埠宣传反清革命，协助组建各埠同盟分会。

宣统二年（1910），仲赫受命赴香港，参加筹款采购军火以备广州起义。次年染上恶性疟病，辗转返乡。在乡期间，参与灌口中国同盟会工作，与堂侄陈延香组织同安青年自治研究会，是组织领导同安光复的主要首领之一。

1912年元旦，孙中山就任中华民国临时大总统。汪精卫、胡汉民、居正多次函邀仲赫赴京供职，并汇3000元安家。仲赫退款复函婉拒："钟鼎山林，各有天性，男儿志在报国，功成身退，了无所憾。"

1915年，为反对袁世凯复辟帝制，仲赫潜往鼓浪屿加入中华革命党，为灌口庄尊贤的闽南讨袁军筹集经费枪械，被福建督军李厚基列名通缉，避难槟城。次年6月袁氏败亡后才返回同安。1917年10月，仲赫应张贞函邀前往汕头，参与闽南靖国军的组建工作。次年闽南护法战争失败后，仲赫即脱离军政界。1926年11月，北伐军占领同安，仲赫面请一〇四师师长张贞拨款3000元充作庄尊贤、潘节文二烈士抚恤金。1930年参与筹款建造同安钟楼和校场烈士陵园，纪念庄、潘二烈士。

仲赫在乡期间，专心致力于发展家乡的教育、公益和实业。1913年，与陈延香创办阳翟小学，备函介绍陈延香往南洋各埠募捐基金。1917年，协助陈嘉庚创办集美女校。1924年，又协助延香到南洋筹款，创办公立中学。仲赫认为桑梓建设之急务，一在教育，二在交通。他曾参与筹办建设泉（州）安（溪）公路公司并任董事。1922年，挟其经验，全力协助陈嘉庚筹办同美汽车路公司，开筑同美公路。次年，又倡议开筑同（安）溪（安溪）公路，任同溪汽车路公司经理。

陈仲赫故居位于同安区祥平街道阳翟村荔枝宅二房三里22号，与启悟中学毗邻，房屋为闽南地区普通民众所建的七架厝。硬山布瓦顶，砖木穿斗抬梁混合式结构，面阔三间10.85米，进深7.8米，占地面积85平方米，前后有院，前院面积约30平方米，后院面积略大于前院，后院置有厨房和井。房屋简约干净，玲珑小巧，很有生活情趣，为小康之居。房屋的厅堂两翼墙与寿堂绘满松鹤、春景、冬景、山居、荷花等图画，其中一幅署名鹭门陈利华。画作颇具功力，应为名家佳作。中堂和两侧的竖柱上书有对联，中堂联为："赫赫事功留青史，成就慧果证菩提。"陈仲赫后期信佛，该联估计是其后人为陈仲赫人生写照所题。两侧竖柱的对联为："庭训以义方施教子孙恪遵，祖泽秉书香传家德智并茂。"联无款，何人所书无考。

1917年10月10日，北洋军阀厦门镇守使唐国谟以"暗中联络孙中山图谋不轨"罪名，密令军警追缉，陈闻讯避走广州。翌年9月返回家乡阳翟后，在致力于家乡的公益事业的同时，对佛学有了浓厚的兴趣，倾心礼佛。他在家设佛堂，虽无晨钟暮鼓，却也长斋修身。

1931年初，陈仲赫积劳成疾，在患病期间，拒绝服药，直至病逝，享年49岁。育有二子，长子名世共，次子名世空，从两个儿子的命名中可以窥视他一生的思想脉络和追求。

《厦门名人故居》

❖ 颜立水：彭友圃故居，有闽南"红砖厝"之风

彭友圃（1893—1931），今翔安区新店镇沙美村人。20世纪20年代初毕业于福州师范学校。1914年回乡创办新式学校，受到集美学校校主陈嘉庚、陈敬贤的赏识，被聘为集美学校教育推广部办事处主任。1926年秋，在集美加入中国共产党，同年11月，随北伐军回同安老家从事党的地下活动。1927年1月，担任中共同安县支部书记，在同安窗头、彭厝、黄厝、莲河等地组织农民协会。同年3月，在马巷成立同安县农民协会，被选为委员长，组织农民开展打倒土豪劣绅的活动。4月29日，同安县国民党右翼召开"护党拥蒋"大会，通缉彭友圃，他只好与李松林等人撤往南安、同安边界的前坂村，继续开展农民运动。

1927年底，彭友圃应越南河内福建籍华侨聘请，到河内大同学校担任教务主任，把当地私塾学校改为新式学校，教学用语由闽南语改为国语，学校面貌大为改观。但由于国内反动势力勾结河内闽侨社会的封建势力，将彭友圃驱逐出境。他秘密回到厦门后，不久病逝，年仅39岁。

彭友圃的故居在翔安区新店镇沙美村鹊峰下36—39号，清末民初始建。房屋坐北朝南，前、后两进，中为天井，西侧小护厝（榉头），面阔12米，总进深18米。前落大厝面阔3间，中为凹寿门廊及中厅，两侧厢房，硬山布瓦顶燕尾脊。后落面阔3间12米，进深3间8米，中为厅堂，两侧厢房，穿斗式梁架，硬山布瓦顶燕尾脊。门面及门廊以白色花岗岩为墙裙、墙腰、嵌入雕有夔龙纹"柜台脚"和案几纹转角柱础，西侧红砖镜面墙开有辉绿岩石框窗，门廊两侧对看墙有平安富贵纹砖雕，白色石框大门上镶嵌青石门当。整座建筑艳丽典雅，具有闽南"红砖厝"的风格。

《厦门名人故居》

❖ 谢明俊：卢嘉锡与宁远楼

卢嘉锡的故居位于鼓浪屿泉州路70号。它的斜对面就是著名的金瓜楼，建筑物美丽的外观吸引着路过的游客驻足参观。但却鲜有人知，门楼上方镌刻着"宁远楼"的这幢三层红砖楼房，它的三楼曾经住着中国著名的科学家卢嘉锡。

"宁远楼"建于清末民初，当时的门牌编号是泉州路99号。房主是菲律宾华侨蔡文恩。房主自住一楼，二、三楼出租。20世纪20年代卢氏三兄弟和父、母亲住进了该楼三层。在此之前，他们居住在今厦门中华街区的石壁街，建筑物现已不存。

因放弃了在台湾的家业内渡大陆，为维持生计，卢嘉锡父亲卢东启先生又操起了老本行，在宁远楼附近租房办私塾，起名为"留种园"。"留种园"因卢老先生渊博的学问而成为当时有名的私塾学校，并一直到抗战后期才被迫停办。卢嘉锡三兄弟都曾在"留种园"受着启蒙教育。

▷ 卢嘉锡

卢嘉锡赴英国留学期间，他的家人仍在此居住，但在抗战最后两年避难漳州平和县。1945 年 11 月，抗战胜利后卢嘉锡回国任职厦门大学，一家人仍居住在宁远楼。直到 1946 年底到 1947 年初才搬到太古码头的厦大宿舍——同文路 17 号，该建筑在前几年的旧城改造中已被拆除。

宁远楼的围墙紧邻道路，门楼呈欧式造型风格，上方有欧式建筑常见的卷草纹。门楣上是蓝色的"宁远楼"三字阴刻繁体隶书。楼房的地基比围墙和地面高出几个台阶，因此，进入大门必须登上几级台阶，台阶右边是一个面积不大的庭院。

宁远楼坐西北朝东南，是一座红色三层欧式楼房，清水红砖砌成外墙，建筑平面成"凹"字形，正立面中间凹进，两侧凸出。一楼中间是楼房入口，二、三楼中间是以水泥瓶件作护栏的阳台。楼凸出的两侧各有一扇窗户。一楼窗户系两扇的半月拱石框窗户。二、三楼窗户则为四扇的水泥框窗户，窗框上镌刻花纹，上有窗楣。窗扇均为百叶窗。楼的屋顶有女墙。楼房历经百年，已略显老旧。除了楼顶增加的简易搭盖物外，基本保存着原先的外观样式。房屋现仍由房主一家居住。

楼梯位于楼房的后面，沿着两侧钢护栏的水泥楼梯可以登上卢嘉锡和他的家人所住的三楼。站在三楼的走廊上可看见鼓浪屿著名的基督教堂"三一堂"，长年都能聆听教堂悠扬的钟声。从东南方的阳台往外看，眼前是泉州路的一座颇具规模的红砖古民居。它的右边是金瓜楼。再往右看，日光岩在蓝天和绿树的衬托下，展现出优美的身姿。

三楼为六房两厅，平面呈长方形，宽约 12 米，深约 13 米。楼梯上走廊的两边是厨房和卫生间。进入房屋前面是一间不大的餐厅，再往里就是客厅，客厅之后是阳台。客厅两侧是卧室，一边三间，每间面积约 15 平方米。当初卢嘉锡及其夫人、孩子就住在右侧靠外面的那间卧室。虽然我们现在已无法看到当时房间的摆设，但是可以想象除了一张大床外，一定还有装满书籍的书橱和一张宽大的书桌。房间既是他的卧室，也是他的书房。

宁远楼是卢嘉锡目前在厦门保存的唯一故居。虽然房屋的所有权不属卢嘉锡，但他在宁远楼居住了十几年，从童年到中年，在这里成长、读书、恋爱、结婚、生子，直至走向世界成为著名的科学家。可以说，宁远楼是卢嘉锡人生和事业的起点。

《厦门名人故居》

❖ 陈　娜：运筹在帷幄——陈文总与故居

　　陈文总早年就读家乡私塾"秋芬书屋"，厦门竞存小学、同文书院，毕业后任教于厦门大同小学，兼《厦声报》编辑。1921年与友人创办厦门通俗教育社。1923年7月组织市民抵制日货，遭日本浪人刺杀身负重伤，后转至上海治疗。在沪参与创办上海漳泉中学并任校长。1925年加入中国共产党。1927年随北伐军入闽，任"兴泉永道政治监察署"政治监察员，发动民众反对封建势力。1927年4月遭国民党右派通缉转移外地。同年8月参加南昌起义任指挥部秘书。1928年赴日本士官学校学习军事。1931年回国任冯玉祥秘书兼所部军事、政治教官。后就读陆军大学，毕业后留校任战术教官。抗战前后任南京步兵学校教官、二十九军上校副团长、第三战区机要室主任参谋。参加长城保卫战、淞沪、台儿庄等战役，表现突出，被国民政府授予"云麾""忠勤"勋章。抗战胜利前夕奉最高统帅之命撰写对联"一寸山河一寸血，十万青年十万军"发表在新闻媒体，激励广大爱国青年踊跃从军杀寇。抗战胜利后奉派到晋南及洛阳、郑州等地负责日军投降及遣俘工作。后任第一军少将参谋长，不久擢升为陆军中将。1947年7月因反对当局内战政策退出军界返厦。不久赴香港筹办福建中学并任首届校长。

　　陈文总早年居住在厦门咸菜巷、上古街、民族路的房屋已经坍塌。1938年厦门沦陷后其家眷迁居鼓浪屿内厝澳路8号。1947年8月至9月，陈文总返厦后赴港前就居住在这里。

这是一幢两层单角楼西式建筑。建于20世纪初，业主姓黄。该楼房位于笔架山西麓，毗邻交通要道，环境清幽，出行方便。建筑坐北朝南，为砖木结构。总面宽10米，进深6米，建筑面积约200平方米。平面呈外前廊式布局，西侧设角楼。主楼单层面阔两间，进深两间，共四房。中间厅堂分前后部分，面积约30平方米；东侧厢房分内外两室，面积约28平方米。角楼面朝主楼，单层面阔三间，进深一间，面积约36平方米。主楼底层与角楼之间内设走廊相连，其间有一楼梯通往二楼。楼梯为木质，中间有转角，采光条件一般。主楼底层南侧外走廊面积约14平方米，西侧内走廊面积约6平方米。建筑楼层高度约3.6米，内部通风状况、保温性能良好，可谓冬暖夏凉。

建筑外部券廊为圆形拱券，三大两小，一字摆开，外观酷似拱桥上大小不一的五个桥洞，极具曲线美。二楼走廊围栏外墙立面，镶嵌着精美浮雕五处。图案为平面下凹式、由矩形边框所包围的菱形，或单个独立，或交相重叠，线条明快，造型大方。券廊间矗立四根方形廊柱，仿佛四尊坚不可摧的金刚，拔地而起，直擎屋顶。廊柱顶端是纤巧细腻的浮雕，令人百看不厌。图案像华贵雍容的流苏，又像霍然出鞘的剑首。廊柱中间缠绕两道醒目的攀磴，它们上覆下承，凹凸有致，大小错落，棱角分明，天衣无缝，浑然一体，与周围其他浮雕相映成趣。建筑外墙以精细加工过的花岗岩条石为基础，古朴典雅。沿街外墙使用红砖堆砌、白灰勾线的工艺；其余外墙均为内里砖砌、表层抹灰，趁其未风干，在表面以水磨喷沙，使之粗糙颗粒化，最后形成自然褐色效果。其特点是表面坚固、耐损，不容易变形、褪色，得以在近百年风风雨雨的侵蚀中基本保持原貌。建筑屋檐、墙柱、窗套，均作角线装饰。临街窗台一律选用白色边框的单扇式玻璃窗；外面是西洋式双扇百合窗，既遮风避雨，又保证室内光线充足。角楼屋顶铺设一尺见方的红色板砖。主楼四坡顶全部选用中国式红瓦片。

陈文总的多年好友、台湾籍民主进步人士、著名诗人卢乃沃先生专门为他赋诗一首《赠陈文总中将》。诗曰："怜君倚马才，小试事编辑。投笔怯壮志，振翅冲霄立。回翔视神州，大劫风云急。鹰扬驱外侮，鼠角萧墙人。运筹在帷幄，西域干戈戢。百战赋归来，粉乡活银邑。路上忽相逢，一笑下车揖。为君歌古诗，乘车与戴笠。缠绵旧雨心，世风不可及。儒将信风流，鹭江风习习。"诗人用独特的艺术表现手法，对陈文总的传奇人生和不凡经历进行客观评价和高度概括，激昂而隽永，至今还令人一唱三叹，回味无穷。

《厦门名人故居》

第三辑

文教生活·
中西合璧的独特文化

❖ 洪永宏：陈嘉庚筹办厦门大学

陈嘉庚，1874年出生在福建省同安县集美社。17岁时出洋到新加坡，经多年艰苦奋斗，创下百万家业。他"久客南洋，志怀祖国，希图报效，已非一日"。但其时清廷腐败，列强侵凌，金瓯残缺，民不聊生。陈嘉庚对此疾首痛心。1909年，他经挚友林义顺介绍，拜识了孙中山，更加倾心革命。越年即加入中国同盟会，并被推举为新加坡中华总商会协理及华族新学——道南学堂的总理，跻身于华族社会上层。

武昌起义后，民国成立，更激起陈嘉庚满腔爱国热忱，他认定"教育为立国之本"，便于1912年亲自回乡创办了集美小学。随后陆续在集美开办师范、中学、商科、农林、水产等校，在新加坡支持爱同学校，赞助崇福女校，倡办华侨中学。竭力推进家乡福建及新加坡华族教育事业的发展，以冀对振兴中华有所裨益。

1919年爆发的五四爱国运动，激荡着炎黄子孙的心。陈嘉庚在"科学与民主"精神的影响下，毅然将新加坡数百万家业交给胞弟陈敬贤经管，自己回到祖国，着手筹办厦门大学。

当时，中国的高等教育还很落后，全国的大学仅有十来所，高等教育的重要性，尚未被国人所共识。陈嘉庚高瞻远瞩，他在1919年7月发布的《筹办福建厦门大学附设高等师范学校通告》中指出："专制之积弊未除，共和之建设未备，国民之教育未遍，地方之实业未兴，此四者欲望其各臻完善，非有高等教育专门知识，不足以躐等而达。"

因此，他"不揣冒昧，拟倡办大学校并附设高等师范于厦门"，并以独具的慧眼，选中了被废弃的演武场作为厦门大学校址。

为了推进各项筹办工作，陈嘉庚于7月13日假厦门浮屿陈氏宗祠举行

▷ 陈嘉庚

▷ 厦门大学

特别大会，当场宣布自己认捐开办费100万元，经常费300万元，总共洋银400万元。随后于1920年春拟聘来闽督导粤军的汪精卫为厦大校长。

1920年8月，陈嘉庚向省府申拨演武场为厦大校址的呈文获准，但汪精卫却因政务繁忙，来函婉辞。陈嘉庚于是奔赴上海，新聘全国教育界名流蔡元培、黄炎培、余日章、郭秉文、李登辉、胡敦复、邓萃英以及黄琬、叶渊为筹备员，于10月间召开第一次筹备委员会，推举筹备员、教育部参事邓萃英为厦大首任校长。接着，筹办中的厦大决定先设师范、商学二部。师范部之下分文、理两科；学制预科二年，本科四年。聘请留日学者郑贞文为教务主任，何公敢为总务主任，聘请留美化学博士刘树杞任大学秘书兼理科教授，留美经济学硕士陈灿为商科主任兼经济学教授，留美教育学硕士林淑敏为文科教授，留美、留法学者周辨明为外国语文教授。此外，还聘刘宜风、黄贤明、朱隐青、顾寿白、郑天挺、周予同、张哲农、章于天等先生为教职员，建立起教学与行政机构。校舍在演武场校舍未建成之前，借用集美学校即温楼先行开学。校训初定为"自强不息"，后改为"止于至善"。校歌由郑贞文写出歌词，邀请著名音乐家赵元任谱曲。招生问题决定先招预科生，经对报考学生进行考试，共录取112人，其中商学部28人，师范部84人。

1921年4月6日，私立厦门大学假集美学校举行开校式，中国第一所由海外华侨创办的大学即日宣告诞生。

由于种种原因，厦大开学不到一个月，首任校长邓萃英提出辞职，陈嘉庚当即照准，并电邀新加坡挚友林文庆博士继任校长。数日后，正值"五九"国耻纪念日，为使师生们不忘国耻，发愤为国，陈嘉庚率领全校师生从集美来到演武场，为第一批校舍的开工奠基。1922年2月，最东端的一座校舍首先竣工，定名为"映雪楼"，教职员及学生，即由集美迁入新校舍。年底，集美、群贤、同安、囊萤等楼相继建成。自此，爱国华侨为振兴中华而创办的厦门大学，便屹立在这演武场上。

《演武场上的高等学府：厦门大学》

❖ 陈碧笙："企业可以收盘，学校绝不能停办！"

从1926年开始，由于日货的削价倾销和同行业的激烈竞争，陈嘉庚所经营的各项企业，连年亏损，入不敷出。规模最大的橡胶品制造厂，又因为陈老带头抵制日货而被奸商雇人放火焚毁。据他自己估计，1926年至1928年三年间，资产损失460余万元，其中厦大、集美两校经费即占一半左右。1929—1931年，资本主义世界经济危机爆发，物价暴跌，陈氏企业更如江河日下，一蹶不振，而对两校经费却仍旧竭力负担。许多人劝他"停止校费以维持营业"，陈嘉庚担心两校"一经停课关门，则恢复难望"，"自己误青年之罪小，影响社会之罪大，在商业尚可经营之际，何以遽行停止？"有一家外国垄断公司提出以停止维持两校为合作的条件，陈断然拒绝说："不！企业可以收盘，学校绝不能停办！"直到最后被迫接受债权者条件，将所有企业改组为陈嘉庚股份有限公司，他仍力争每月支付两校经费5000元。在1933年，他不愿接受外国资本束缚，准备将陈嘉庚有限公司结束时，把许多橡胶厂、饼干厂出租与人合作经营，始终坚持必须在合约中写明所获利润抽出百分之二三十至五十（最高有达百分百的）充作两校经费。此外，他又通过募捐、借款、变卖校产种种方式千方百计为两校筹款，在他的兴学热情的鼓舞下，许多爱国华侨如黄奕住、曾江水、叶玉堆、李光前、黄廷元、陈六使、陈延谦、李俊承及新加坡群进公司纷纷捐资相助。林文庆校长也亲往马来亚各埠募得捐款30余万元，使厦大得以支撑下去。不仅教职工待遇没有降低，而且从未发生过当时教育界普遍存在的欠薪、扣发等现象。

到了1937年春，经费困难日趋严重，陈嘉庚考虑到"厦集两校虽能维持现状，然无进展希望，而诸项添置亦付阙如，未免误及青年"。为了集中力量办好集美学校，他写信给南京教育部长王世杰和福建省政府，表示愿意将所有厦大产业无条件献与政府，"不拘省立或国立均可，所有董事权一概取消"。不久得到复函同意，自是厦大改为国立，由萨本栋继任校长。他后来追述当时的处境，不胜感慨地写道："每念竭力兴学，期尽国民天职，不图经济竭蹶，为善不终……抱歉无似。"事实上，他为了创办与维持厦大，已经做出了很大的牺牲，尽了最大的努力。那种百折不挠、坚持办学的毅力和精神，无一人不深受感动。

《陈嘉庚创办厦门大学》

❖ 洪永宏：烽火中苦读的厦大学子

20世纪30年代初，资本主义世界爆发了空前惨烈的经济危机，陈嘉庚在南洋的企业受到惨重打击，最后被迫收盘，使得经费仰给于陈嘉庚的厦门大学陷入困境。从1930年至1936年，虽然厦大师生同心同德，争取各方援助，并一再裁并院系，但经费依然十分拮据，陈嘉庚万不得已具函请求政府接办。1937年7月1日，南京国民政府决定将私立厦门大学改归国立，7月6日简任著名物理学家、清华大学教授萨本栋博士为国立厦门大学首任校长。翌日，"七七"卢沟桥事变爆发，日军大举入侵，严重国难突临。

年仅35岁的萨本栋受命于危难之际，数日内就把清华大学教授一职交卸完毕，离开北平，先抵南京，再到厦门，29日接收完竣，正式视事。9月3日，日军袭击厦门，我军奋起抵抗，厦大校址逼邻炮台，位于火线之中，学校乃于4日暂迁鼓浪屿，借用英华中学及毓德女校部分校舍上课。

但是，地处海防前线的厦门、鼓浪屿，终非久留之地。萨本栋当机立断，决定将厦大迁往闽西山城长汀，以保证抗战期间教学不致中断。学校当即先将重要图书、仪器装箱内运，师生则于12月下旬全部内迁。经20天长途跋涉，于1938年1月17日在长汀复课。5月，厦门不幸沦陷，厦大演武场校舍被日寇炸毁。嗣后，日机又时常骚扰长汀。师生们切齿痛恨日寇的暴行，更加发愤勤教苦学，全校上下团结一心，使厦大在抗战的艰难环境中，得以不断发展。

教学机构方面，改归国立前因经费困难裁并院系，全校只设文、理、法商三学院、九学系。改归国立时撤销法律学系，原法商学院改名商学院；同时增办土木工程学系，暂附理学院内。1940年9月学校增设机电工程学系，理学院因之改称理工学院；10月，原福建大学法学院划归厦大，下设法律、政治、经济三系，商学院商业学系则划为银行、会计二学系。1944年8月，理工学院增设航空工程学系；1945年7月，文学院增设外国语文学系，法学院增设司法组。至抗战胜利前夕，全校共设文、理工、法、商四个学院，中文、外文、历史、教育、数理、化学、生物、土木、机电、航空、法律、司法、政治、经济、银行、会计等16系（组）。

随着教学机构的发展，在校生数也逐年增加，由1938学年度的284人增至1945学年度的1044人。其中新办的工科发展最快，三个系在1945年生数达427人，占全校总生数的41%。专任教师人数迁汀初期仅46人，其中教授、副教授22人；到1943学年已发展到94人，其中教授、副教授51人。著名的专家、教授谢玉铭、傅鹰、朱家忻、陈世昌、黄中、刘晋怪、李笠、余謇、李培囡、林惠祥、虞愚、汪德耀、黄苍林、顾瑞岩、陈超璧、陈烈甫、何炳梁、黄开禄、肖贞昌，以及著名的马克思主义经济学家王亚南，都先后来校任教。

校舍方面，刚到长汀时只有孔子庙及行署的部分房屋，1939年即扩展为三大院共约20座堂舍、教室。随后，学校向政府申拨虎背山南麓旧中山公园一大片荒地，数年间陆续兴建各类教室、阅览室、实验室、宿舍数十座，以及足球场、篮球场、大膳厅、蓄水池、发电厂等体育、生活设施，又在东门外及龙山麓分别建成第三、第四、第五教职员宿舍共十余座，并扩建了厦大医院；与原来孔子庙周边的三大院落连成一片，几乎占据了半个长汀城，使千余名师生得以安心求学和工作。

抗战期间，烽火遍及神州大地，长汀虽屡遭敌机空袭，但相对来说较

▷ 厦门大学群贤楼

▷ 厦门大学学生宿舍楼

为安定。厦大师生对此十分珍惜。而新入学的学生多数又是清寒好学子弟，他们都以能考入厦门大学为荣为幸，入学后自是勤勉学习，发奋攻读，务期求得真正的学问。学校方面则采取充实师资力量、加强基础学程、增设专业课程、严格考查考试等措施，狠抓教学质量，特别是教授、副教授全力教课，对提高学生的程度起到决定性的作用。

在萨本栋校长和全校师生共同努力下，抗战期间的厦大，教学质量迅速提高。1940年8月，国民政府教育部举行首届全国专科以上学校学生学业竞试，按获奖人数、获奖系数与每人所需经费数所占比率评定，厦门大学均名列第一。1941年第二届全国学业竞试，厦大再居首位，蝉联冠军。

厦门大学成绩斐然，吸引了许多中外人士前来参观。1944年春，英国纽凯索大学教授雷立克到中国考察战时高等教育，在重庆闻厦大之名，不远万里，特地来汀。当雷氏尚在汀时，美国地质地理学家葛德石也接踵而至。他们通过参观、访问、考察，对厦大备极赞扬，葛德石氏且谓"厦大为加尔各答以东之第一大学"。

《演武场上的高等学府：厦门大学》

❖ **叶时荣：** 同文书院，实行美式教育

清光绪二十三年（1897），日人办"东亚书院"于寮仔后。翌年2月，英人办"英华书院"于鼓浪屿。3月，美驻厦领事约翰生向兴泉永道杨执倡办"同文书院"，声称与教会无关。彼时，厦门教会学校有英办"观澜圣道学院""福音小学"，美办"德源书院""毓德女小""养元小学"，因遭国人抵制，生员寥寥无几。杨道尹轻信其言，遂送子弟入学，众官绅纷纷仿效。开办时生数42名，两年后骤增至400余名，居各院校之冠。

初办伊始，该校租寮仔后民宅为课堂。光绪二十八年（1902）华董集资兴建校舍于望高山。美驻厦领事为书院董事长，院长一职亦由美人出任，

▷ 1922 年的同文书院

▷ 同文书院章程

教育一式美化。其经费之充足，设备之先进，为他校望尘莫及。然其资金全出自华董及校友之解囊捐赠，美人则不拔一毛而大权在握，时人因有"中国人出钱给美国人办校"之说。

该院学生毕业由洋院长介绍"洋饭碗"，以此为饵，诱使学生就范，然示威罢课事件时起。1926年北伐后，各地纷纷收回教育权，华董收回该院自办，更名"同文中学"。1938年日寇入侵，迁校鼓浪屿租界，美领事复兼校长，旋由美牧师专任，遂成名副其实教会学校。至1941年为日寇封闭，历时43年。

《同文书院事略》

❖ 余少文：厦门图书馆的建立

1893年，厦门税务司英人贾雅格鉴于数年前德人卜君欲办一阅书报所机关，名曰博闻书院，草创未成。乃复向厦门官厅绅商劝捐1000余元，于望高石之阳（现水仙路）购置两层小楼屋一座。楼上前面为阅览室，后面为藏书室，楼下前面为管理员宿舍，后面为贮藏室。聘请林古徒等为董事，雇一管理员管理事务。所置图书多系教会新译浅近各种科学书籍。其最巨图书有一部《图书集成》。报纸有《上海申报》和《香港循环日报》。迨厦门有报纸，则添置本埠报纸。阅览人数每日约二三十人。但规模不大，名为书院，实比不上小型图书馆，只属阅书报所性质。唯厦门有公开阅览书报的机关，以博闻书院为创始，对于启发民智，不无小补。

1917年9月12日（阴历七月二十六日）厦门遭大台风，该院房屋全被吹倒。乃将院址变卖1000余元，暂存银行。迨至1920年，周殿薰先生创办厦门图书馆于文渊井，乃商请前博闻书院董事林古徒先生，将储存地价1000余元和所存图书器物，拨归厦门图书馆使用。林古徒先生自置《图书集成》一部和樟木书橱四架，亦一并赠送厦门图书馆。因两部《图书集成》

册数都有残缺，得以混合凑成完整。此举对于厦门文化事业的赞助，可谓热心云。

《厦门图书馆的建立》

❖ 王小林：鲁迅在厦门

伟大的思想家、革命家、文学家鲁迅先生曾经因林语堂先生的介绍到厦门大学任教，时间在 1926 年 9 月 4 日至 1927 年 1 月 16 日，共四个多月的时间。

在厦大期间，鲁迅先生那里经常有青年学生前往拜访。当时厦门大学学生自治会主席、共产党员罗扬才同鲁迅保持密切联系，曾邀请鲁迅在厦大和集美学校演讲。

这个时期，鲁迅先生的思想发生了重要变化。鲁迅说："我离开厦门的时候，思想已经有些改变。"（《而已集·答有恒先生》）。在《写在〈坟〉后面》一文中鲁迅先生宣告埋葬旧思想，同时明确肯定一个崭新的思想："世界却正由愚人造成，聪明人决不能支持世界，尤其是中国的聪明人。"这一思想，表明鲁迅先生开始告别唯心史观，而踏上唯物史观的门槛。这一思想体现在鲁迅在厦门大学编写的《汉文学史纲要》，鲁迅认为文学起源于"众手"创造，诗歌、文艺最早来源于人民群众的吟咏。这也论证了"愚人"支持世界的真理，标志着鲁迅思想发展中开始了一个重要转折。

1926 年 11 月 27 日，集美学校通过罗扬才邀请鲁迅前来演讲。鲁迅先生又再次阐明自己上述的观点。鲁迅先生在演讲中从五四运动谈到"三一八"惨案，历述这一时期"傻子"与"聪明人"的斗争。他说："黑暗与暴力不可能永远笼罩着中国。……傻子和傻子结合起来，一起发傻地向前冲，社会才能进步。世界上的事业是傻子干出来的。"

鲁迅先生在《华盖集续编的续编·海上通信》回忆了他在集美学校

▷ 集美学校大礼堂

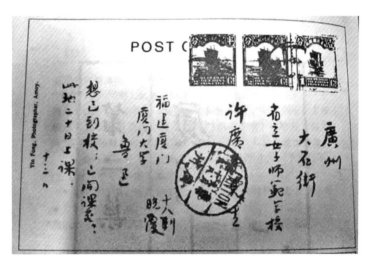

▷ 1926 年 9 月，鲁迅从厦门寄给许广平的明信片

的演说。当时集美学校校长叶渊邀请厦门大学国学院教授、学者到该校演说，分为六组，每周一组，每组两人。结果鲁迅和林语堂是第一组赴集美学校演讲的厦大国学院教授。但鲁迅先生在校方与之联系演讲接洽时与叶渊校长意见不合，叶渊认为学生应以学为主，埋头读书，而鲁迅认为学生也应该留心世事。鲁迅感到与校长意见有异，还是不去为好。但学校却说"也可以说说"。鲁迅感到："要我去（演讲），自然是可以的，但须凭我说一点我所要说的话，否则，我宁可一声不响。"于是在午后演讲中，鲁迅还是阐明他近期的一些思想：聪明人不能做事，因为他想来想去，终于什么也做不成。表明他在思想认识上已逐渐意识到，他努力从事的工作首先是启发千百万群众的觉悟，参与革命实践，而不是追随少数先驱者的启蒙主义。

《鲁迅先生在集美学校的一次演讲》

❖ 陈永安：海疆学术资料馆

1949年以前，厦门有一所学术资料馆，名叫海疆学术资料馆。

局外人以为，这是泉州国立海疆学校的附属机构，其实不然，海疆学校是国立的，而海疆学术资料馆却是私立的。就我所知，中华人民共和国成立前，纯粹为学术研究提供资料的机构，全省也只有这一所。

私立海疆学术资料馆的宗旨可以用12个字来概括：立足东南沿海，面向海外华侨。

该馆主要搜集东南沿海诸省（包括台湾、福建、浙江、广东等省）省情、海外侨情（尤以东南亚为重），以及有关海洋科学的各种资料，为开展学术研究提供方便条件。

在旧社会，像这样专为他人作嫁衣，为巧妇送米供粮，是十分少见的。只有一些学者、专家，才会对它关切和扶持。

当时国民党政府热衷于打内战，争利抢权，政局不稳，人心浮动，难得有几个人安下心来从事学术研究，因此，来馆利用资料者并不多。在我记忆中，以下诸人是比较热心和勤恳的。如陈盛智，既是董事，又是研究者，他所编著的《印度尼西亚民族运动史》，就是泡在资料馆中完稿的。此外，庄为玑、林惠祥、李式金、林英仪也是这里的常客，常到馆中查阅资料，厦大学生也来过一些，有的还曾连日来馆借阅、摘录。

有的人虽然不是为学术研究而来，只是因工作或业务需要，想了解一下南洋各国情势、华侨社会动态、商情、航情，以及有关史料，该馆也提供查阅的方便，为他们打开"窗口"。

记得当时厦门有一家《海疆日报》，它的办报的意旨，与海疆学术资料馆略同，需要刊载一些有关东南亚诸国的风土民情及海外侨情的文章，特意来馆要求供稿，谈定每天于报耳（报头两端）留下版第，刊用该馆提供的稿件，让厦门读者了解他们所关注的海外情况及知识。这件事，就由我与另一位馆员负责。每周稿件要在一周前送往报社（每周14篇），经年不辍。为有关方面供稿，这也是海疆学术资料馆的又一任务。

《海疆学术资料馆始末》

❖　叶春培、陈永谟：厦门通俗教育社

20世纪20年代初，厦门进步青年李维修、陈文总、李汉清、庄英才、黄邦桢、吴梓人、马侨儒、康伯钟、黄建成等十人，在五四运动的影响下，发起组织厦门通俗教育社，决定以戏剧为主要活动形式，对群众进行宣传。民国十年（1921）8月，经福建省教育厅批准备案，在厦门正式成立。

教育社原在厦门关仔内福音堂，设临时事务所。民国九年借用田仔境旧乐安堂为社址。建社初期设有新剧股，依靠社友捐献经费，维持活动。

民国十七年，继又成立平剧股，建立了平剧团（又称籁如票房）。民国十八年，新剧股组织剧团赴菲律宾演出，向华侨筹募基金，先后筹款3万多元，在月眉池建起了通俗教育社社址（现厦门市歌舞团团部），内设有舞台、观众座、排练厅和办公室。教育社从建立到民国十六年，领导权主要掌握在李维修、陈文总、陈尚友（陈伯达）、张觉觉等进步知识分子的手中，陈尚友和张觉觉任编辑股主任。"四一二"事变后，陈尚友、张觉觉先后离厦，教育社由工商界知名人士赞助经费进行活动。民国十九年，聘请周宗麟为总干事，公推康伯钟为总务主任。下设总务、会计、交际、教育、编辑、讲演、新剧、平剧等股，各股有主任主持事务。

新剧团和平剧团是教育社主要的活动部门。在大革命时期，他们为了援助"五卅"大罢工，赈济漳、宁、潮、汕水灾，捐助红十字会，筹建厦门中山医院和精武体育会、教育研究会、厦鼓救火会以及创办民众夜校、推销国货、抵制日货等，举行了规模大小不一的义演宣传活动。新剧股编演的《这是人的生活吗》和《婚姻的面面观》等，鼓舞了人民大众反帝反封建的革命热情。

民国二十年，"九一八"事变后，教育社的积极分子组织新剧团、平剧团和街头宣传小组等；在教育社的舞台、演讲厅，在鼓浪屿与鹭江戏院、厦门市说书场以及街头宣传演出自编的抗日剧目，并利用演出机会为中国共产党地下组织散发传单，鼓励人民同仇敌忾，保卫国家。

民国二十七年厦门沦陷，教育社停止活动。民国三十四年厦门光复。同年10月，原平剧团团员龚金水组织新旧社员200多人，恢复成立了理事会。王仁和为理事长，龚金水、杨青江为常务理事。由于平剧团的演出服装、道具保存较完善，所以只恢复一个平剧团进行活动。1949年中华人民共和国成立后，教育社改为厦门市文化馆。

《厦门通俗教育社》

❖ 黄雅川、余丽卿：我国最早的一所幼儿园

厦门鼓浪屿怀德幼稚园是我国最早的一所幼儿园。它创办于1898年2月，至今从未停办过，现改名为厦门市日光幼儿园。

1840年鸦片战争之后，中国沦为半封建半殖民地，厦门为最早的通商港口之一，鼓浪屿划为万国租界，外国人接踵而来传教、办医院、办学校。英国基督教长老公会（下称英公会）牧师韦玉振到鼓浪屿传教，其夫人韦爱莉随同前来，于光绪二十年即1898年在鼓浪屿鼓新路35号牧师楼创办幼稚园。幼生大部分为四岁至六岁的基督教徒子女，并设"怜儿班"，教员余守法为第一个向韦爱莉学习幼教的中国人。同时英公会还着手筹集资金，在鼓浪屿内厝沃西路（现永春路83号）建园舍，落成后命名为怀德幼稚园。

1901年英公会为解决闽南各地区蒙学堂的师资，将怀德幼稚园作为实习基地，开办附设幼稚师范学校——怀德幼稚师范学校。幼稚园除留用少数师范毕业生为专职教师外，大部分由在校的师范生兼任（半天学习，半天实习，轮换上课），每月每人津贴白银二元。

怀德幼稚园诞生于19世纪末，当时欧美许多国家普遍开办幼稚园，有的国家还把幼稚园列入学校系统中作为学校的基础。由于德国儿童教育家福禄培尔和意大利教育家蒙台梭利的教育学说对英国幼稚园教育的影响，因此，怀德幼稚园主要教育形式和内容多采用福禄培尔的主张；发展儿童的感觉器官，学习算术、自然常识、语言文字、绘画、手工、唱歌及宗教教育。游戏为儿童的基本活动，作业和游戏作为教育教学的根本内容，"思物"占有主要的位置，作业、游戏首先与"思物"的应用相联系。在教育教学中，也采用蒙台梭利的主张；重视儿童自由成长，重视环境对儿童的影响，强调对儿童进行感官训练，并使儿童按自己的兴趣和技能，挑选各

种适合自己的游戏和活动。园里的教具（蒙台梭利的感官训练等教材）大部分是由英国运载而来的。

1933年11月向当时的国民政府备案，园名为厦门鼓浪屿私立怀德幼稚园。

1941年12月鼓浪屿沦陷，英公会在怀德幼稚园的代理人吴天赐、欧斯文姑娘撤离鼓浪屿。怀德幼稚园被日伪接管，改名为鼓浪屿幼稚园，园长、教师皆由伪市政府重新聘用。教育、生活、活动内容，甚至连幼生吃的点心，都得按伪市政府的规定安排。1945年抗日战争胜利后，英公会又派其代理人白励志姑娘接回幼稚园，恢复原园称厦门鼓浪屿私立怀德幼稚园。

1950年怀德幼稚园由人民政府接办，1951年改为厦门师范附属小学幼儿园，1957年改名为厦门日光幼儿园。历任园长是：余守法、陈淑华、吴晶灵、朱秀恋、涂碧玉、洪瑞雪、蔡赞美、黄明玉、黄雅川、杨淑荃、傅秀恋、何瑞卿、余丽卿（以上除杨淑荃、傅秀恋外，均曾就读于怀德幼师）。

《我国最早的一所幼儿园》

◆ **李鹏梅：多次更名的《厦门日报》**

光绪三十四年十二月（1908年1月），由福建铁路公司漳厦铁路局创办的《厦门日报》在厦门问世。《厦门日报》从创刊到停刊，社址多次变动，其报刊也多次更名。1908年1月创刊时报馆设在厦门番仔街（今升平路）。宣统元年六月二十五日第461号第3版的《厦门日报》刊登了该报的"移所广告"，说："本报馆于本月26日迁移磁街路头旧美时行内，尚须部署一切，拟暂停报数天。外埠诸君如有函件，请直寄该处接洽。此布。"停刊10天后，第462号《厦门日报》于宣统元年六月初三日在海后磁街路头新馆出版。

其后，报馆再次搬迁到惠通街13—16号。《厦门日报》由《福建日报》更名而来。副贡生黄酞曾任该报主笔，先后任总理的有叶大藩、黄廷元（即社长）。宣统三年九月，《厦门日报》更名为《南声日报》，民国二年（1913），《南声报》更名《闽南报》。

《厦门日报》开头每天以对开六版发行，后期每天以四版发行，除星期日休刊外，周一至周六每天有报。其内容主要有中外要闻、各省新闻、闽各地新闻、要电汇录、专题论说、商业信息等。办报的经费来自广告收入和承接一些印刷业务。报纸上刊登的广告客户较多，而且客户比较固定。报馆不惜巨资从国外购得当时最先进的铅字印刷机及各种精臻花边铜模具，为承接印刷文件、传单、各种书刊创造了条件。

《厦门日报》开始时的办报宗旨是：反对日本帝国主义侵略我国台湾，反对日籍浪人在厦门和闽南各地胡作非为。该报除了报道国内外新闻、要闻外，每天在报纸的第二版论说、辟专栏刊登社会各界人士的论说文章，如：宣统元年正月十五日（1909年2月5日）第二版的论说——《新纪元之中国》；2月6日刊登的《福州各社会上我国赴万国禁烟大会使臣书》等等。

宣统三年九月十二日，《厦门日报》改名为《南声日报》，由吴济美任经理，先后主笔有黄幼垣、张海山、苏君藻、郭公团等。办报宗旨为"宣传革命，鼓吹民权"。该报的篇幅对开一张半共六版。除电讯外，还有社论、诗、文。由于该报坚持反对日本帝国主义的侵略政策，与日人、日籍台人办的《全闽新日报》相对峙，因此，日本侵略者对该报非常仇视，千方百计操纵《全闽新日报》，用来抗衡《厦门日报》和《南声日报》。

《南声日报》由张海珊任主编，是中国同盟会宣传民主革命的阵地。报社的电讯由厦门电报局收听香港报的新闻电，将接收来的新闻迅速转载，具有电报接收快而多的特点。因此，颇受社会人士的欢迎，报纸发行数量也从1300份增长到2000份。后因新闻电的来源问题，声誉曾一度受到影响。民国建立后，该报锋芒直指帝国主义和封建势力，反对帝国主义的侵略行径，反对封建势力与军阀的统治。由于时常发布一些对当局不利的新闻，因此，在办报过程中受到重重阻力和干扰，经常处于困难的境地。民国二年被迫停办。当时，英国驻厦门的领事馆想拉拢一批地方势力，占领舆论阵地，3月，由英国驻厦门领事馆出面"保护"《南声报》，改名为《闽南报》后复刊出版。

《闽南报》对于英国领事馆的"保护"行为，心中有数，坚定信念，仍然坚持反帝反封建的办报宗旨，拥护正义斗争。时常刊登一些不利于英国政府的消息，支持孙中山领导的反对袁世凯独裁统治，拥护资产阶级民主共和国制度的"二次革命"。由于这样，引起了英国政府的不满，民国三年，《闽南报》被查封。

两年后的民国五年，《闽南报》复刊继续出版发行。吴济美复任经理，担任过主笔的有黄幼垣、林籁馀、苏眇公、杨持平、徐屏山等人。《厦门日报》虽多次更名，始终坚持反帝反封建的办报宗旨，成为当时厦门人民反压迫、反侵略的舆论阵地。民国六年《闽南报》终于被查封。

《晚清的厦门报刊》

❖ 李鹏梅：《民钟报》的三起三落

1916年10月1日，由旅菲律宾华侨林翰仙等人组办的《民钟报》，1917年11月改由陈允洛等接办，1918年5月28日被封；1921年7月复刊，1921年9月第二次被查封；1922年又复刊，1923年停刊；1924年再次复刊，1930年9月8日被封闭。该报先后三次停复刊，历经坎坷，但始终坚持其办报宗旨：始终利用新闻报道反映大众心声，反对袁世凯的倒行逆施。该报创刊时，袁世凯已被打倒，为了"国民警钟长鸣，以防袁世凯之流再次复辟"，因此将报刊名定为《民钟报》。社址设在鼓浪屿。历时14年，是当时厦门最有名气的报纸之一。

1915年，在全国人民强烈反对日本帝国主义灭亡中国的"二十一条"、反对袁世凯复辟帝制的斗争中，护国运动以倒袁胜利而宣告结束。在这样的社会背景下，1916年许多革命党人、爱国华侨，陆续聚集厦门，商讨如何采用办报来宣传革命道理，以此唤起、发动民众参加革命。由旅菲律宾爱国华侨林翰仙在菲律宾募款2000元，在厦门与许卓然等合作筹办《民钟日报》。发起人有戴愧生、陈允洛等。《民钟报》创刊时曾向《声应报》购买印刷机和字粒，于1916年10月1日正式创刊。经理兼主编由林翰仙担任，编辑成员有李爱黄、黄莪生、杨持平（杨为义务加入），访员（即记者）为郭喜助。报馆的经费来源由许卓然帮助解决。报馆创办初期几度出现经费短缺，举步艰难，先后由陈允洛、潘举翊在马来亚的吉隆坡等地采取招股办法，募集办报资金。

1917年11月1日，许卓然、林翰仙、潘举翊将《民钟报》办报权移交陈允洛，由他接办，担任经理。总编辑由傅无闷担任，编辑由林翰仙、黄莪生担任，总务由李硕果担任。接办后，工作并不顺利。结算前任办报期间的开支情况，结果亏损了9800多元。为了节约开支，只好于1917年，社址从原来的和记崎洋楼迁到大宫口一座小三层楼。不料农历正月初二发生大地震，造成楼房损坏严重，只得再次搬迁到"五间仔"又名"鬼厝"的地方。报馆人员齐心协力排除困难，《民钟报》很快复刊了。报刊工作开展两三个月后这份报纸受到社会各界人士的欢迎，报纸销售量、广告数量逐日增多，报社收益有所增加。

后来，因报刊言论触怒福建督军李厚基，1918年5月李下令厦门当局查封报馆，由厦门军警与鼓浪屿工部局、会审公堂到报馆执行，抓捕经理、主笔。陈允洛、傅无闷离厦逃往香港避难。李硕果留下处理报馆善后事宜，并托人向会审公堂做解释工作。直到1919年判决获得胜诉，《民钟报》才得以启封。

1921年，吉隆坡华侨王雨亭在南洋收集《民钟报》原来尚存股款，着手做复刊的准备。1922年《民钟报》复刊，由王雨亭担任经理，经理部还有杨剑虹、白圻芬、徐振华等人，李硕果为股东驻厦代表，梁冰弦担任编辑兼主笔，陈绍虞担任副编辑主任，李汉青、傅维阁、梁一余、吴梓人等人任编辑。复刊后广告数量少，每天只出版两大张，八版。后因再次抨击李厚基，1922年中秋，报馆人员遭厦门警察厅拘捕，纷纷逃避。报馆暂时由郑选青维持，被迫停刊。这时报馆已负债9000余元。

1924年初，《民钟报》再次复刊。梁冰弦担任编辑，陈绍虞担任副主任编辑，刘石心主持笔政（1926年离厦，其弟刘抱真任主编）。1926年陈允洛任该报新闻编辑，先后任编辑的还有潘柔仲、陈范予、傅无闷等人；副刊编辑有王鲁彦（后成为中国著名小说家之一）、林和清（为林语堂之兄）、沈省愚（英华中学校长）、邵庆元（毓德中学校长）；李铁民担任外勤记者。这次复刊后，在李硕果担任经理期间，报馆的工作人员安排如下：经理李硕果；先后总编辑有梁冰弦、陈绍虞、刘石心、刘抱真等人；编辑有潘柔仲、陈士英、陈范予、陈允洛、林远峰、陈一民、林冰坡、林时新、李色朱、张履谦、赋西、李又眉；副刊编辑有王鲁彦、林和清、沈省愚、邵庆元等；外勤采访主任由李铁民担任；记者有周玉壶、纪昆仑、许辉纯；特约记者陈沙仑。

《民钟报》经历了多次的停复刊，仍然保持着自己独特的办报特点。它常以敏锐的洞察力观察、分析局势的变化，每天获取头条重要新闻，及时准确报道。社论方面也比较突出，报纸上时有一两篇有力度的社论。1918年5月，该报曾因刊登了有关反对福建督军李厚基的言论第二次被查封。1922年复刊后，曾以《破碎山河不忍看》为标题，重新刊登袁世凯屈服于日本帝国主义签订卖国的"二十一条"条约，全文排一版。在梁冰弦担任《民钟报》主笔时，其信仰安那其主义，曾经撰文发表长篇社论《到安全之路》，宣传无政府主义思想，引起当局的警惕。该报还针对许崇智进兵闽北，将驱除李厚基，李败退一事作了报道，再次抨击李。该报刊登新闻揭露在厦门发生的几件事，在社会上引起很大的震动。如：厦门海关对外轮"万福士"号华侨敲诈一事，厦门大鸦片烟商偷私运鸦片之事。厦门海关的外国人和大鸦片商先后都采取了行贿、威胁的办法，要求报馆更正此事，但最终均遭到报馆拒绝。《民钟报》在办报14年中，不屈服于反动政府的统治，敢于揭露社会黑暗面，抵抗反对势力的诱惑与威胁，并与其进行坚决的斗争。

该报副刊办得很活跃。鲁迅在厦门大学任教时，辅导学生创办的《鼓浪》《波艇》两个文学周刊，也曾在该报附版。

1930年9月8日，国民党思明县党部以该报时常发表过激言论为由，呈报中央党部批准，查封了该报。《民钟报》经历了三起三落的坎坷历程，最终以停刊而告终。

《清末民初的厦门报业》

❖ 杨恩溥：厦门《儿童日报》始末

《儿童日报》于民国二十三年4月试刊，同年9月18日正式创刊，是我国最早以儿童为对象的报纸之一。初创时得到辛亥革命元老庄银安、许春草和华侨黄钦书、洪晓春以及名医吴瑞甫等人支持赞助。社址设于厦门市区霞溪路，早期负责人为王宗臻。

《儿童日报》为四开四版，初期版面安排：第一版要闻综合版，第二版文化版，第三版科学版，第四版副刊"小朋友园地"。该报经常报道日本侵略军在我国蹂躏、残害同胞的事件以及厦门和全国各地的抗日救亡活动，深受小读者欢迎。创刊不久，发行量便突破6000份。报纸除在国内发行外，还发往新加坡、马来亚、菲律宾、缅甸等地。

厦门沦陷后，日本侵略者视《儿童日报》如洪水猛兽。鼓浪屿养元小学的学生蔡加木因用一张旧的《儿童日报》包书，竟被抓去拷打审问，其父母也因此被捕坐牢数月。在这种情况下，《儿童日报》被迫停刊。

《厦门〈儿童日报〉始末》

❖ 杨恩溥：《抗日新闻报》，以抗日救亡为宗旨

《抗日新闻报》诞生于抗战烽火燃遍祖国大江南北的1937年9月1日，

创办人是抗日爱国人士张圣才先生。报社设在厦门大中路一号，由张圣才任董事长兼社长，林再波任经理，许摩西任主笔，张定标、彭剑虹（兼翻译外电文稿）任编辑，记者有陈火甲等人。该报由大中路倍文印刷社承印。其办报经费，大部分是热心抗日的爱国人士捐助。每天印数4000多份，大部分是倍文印刷社免费义务承印，报社用的纸大多是横竹路阿叶开设的纸庄捐献的。而报社上自社长、经理，下至采编、送报人员，多数是兼职不兼薪。

▷ 张圣才

《抗日新闻报》很重视报社的形象和信誉，要求报社人员服装整齐朴素，工作时要佩戴醒目的报社胸章。该报以"爱我中华，抗日救国，团结一致，同仇敌忾"为宗旨。由于新闻及时，内容丰富，因此很快就在社会上享有盛誉。甚至当年驻守厦门的国民革命军一五七师师长黄涛，也以该报消息灵通，特发给报社采编人员印有"厦门警备司令部"字样的胸章，并要求采编人员如发现汉奸或可疑分子，可直接向司令部举报。记者外出都将司令部胸章别在西装的翻领后，遇到戒严，岗哨检查，只要指着佩带的《抗日新闻报》胸章和司令部胸章，便可优先通行。

《抗日新闻报》为四开四版日报，版面安排有时没有严格区分，大致如下：

第一版，抗日要闻。其消息来源，有根据路透社的电讯，也有编辑彭剑虹收听外国电台译出来的最新消息，以及《江声报》《星光日报》在该报兼职的记者提供的。

第二版，刊登本市和漳泉地区有关抗日活动的新闻、通讯。

第三版，选载国内外权威人士对重大战役得失的述评。

第四版，大部分刊登有关时局的言论和抗战文化动态。

1937年10月26日，金门沦陷。厦门处于唇亡齿寒、户破堂危的局面。在这紧急关头，10月28日，中共闽粤赣省委发出《对日抗战保卫漳厦宣言》，提出由中国共产党领导一部分抗日义勇军开赴前线，配合国民党守军，确保厦门和漳州。这则振奋人心的新闻，《抗日新闻报》率先刊登，厦门其他报纸才陆续转载。

1937年12月中旬，国民党军一再在长江口沉没军舰、趸船、民船，实行所谓焦土抗战。《抗日新闻报》将这些消息刊登在头版显著位置，并加短评，指出如此消极抗战，实属劳民伤财。因为单纯地沉船，对阻遏日本侵略军的猖狂进攻作用不大，却影响了长江的航运。

1938年1月，一五七师调离厦门，由宋天才、韩文英任正、副师长的七十五师接防。七十五师是一支杂牌部队，武器装备以及官兵的抗日意识不如一五七师。加上宋天才进驻厦门不到一个月，就将师部移到漳州。实际上只有该师一旅第四十五团三个步兵营，另加一个炮兵营驻守厦门，由副师长韩文英指挥。在厦门中上层军政人员采取退却、逃跑，没有信心保卫厦门的情况下，《抗日新闻报》全体人员一如既往，每天准时出报，大力宣传抗日。例如：1938年3月初，《抗日新闻报》重新发表张圣才于1937年12月4日在《闽南沿海的抗战问题》座谈会上的部分讲话，以阐明该报抗日的坚定立场。《抗日新闻报》经常刊登类似内容的文稿，争取和推动国民党军政界中上层官员，以及有声望的社会贤达，倾向、赞同中国共产党的抗日统一战线主张。

1938年5月9日，是一年一度的"五九"国耻纪念日。厦门各界集会并于夜间举行火炬游行，声讨日本帝国主义的侵略罪行。翌日，《抗日新闻报》详尽地进行报道。可是谁也没有想到，就在5月10日凌晨，日军已在浦口一带登陆。于是《抗日新闻报》便于1938年5月11日停刊。

《厦门〈抗日新闻报〉》

❖ 彭一万：《浔江渔火》走出国门

蔡继琨（1912—2004）于1912年中秋节诞生在古城泉州，而他的祖籍是台湾彰化鹿港。"台湾蔡"是鹿港的书香世家，也是泉州的望族名门。他的母亲洪水镜（1884—1967）是同安马巷洪家名媛。蔡继琨两岁时，父亲蔡实海就撒手西归，母亲扛下了家庭重担，她严格教子理家。蔡继琨小时候就能吟诗作对。他7岁时，母亲出题"枕头箱"，他即顺口对出"靠手板"。母亲最大的期望是儿子从事百年树人、为人师表的教育工作。

1933年，他从厦门港搭船前往上海，转乘开往日本长崎的"上海丸"，再转火车到东京，进入帝国高等音乐学院深造，追随铃木镇一（1898—1998）、罗泰史督克（1895—1985）及大木正夫（1901—1971）等教授学习指挥及作曲理论。罗泰史督克是来自欧洲的著名指挥家，当时担任日本新交响乐团（NHK交响乐团的前身）常任指挥，大大提升了日本交响乐的演出水准，对蔡继琨在管弦乐指挥方面影响颇深。

1936年初，蔡继琨在作曲课堂上，以南音旋律为作曲素材，将记忆中的浔江渔村的秀丽风光和对集美学校的深深眷恋，化为一串串音符，谱出悦耳动听的钢琴曲——《浔江渔火》。此曲在校内音乐会上演奏时，深受欢迎，获得好评。老师和同学们鼓励他用管弦乐曲的形式来表现，以取得更好的效果。1936年7月初，蔡继琨将《浔江渔火》改编成标题性管弦乐曲，采用中国民族风格的五声音阶，配上西方功能和声的做法。7月中旬，日本黎明作曲家联盟主办的"日本现代交响乐作品"公开征曲。9月中旬，征曲比赛结果揭晓，一些成名作曲家没有获奖，而蔡继琨的《浔江渔火》和富锐笃三的《黎明》、须贺田碣太郎的《前奏曲与赋格》等作品获奖。获奖作品于11月4日，由大木正夫指挥日本新交响乐团，在东京明治神宫外苑"日本青年馆"举行的"日本现代交响乐作品之夜"中公演。

这是中国音乐家的交响乐作品第一次在国际上获得大奖，开创了中国音乐家在现代交响乐创作领域的先河。在中国人民被视为"东亚病夫"的年代，更是震撼了国内外乐坛和政坛。时任中国驻日大使的许世英博士（曾任过福建巡按使和北洋政府总理）特别于1937年元旦，在大使馆大厅举行盛大的庆功宴，表彰蔡继琨的创作成就，昭示中国人具有优秀的能力。

《从〈浔江渔火〉到闽江灯火——著名音乐家、教育家蔡继琨》

❖ 丘承忠：拼音文字运动的先驱——卢戆章

1928年12月28日，中国拼音文字运动的先驱卢戆章先生因病逝世，终年75岁，安葬在鼓浪屿鸡山下。墓碑一米多高，碑的顶部横书："发明中华新字始祖"，正中竖书："卢公戆章佳域"。其墓屡经遗属整修，至今完好。

卢戆章，本名担，字雪樵，1854年12月18日出生于福建同安县古庄乡。早年丧父，诸兄从事农业，戆章自幼聪颖，9岁入学，18岁参加科举落第。当"欧化东渐"之际，他受到时代潮流的影响，认为"求学期以济世，寻章摘句胡为者"，思想开始发生变化。他先在堂兄卢贞赵家塾执教一年，后又在邻村英埭头执教两年。就在这时，邻村双圳头王奇赏宣传基督教，他一听心甚向往，就同学友洪克昌一起受业于王奇赏，开始研究《圣经》，并学习西洋的科学知识，"感欧美各国皆拼音成文，便恍然发改造汉字的宏愿"。

1875年，卢戆章21岁时南渡新加坡，专攻英文，半工半读。1879年回厦门后，寓居鼓浪屿内厝澳。因他既会厦门话，又懂英文，所以"西人习厦语，华人习英文，均奉以为师"。在教学中，他更坚定音字改革的决心，益发猛进不懈。在鼓浪屿，他又应英国传教士马约翰的聘请，帮助翻译《华英字典》。其间，为了实现改革汉字的宏愿，他致力研究漳泉十五音和话音字。漳泉十五音即漳州方言韵书《雅俗通十五音》和泉州方言韵书《汇音妙语》；话音字即闽南白话字。他"恐漳泉十五音字母不全，于是苦心考究，至悟其源源本本"；又"嫌话音字以数字母合切为一字，长短参差，甚占篇幅"。

后来，"忽一日，偶触心机，字母与韵脚（即十五音）两字合切，拼法为一母一字合切成音"。从此"尽弃外务，朝夕于斯，昼夜于斯，十多年于兹矣"。有人揶揄他说："子真撼树之蚍蜉，汉字之圣，一点一画无非地义天经，岂后儒所能增减"？可是他毫不动摇，只是"一笑置之"，仍然"置一切于不闻不问，朝斯夕斯，几废寝食"。

▷ 《一目了然初阶》原版封面

经过十几年的苦心孤诣，于1892年写成了厦门话的切音字专著《一目了然初阶》一书，书中拟订了他称为"中国第一快切音新字"的拼音方案，提出了"语言一律"的思想。书写成后，他自己手抄全文，自费刻板，在厦门五崎顶信文斋刊印出版。书面两旁有一对联："一目了然，男可晓，女可晓，智否贤愚均可晓；十年辛苦，朝于斯，夕于斯，阴晴寒暑悉于斯"。足见其创制切音字的良苦用心。

卢戆章创制切音字的目的，是要普及教育，提高人民的科学文化水平，使祖国富强起来。正因为他所处的时代是国力贫弱，"维强图新"的时代，法师西洋，自求富强，成为先进人士的普遍愿望，他在该书的序中写道："窃谓国之富强，基于格致，格致之兴，基于男妇老幼皆好学识理，其所以能好学识理者，基于切音字，则字母与切法习完，凡字无师能自读，基于字话一律，则读于口，遂即达于心，又基于字画简易，则易于习认，亦即易于提笔。省费十余载之光阴，将此光阴专攻于算学、格致、化学以及种种实学，何患国之不富强也哉？"其爱国之心，溢于言表。《一目了然初阶》出版后，卢戆章在鼓浪屿乌埭角和厦门二十四崎脚招集船工、小贩开班教学。他为了鼓励大家习识，还通过考试给予奖赏。实践证明，学习这种切音字，只需半年时间就能写所欲言。一时十分风行，连外国人来学的也不少，都称赞简便易学。由于他热心推行，"有从而问字者，不惜焦唇敝舌以诱之"。

卢先生几十年中，不仅在创制拼音方案方面，而且在推广京章官话（即普通话），推行白话口语，采用横排横写，提倡新式标点，使用简体俗字，以及实行分词连写、符号标调和注音识字等方面都在我国开了先河。自1892年以来的厦门和全国一样，语文现代化运动不断发展，厦门不少有识之士认识到推广"官话"（即普通话）和国语的重要意义，先后编写一些读本，并积极从事普通话的教学与宣传。其中的《京腔官话正续散语集》（1911）和《新出活字快话机》（1920）还用拉丁字母注音，它们基本上采用威妥玛式，但不完全相同，是清末切音字之后，"五四"国语罗马字之前的两种拉丁字母拼音设计。

特别是卢戆章的门生乔仲敏（北京人，早年来厦执教，又是美国在厦门鼓浪屿领事馆的职员），他所著的《新出活字快话机》对北京话音节结构作了科学分析和描写，具有现代语言学的观点，他的拼音设计有许多是和现在的汉语拼音方案完全一致的。当时正是汉字笔画式的"注音字母"公布不久，乔氏不采用注音字母，而用拉丁字母注音，实具远见。他在书中还设计了一种轮式"快话机"，以此进行组词成字教学，这实际上是一种"句型"教学法，是汉语语法教学的一种发明。

卢先生毕生致力于拼音文字运动，其戆气"可谓十足"，其为国为民的思想和甘于奉献的精神，值得后人纪念和学习。

《中国拼音文字运动的先驱——卢戆章》

第四辑

风云际会·烽火岁月中的赤子之情

❖ 丘崖兢：同文书院的学潮

厦门同文书院，以美国驻厦领事任董事长，厦门海关税务司任副董事长，拉拢一些地方豪绅和资本家任董事，称为华董。华董中有叶青池、傅孚伯、林菽庄、黄秀煨、钱三、丘振祥等，他们除自己出资捐助外，并负责向地方有资力的华商募捐，来给美国人办这个学校。书院一切权力操在美国人韦茶霁（Le.G.Wecil）之手。英国比美国早几年在鼓浪屿以教会名义创办英华书院，经过一段时间才组织董事会，董事多以该院校友充任。经费来源多取诸菲律宾华侨。英华书院采取教会形式，每天上午上课前要举行礼拜，并以《圣经》为主要课程。这两个书院互相竞争势力，钩心斗角，把毕业生介绍到厦门的海关、邮政局、电报局、洋行和外国银行去任职。以此为饵，诱使学生就范。但也有不少人起而反抗。同文书院第七班（毕业班）学生，因该院课程大部分系英文，每日仅插汉文课一节，不能满足他们学习汉文的愿望，于是要求增加汉文钟点，不得结果。全部愤而坚决离校，形成了反帝反奴化的学潮。

该书院有两个进步教师陈大弼、徐屏山和学生杨山光，在学潮中起了积极的作用。陈大弼系该院毕业生留院任教。经常阅读上海和海外的进步报刊，经英国驻厦领事馆邮政转递。当时我国邮权旁落，列强得在领事馆驻地自设邮政，收受所属洋行和挂籍牌洋行的信件，与外埠通邮，免受检查。陈大弼都把报刊介绍给进步学生看。徐屏山原籍台湾，因日本占领台湾，迁往厦门，任同文书院汉文教员。徐博学多闻，富有民族思想，受他哥哥徐明山（同盟会会员）的影响，他自己编写讲义授课，向学生灌输革命思想。杨山光年轻时即考取秀才，为进修外文，入同文书院肄业，亦参加同盟会。陈、徐、杨师生密切合作，对书院当局那种不许学生谈革命的

▷ 民国初年的邮政局

▷ 厦门海关旧影

高压手段和奴化政策极为不满，即分头鼓动第七班学生提出增加汉文课钟点要求，美国人韦茶霁悍然拒绝，并把全班学生开除。社会进步人士对学生表示同情和支持，但韦茶霁全不理睬。

于是，第七班学生反抗到底，坚决离开同文书院。事先杨山光请其岳父陈子挺出来创办公立中学。陈子挺开设建兴钱庄，为清末秀才，平时颇注意教育，乃毅然出巨资，并成立校董会进行募捐，很快地办起了厦门公立中学，以陈子挺任监督（即校长）。原同文书院教师陈大弼、徐屏山亦来到公立中学任教。另延聘李禧为图画教师，陈河洲为汉文教师。设正备斋两班，正斋是同文书院第七班学生，备斋是公立小学一班程度较高的学生。除根据当时学制施教外，特别注重灌输革命思想及加强体育锻炼，学生经常进行军事体操，脚扎绑腿，肩荷木枪，准备在必要时，为革命效忠。到了1911年，因经费困难而告停办，虽仅历时三年，却体现了厦门人民在辛亥前夕民族意识的勃起。

《厦门辛亥革命前后》

❖ 丘廑兢：厦门光复的经过

时厦门受广州起义的震动，革命情绪高涨。同盟会中人乃举行秘密会议，讨论如何加强组织，积极推动革命，决定分别与海外有关方面加强联系，并积极发展组织，物色适当人选向厦门驻军（包括炮台）策动反正。但对军队进行工作，终以没有适当的人选，并且也缺乏领导核心，以致不能贯彻执行。

1911年10月10日，武昌起义消息传到厦门，人心大为振奋，接着各省相继起义，革命的发展势如破竹。同盟会员张海珊等见此情势，认为厦门非有自己的报纸唤起人民行动不可，即组织《南兴报》，张自任总编辑，以苏君藻、黄幼垣任副主笔。11月3日，报纸正式发行，响彻了光复厦门的呼声。11月6日，市上忽传说"革命军来了"，商人纷纷关闭店门，举市骚然。久之，查无其事，才重开店门。一场虚惊，人心摇动，平时骑在人民头上的厦门道台庆蕃（满人），原已看到时局不妙，经此虚惊，更加害怕起来。就在11月8日夜，化装逃下海关巡船"并徵"号。越日，搭英轮"广西"号潜往上海，匿入租界。厦门人民知道庆蕃已跑掉，厦门提台也早已潜逃，正是起义光复的时机。

同盟会中人王振邦、黄约瑟、张海珊等四出活动，正在准备采取行动时，福州光复的消息传来，王振邦乃连同王汝明、孙应川等六人，往见厦门自治会会长陈子挺（厦门自治会在1911年12月成立，由各保保长操纵，代表多由各保董充任），商讨厦门光复的办法。陈子挺认为无须武装起义，只要等待福州派员来接收政权便好。在参加商讨的六人中，非同盟会会员赞成陈的主张，同盟会会员王振邦、丘汝明等坚决反对，认为省会福州光复伊始，地方维持和改革，千头万绪，恐在短期内不能顾到厦门。何况厦门市民迫切要求早日光复厦门，因此力主武装起义。陈子挺等不同意，最终没有达成协议。

在这种形势下，同盟会骨干们举行秘密会议，决定于11月15日起义，指定了集合地点和应收复的机关。到了15日，整个厦门市呈现紧张气氛，市民公开谈论革命和光复的事。午后，一阵阵的群众向寮仔后（现晨光路）行进，天仙茶园（日斯巴籍民黄瑞曲经营的戏园）挤满了人，多数赤手空拳，只有极少数人携带手枪，还有就是用香烟罐充做炸弹。在人声嘈杂中，张海珊走上台，控诉清政府的腐败和说明革命的意义，并宣布以道台衙门作为进攻的目标，凡参加起义的人，左臂均须缠扎盖有"革命军"印记的白布条，光复胜利后，凭白布条领大银五元。会上有人不同意这种雇佣式的革命军，但已无法收回成命。

哨笛一鸣，同盟会会员领先，几千个群众列成长蛇队，浩浩荡荡向目的地挺进。沿途加入的人很多，摩肩接踵，阵容更见雄壮。队伍到达道台衙门时，只有几个衙役在传达室里站着发抖。声称道台庆蕃已经逃了，其他吏胥也逃走一空。于是没有受到任何抵抗，便占领了道台衙门。翌日，军政分府成立，少数人推张海珊任统制，丘汝明（绰号大目）任警察局长，邵贞茂、林万山任巡官。是日，杨山光仅携带一把指挥刀，率领几十个群众，要接收湖里山炮台。

行至中途，杨以炮台驻兵有武器，而群众都是徒手的，如果遭遇抵抗，将造成损失。便派陈宝瑚先往湖里山炮台说服，队伍留在镇南关（现在大生里）等候消息。不久，陈复命说，炮台管带和全体士兵表示服从。队伍到达时，炮台管带偕同十几个士兵列队迎候，缴出大炮炮弹和若干步枪，炮台被顺利接收了。

厦门光复的捷报，传到海外，南洋各属华侨，都额手称庆，各侨团自动组织募捐队，向华侨进行募捐，华侨都慨然解囊捐资，缅甸先推庄银安（又名谷甫）携款来厦主持临时筹饷局，协助地方财政，接着丘廑兢亦由缅甸返厦，助庄处理事宜。槟城吴世荣、陈新政、黄金庆、丘明昶等也筹款汇厦。泗水（印尼属）派庄以卿、庄少谷、王少文带两万元到厦支援。各属华侨除支援厦门外，直接汇到南京国民政府和广东方面的捐款为数更多。海外华侨热爱祖国，对辛亥革命输财出入（实地参加革命），功绩至伟。孙中山先生在世的时候，誉华侨为革命之母，所作崇高评价，洵属不虚。

《厦门辛亥革命前后》

❖ 林庆余：昙花一现的厦门学生军

辛亥那年，我在厦门鼓浪屿寻源中学四年级读书，和同学一样，深受孙中山革命思想的影响，视革命事业"责无旁贷"，暗中宣传、鼓吹革命。

这年的5月14日晚上，我们几个同学聚在一块谈论时政。大家认为革命定会成功，清皇朝必然垮台，当场由徐嘉惠领先，我和林遵行继后，剪掉了发辫，表示决不再做清廷的奴隶。翌日踵接剪发的有10多人。学校主理（相当于校长）毕腓力（美国人）闻讯，召集我们严词诘问："你们剪发是不是闹革命？"徐嘉惠侃侃答说："我们互相传染了头虱，痒不可当，只好把辫剪弃，以根绝幼虱和虱卵，这是卫生行为，是不犯校规的。若说剪发是闹革命，毕主理你自己不也是剪发吗？"就这样把毕主理顶了回去，弄得他哑口无言。

我们敢于在专制统治还未垮台以前剪发，非不怕砍头，系因认为鼓浪屿是"万国公地"，自己又是"洋学生"，一意媚外的清朝官吏不敢非难我们。果然，直至1912年元旦中华民国宣告成立，我们并没有因剪发而招致麻烦。

11月15日，厦门人民在厦门同盟会骨干率领下起义，宣布厦门光复，成立"厦门军政分府"（设在厦门道台衙门旧址），公推张海珊为统制，叶赐福为厦门学生军队长，负责组织和领导学生军，准备必要时开赴前方，参加其他地方光复的战斗。

获悉组织学生军的消息后，我校报名参加的有30多人，占全校学生数的一半以上。因上课时出席学生寥寥无几，毕主理不得已宣布停课一星期，并分函通知学生父兄促子弟归学，但无效果。我们走出施行奴化教育的校门，进入革命军的行列，好像出笼的鸟儿似的，心中无限欢欣。

学生军（约300多人）组成后，即开始训练。数日后的某日上午9时许，学生军正在操场演习，忽闻清脆的枪声"噼啪"直响，大家都下意识地后退了一步。正彷徨莫名间，枪声骤紧，且凄厉刺耳，大家不免紧张起来并生恐怖感，遂自动散开躲避。至10余分钟后枪声停了，大家才镇静下来，席地谈开了。有的说，"这枪声说不定是清兵临死挣扎打的"；有的说，"这是革命军在实弹演习"；我却认为是军政分府当局故意打的，意在考验学生军的胆量。正谈着，叶赐福队长和10多名保安队兵，慌里慌张地走来，对我们说："刚才响枪系因清兵残部抗拒缴械而起，现已结束，请勿自相惊扰。"又说："奉令即日解散学生军，现由保安队保护你们出城回校，静候命令。"

"这是怎么回事？"我们好像陷入了闷葫芦里，顿感失望与惆怅，神色黯然、心情沉重地随在保安队之后离开操场。回头一望，叶赐福骑在马上殿后，眼神中不无惜别之情。（当时谁也没能想到，此次与叶分手即成永诀——不久，叶就在强攻泉州火药库的战斗中，因火药爆炸当场牺牲了。）

我们走走停停，拖着沉重的双腿沿大街向南城门走去。眼见沿路店铺和居家都关门闭户，街上很少行人；各木栅门也都关闭下锁，只留栅旁一小框洞供人出入，我们就是从各栅门的小框洞出了南城门的。

一进校门，大家都预感从毕主理那里将有一场霹雳大火降临头上，越想心中越不是滋味。不料事出意外，毕主理竟"宽容"起来，只给我们来了个"精神训话"，大意是："你们应该专心读书，求得真才实学，方能救国济世……"我们只把这话当耳边风罢了。

学生军被解散之谜，不久就揭晓了。原来，厦门军政分府成立不数日，内部即起了分裂，旋以矛盾激化造成武装冲突。我们那天在操场听到的枪声，便是因此而起的。冲突的结果是张海珊统制不安于位，弃职赴沪，王振邦也以责任重大不敢坐上这空着的第一把交椅。"分府"以无人为首，运转不灵，加以各地也相继光复，学生军便在这种情势下"奉令"解散了。

《昙花一现的厦门学生军》

◆ 赵家欣：风起云涌的抗日救亡运动

1936年的西安事变，在中国共产党的积极影响下得到和平解决。蒋介石被迫同意抗战，使人民对抵抗外来侵略，发动对日抗战，看到了一线曙光。1937年5月和7月，毛泽东主席相继发表了《为争取千百万群众进入抗日民族统一战线而斗争》和《中国共产党在抗日时期的任务》的文章，全国抗日气氛高涨。厦门也不例外，在中共厦门工委领导下，厦门人民群众的抗日救亡运动也蓬勃地发展起来了。

1936年11月的鲁迅先生追悼会，点燃起厦门抗日救亡的火炬。一系列的抗日救亡活动，一个接一个开展起来，其中有救亡歌咏运动，国防诗歌运动，抗战戏剧运动。

1936年12月，文化界著名人士刘良模从上海到厦门，在学校、在中山公园和在基督教青年会礼堂，教唱救亡歌曲，天天晚上，男男女女，成群结队地学唱歌曲，群情振奋，引吭高歌，喷射心中的怒火，形成动地的雷鸣。"不做亡国奴"的吼声，萦绕夜空。卢沟桥事变发生后，抗战成为显示抗日救亡热潮，更如洪水决堤，汹涌澎湃。《抗战的一天来到了》《大刀向鬼子们的头上砍去》《牺牲已到最后关头》等救亡歌曲，家喻户晓，人人会唱，救亡歌曲成为振奋人心，鼓舞斗志，坚定抗战信心的有力武器。其后，厦门抗战后援会宣传工作团，便以教唱救亡歌曲作为宣传的主要内容之一。

▷ 抗日宣传队下乡

1937年5月，革命诗人蒲风来到厦门。当时已是"七七事变"前夕，国防前线的厦门岛，抗日气氛高涨，蒲风是"中国诗歌会"的创始人之一，1934年后，他已创作出版了《茫茫夜》《六月流火》《钢铁的歌唱》《摇篮歌》等著名诗集。他到厦门后即和厦门的诗歌爱好者童晴岚、陈亚莹等发起组织诗歌座谈会，成为厦门诗歌会的组织者和领导人。参加诗歌座谈会的谢亿仁（谢怀丹）、黄楚云等，都是厦门抗日救亡运动的骨干力量；在他们的推动下，国防诗歌运动有了新的发展，在抗日救亡宣传中发挥了积极的作用。1938年5月厦门沦陷后，参加诗歌会的成员，多数成为"厦门青年战时服务团"的骨干，活跃在闽南抗日前线。

抗日战争前夕，在进步文化活动蓬勃开展中，厦门南天剧社应运而生。南天剧社是在中国共产党的抗日救亡号召下，由知识界组成的唯一的业余剧团，成员有小学教师、大学生、职员、新闻记者和社会青年，主要负责人和演员有叶苔痕、黄希昭、王金城（王秋田）、李侠（女）、钟青海等。演出了著名左翼作家田汉的《苏州夜话》《南归》《咖啡店的一夜》《湖上的悲剧》等独幕话剧。

1937年2月，漳州艻潮剧社到厦门巡回演出俄国果戈理的《钦差大臣》，洪深的《汉奸的子孙》和意大利名剧，受到厦门群众的欢迎，特别是多幕剧《钦差大臣》（又名《巡按》）的演出，轰动厦门。1937年4月，南天剧社邀请泉州鸽翼剧社、海沧海啸剧社、漳州艻潮剧社到厦门联合公演，这是闽南进步话剧社团的大会师，在联合公演中建立了战斗友谊，掀起了厦门进步话剧的新高潮。

"七七事变"后，南天剧社一部分人员离厦南渡，留下的社员参加了实际上由中共地下党领导的各界抗敌后援会宣传工作，从事救亡歌咏活动和街头剧的演出。在敌机轮番轰炸的战时气氛中，话剧从剧院走上街头，演出场数最多，效果最好的是《放下你的鞭子》《抓汉奸》等街头剧。街头剧和歌咏活动在发动群众，鼓舞抗日救亡斗志中，发挥了积极的作用。

《风起云涌的抗日救亡运动》

❖ 张圣才：抗日救国会掀起反日怒潮

1931年11月2日，市各界人民团体和学校代表数十人假大同中学礼堂举行成立大会。时国民党党政军认为这是大逆不道，准备武装镇压。抗日会闻讯安排十几位厦门知名老前辈黄幼垣、杨山光、许春草、杨子晖等守住大门，不让军警闯入，另外在校门口布置几百名工人纠察队，准备武斗。开会时，国民党大批军警如临大敌，在校门外虎视眈眈，但终不敢逞威。

"厦门抗日救国会"推选各界代表许春草等21人为执行委员。首先在厦禾路厦门建筑总工会公开挂牌，以后改在厦禾路糖油公会内办公，这是全国第一个公开挂牌的人民抗日团体。

"厦门抗日救国会"成立后，展开各种抗日活动，如张贴宣传东北义勇军抗日和淞沪抗战的壁报；捐款支援马占山和十九路军；组织群众游行示威；抵制日货；逮捕奸商示众等。在抵制日货活动中，救国会的纠察队多次与日籍台湾流氓短兵相向。有一次，国民党市党部唆使他们的忠实走卒码头工会主席陈福星率队数十人，冲击救国会的一次代表大会，纠察队员把陈福星绑起来，并驱走了暴徒。

又有一次，安记船务代理公司用"四山马"轮船从台湾运进几千吨煤炭，因为是日货，抗日救国会把它扣留。安记行地处三大姓的吴姓地界，受他们保护，"四山马"轮被扣，吴姓出面交涉，抗日会义正词严出动爱国群众和学生5000多人，声势浩大到安记行逮捕经理吴某游街，吴姓准备反扑，幸亏他们族长吴纯波是一个爱国明理的长者，极力安抚族众，才消除这一次严重冲突。

厦门抗日救国会公开进行反日活动，大大地提高了闽南各地群众的斗争精神。有22个县份相继成立了抗日团体，与厦门抗日会相互呼应，1931年12月底，在集美学校召开一次闽南各县反日团体联合会，并在厦门设立办事处，会址在厦禾路建筑总工会，由集美中学校长陈式锐为总干事。

《忆述厦门抗日救国会》

❖ **江菱菱：抗战中的厦门妇女**

"七七"抗战爆发，中华民族到了最危险的关头，不甘心做亡国奴的中国人民奋起反抗，厦门的妇女界，冲破了数十年由特殊环境造成的沉闷状态，纷纷走出厨房，走向街头，走向战场，投入到抗战的滚滚洪流中。

1937年7月28日，福建省各界抗敌后援会厦门分会成立。国民党市党部特派员陈联芬任主任委员。抗敌后援会厦门分会属下有个"慰劳工作团"，其前身是"中国妇女慰劳前方抗敌将士总会厦门分会"。团员200余人，由厦门各界妇女和部分家庭妇女组成，其中大部分是知识界妇女，会址设在定安路保生堂三楼。团长谢忆仁、组织股长黄楚云、宣传股长陈亚莹，都是共产党员。可以说，慰劳工作团（简称慰工团）表面上虽由国民党厦门市党部领导，实际上是中共厦门工委妇女支部具体领导。慰工团的主要任务是发动、组织厦门市各界妇女参加抗敌救亡运动，具体工作是进行抗日宣传，慰问前线抗日将士。她们出自一片赤诚的爱国心，满腔热情地做自己力所能及的工作，抗日救亡活动开展得十分活跃。

▷　妇女界游艺会公演的海报

　　慰工团大量的日常工作是配合另一个抗日团体——宣传工作团（主要负责人为中共党员）做抗日宣传。她们运用歌咏、戏剧、演讲、募捐等形式来唤醒群众。其中，街头宣传是最经常的活动形式。慰工团的同志们手拿小旗，敲锣打鼓，把群众吸引召集在一起，先教唱救亡歌曲，然后进行演讲，最后演街头剧。这种宣传形式群众非常欢迎，很有鼓动作用。在演讲过程中，群众了解到日军对沦陷区人民犯下的滔天罪行，群情激昂，义愤填膺，大家振臂高呼："打倒日本帝国主义！"慰工团演出的街头剧《放下你的鞭子》，深深地打动了群众，经常出现这样感人的场面：有的观众掏出腰包所有的钱，劝阻老汉别再打自己人，要把力量对准敌人打。有的观众愤怒地扭住扮演汉奸的演员，痛骂不已。这时，演员只好摘下胡子，脱掉假发。观众才醒悟到是在看戏，随即松了手，但眼角还挂着激动的泪花。在大戏院或露天搭台演出抗日戏剧时，经常先作演讲。主要的演讲者黄楚云虽然是广东人，但会讲一口流利的厦门话，而且富有演讲才能，深受群众欢迎。巡回宣传一般是到厦门市郊、鼓浪屿和邻县乡镇。如1937年10月17日，巡回宣传队一行50人到白水营作两天巡回宣传，演出《咆哮的河北》《警号》《秋阳》《父子兄弟》《放下你的鞭子》等抗日戏剧。邻乡闻讯，特地派人来邀请他们前往演出，鼓动民众的抗日热情。可见当时慰工团的宣传活动搞得有声有色，影响很大。

《抗战中的厦门妇女》

❖ 吴辉煌：救亡的歌声响彻厦门

1931年"九一八"事变后，日本帝国主义侵略者继侵占东北三省，又把矛头直指华北，妄图侵占全中国，中华民族已经到了生死存亡的关头。在这种形势下，各地自发地组织广大老百姓，大唱抗日歌曲，鼓舞人民抗日救亡的爱国情操。1935年"一二·九"爱国运动爆发前后，救亡歌咏团体如雨后春笋，遍布神州大地。

在中国共产党建立抗日民族统一战线的号召下，抗日救亡歌咏运动逐渐形成全民性的热潮，音乐界人士会集拢来，结成了以抗战音乐为主题的统一战线。大批救亡歌咏运动的骨干，如冼星海、吕骥、麦新、孟波、盛家伦、刘良模等人，奔赴祖国各地。所到之处，不仅传播救亡歌声，播撒抗战音乐火种，并帮助当地组织起了众多的歌咏团体。

▷ 冼星海

1936年初，厦门大学、双十、中华、慈勤和毓德等中学，在抗日救亡歌咏团体的鼓舞下，纷纷开展了抗日救亡歌咏活动。厦门妇女界也广泛发动群众参加歌咏活动。她们先让许多儿童学会抗日救亡歌曲，由他们传授其母亲、姑嫂和姐妹，并组织她们成立妇女歌咏队。还利用每天清晨卖报儿童集聚在各报社门前等候发报的机会，教唱救亡歌曲。孩子们学会了歌在沿途卖报时，边走边唱。一时间，抗日救亡歌声响彻厦门的大街小巷，嘹亮的歌声飘荡在厦门的上空。《打回老家去》《大路歌》《义勇军进行曲》《救中国》《锄头歌》《大刀进行曲》和《打杀汉奸》等抗日救亡歌曲在厦门迅速地唱开。唱出了厦门人民对敌人的仇恨和不做亡国奴的心声，大大地激发了市民们的民族感情和抗日热情。

1936年8月12日，厦门民众歌咏会的诞生，进一步点燃了厦门民众抗战歌咏活动的熊熊烈火。中共厦门市工委深入发动青年工人、店员和学生踊跃参加歌咏队。根据1936年11月《厦门青年》杂志的记载，当时参加歌咏队的人数一下子激增四倍。继而曾经在上海、苏州等地推动过抗日救亡歌咏运动的主角刘良模于12月8日由沪抵厦，并开始整天奔波于厦门社会各界，组织民众抗日歌咏活动。中共厦门工委选派戴世钦、童如两位党员密切配合，领导群众歌咏运动。

刘良模在厦门六天，先后为鼓浪屿教会学校、厦门基督教青年会夜校、双十中学、英华中学、毓德女中和厦门大学教唱《救亡进行曲》《打回老家去》等救亡歌曲，并作题为《救亡运动与民众歌咏》的专题报告。这次报告的内容由双十中学的白增祺记录整理，发表在《双十新闻》半月刊上。

刘良模在报告中满腔激情地说："民众歌咏即是救亡方式中的一种运动，所以它的工作，不单是唤起民众而已，进一步，它还要做到训练民众和组织民众，这样，它的任务才算完毕。"他呼吁大家团结起来，通过救亡歌咏活动，"联合起个性不同、志趣不同的同胞，叫他们手拉着手儿，向着救亡的大道勇往迈进。"

民众歌咏会在开展歌咏运动中，创作了大量通俗易懂又为广大工农群众所接受的救亡歌曲，对厦门及闽南地区的民众起到很好的启蒙教育作用。当时的双十中学校长黄其华称誉民众歌咏会为"救国之声"。《星光日报》和《江声报》还特地为民众救亡歌咏活动出版"专刊"。《华侨日报》也发表了该报记者的特写《听歌归来》，详尽地报道了民众歌咏会的教唱活动。在各个歌咏组织和学生运动的影响下，厦门的群众歌咏活动如火如荼地发展起来了，出现了1936年12月13日在中山公园5000人歌咏抗战歌曲的盛况。当年，曾经目睹该情景的蔡潮洋写道："是日会众多至千人以上，全体的热血真是沸腾了，大家声嘶力竭地高唱。这震天撼地的雄壮歌声，掀动了鹭江的怒潮，吓退了敌人的凶焰！呀，多么写意而令人快慰的一件事啊！"

1937年7月抗战全面爆发后，战火烧到了厦门。10月，叶苔痕带领厦门妇女"抗日宣传团"到鼓浪屿内厝澳种德宫宣传抗日，听众有3000多人。梁潮生教大家唱《保卫厦门》及以劝募救国公债为内容的歌曲："你也唱，我也唱，千人万人齐欢唱。全民抗战开始了，摧强惩暴声势壮。有气力的出气力，披坚执锐上战场。有钱财的出钱财，救国公债买几张……妇女一样知爱国，同心协力保国疆！"台上台下，情感交融，气氛热烈。

同年11月10日，日本军舰四次炮轰厦门，日机五次侵袭厦门上空，厦门胡里山炮台开炮反击。在这战火纷飞中，厦门妇女抗日慰劳队在谢怀丹的率领下，不惧敌机的临空威胁，一路高歌《牺牲已到最后关头》等救亡歌曲，到胡里山炮台鼓舞战斗中的官兵。

1938年"三八"国际劳动妇女节，1000余名厦门妇女集合游行，沿途高唱抗战救亡歌曲。雄壮的歌声激动了每个参加者的心弦，也感动了围观的群众，大家一起跟着唱了起来。厦门抗日救亡歌咏运动直接推动了广大群众投身到抗日洪流中去。

《厦门的抗日救亡歌咏运动》

❖ 宋俏梅：僧人救护队

"九一八"事变后，全国反日情绪高涨。1936年冬，中国佛教会认为僧众抗敌，义不容辞，请求国民政府准许僧人另行组织救护训练队，以便参加救死扶伤工作。

1937年4月，厦门市佛教会的瑞今法师和广甫（林子青）等人，召集厦门市各寺院山岩住持，组织"厦门市佛教僧众救护训练队"。4月13日上午8时，厦门市僧众救护队在南普陀寺藏经阁举行开学典礼，队员们个个"军装束带，精神饱满"。厦门市市长李时霖、国民党厦门市党部特派员陈联芬等出席参加，李时霖发表讲话。会上，南普陀寺方丈会泉法师号召僧人们说："我们要报国土恩、众生恩的机缘到来了，该是为国为民出力的时候了。"

厦门各寺院的98个（一说100人）僧人参加了救护训练队，集训队分为两个区位六个分队，着统一制服，上午为军事训练时间，请厦门大学军事教官张涤新兼任训练班的军事教官；下午为救护训练时间，由医生讲授救护常识。集训时间为五个月。每天清晨4点，各寺院僧人到南普陀寺早餐，军号一响，各僧人跑步集合开始军事训练。下午的救护训练持续到晚上8点才结束。

当时参加集训的僧人里，有后来闻名国际禅林的新加坡佛教总会会长宏船法师，新加坡华严精舍住持广义法师、天界寺住持传声法师等。

艰苦的训练取得很大的成效。僧众们两次参加了厦门全市性检阅大会操，其中一次在厦门大学演武场举行，"僧众救护队"位列大会操队列的第二排，步伐整齐，斗志昂扬。

"七七"全面抗战爆发，我国佛教界著名领袖、原厦门南普陀寺住持太虚大师在庐山通电全国，要求僧俗服从政府，奋勇护国。1937年8月12日，厦门市佛教会响应中国佛教会通令，从救护队中选派5人到上海集中训练后，北上抗战前线参加救护工作。当时上海的《申报》及厦门的《江声报》为此作了报道。

1938年2月10日，厦门市民纷纷为前方战士捐赠寒衣、鞋帽等抗战用品，远近佛教徒，闻风而起。市东岳庙的住持传灯法师将20把大刀捐赠给了市东区义警中队溪岸分队，法师说："日本侵略者横行中华，惨杀我同胞，举世义愤，天人共恨，我佛慈悲，亦作怒目。"当然，在抗日烽火遍及中国大地的时候，也有人对僧人是否应该加入抗战提出疑问，认为僧人应念佛吃斋，不应该卷入杀生的战争行列里。当时在闽南弘扬佛法的弘一法师（李叔同），满怀忧国情怀，写下数百幅"念佛不忘救国""救国必须念佛"的条幅，分赠各寺院，勉励佛教徒在民族危亡的时刻，把虔诚的宗教信仰同坚贞的民族气节结合起来，"爱教就要爱国"。

弘一法师义无反顾地站在了时代的洪流里。1937年抗战爆发前，目睹日军侵华气焰嚣张，各方劝大师内避，大师时居厦门万石莲寺，他说"为护法故，不怕炮弹"。自题居室曰"殉教堂"，表明自己与危城共存亡的决心。

《抗战中的厦门佛教徒》

❖ 赵家欣：厦门的陷落

抗战前，驻厦门的守卫部队只有为数不多的海军陆战队。全面抗战爆发初期，作为交战国的日本军舰，仍然毫无忌惮地进出厦门港口。1937年8月13日，日军大举进犯上海，厦门形势十分紧张，东南亚各地的福建华侨函电交驰，要求国民政府加强厦门的防卫，国民政府乃调陆军一五七师于8月21日驻防厦门，受到厦门人民的热烈欢迎。

一五七师进驻厦门后，采取了一系列行动，勒令日本人主办的《全闽新日报》停刊，大张旗鼓地逮捕和枪毙了一批浪人、汉奸。日本侵略者只好撤退侨民，关闭驻厦总领事馆，撤离厦门。从此，日机不断轰炸厦门市区，日舰经常窥伺厦门海域，而厦门人民在轰炸声中进一步掀起了抗日救亡的怒潮。一五七师的爱国官兵，也积极进行备战，修葺炮台，建筑工事，组织训练义勇壮丁队，整编保安警察。抗战气氛弥漫厦门岛上。

1937年10月26日，金门沦陷，唇亡齿寒，厦门危急，誓死保卫厦门成为军民的共同呼声。但是，1938年2月，国民政府调走了抗战意志较强，武器装备较好的一五七师，换来了兵力不足两个旅，武器装备较差的七十五师驻防厦门，而且师部驻在漳州，只留一个旅部，一个团的兵力，由一名副师长指挥，守卫厦门。以致三个月后，日寇大举进犯厦门时，虽然军民艰苦奋战，终于使侵略者不费多少代价就攻占了厦门。

5月9日晚上，厦门各界人民举行纪念"五九"国耻火炬游行，10日凌晨3时许，日军偷袭厦门禾山，在炮火掩护下，从五通、浦口、凤头等地登陆，进逼守军阵地，守军发现敌情，仓促应战，七十五师参谋主任楚恒仁率领壮丁队和保安警察赶到前线增援，与日军展开激战。日军占领滩头阵地后，后续部队不断登陆，并出动飞机助战，守军浴血奋战，虽歼灭一部分敌军，终因兵力、武器悬殊，楚恒仁以下官兵全部壮烈殉国。

10日上午，日军与我后续部队激战后，侵占禾山要地江头街，随即分兵进犯吕厝、何厝，夹攻莲坂村，我方武器落后的壮丁队、保安队以血肉之躯，节节奋战，莲坂失陷，退守梧村。

▷　日军飞机在厦门上空轰炸

在保卫厦门的战斗中，中共厦门工委领导下的抗敌后援会宣传、慰劳两个工作团的成员，分头动员和组织群众，冒着炮火，支援前线，慰劳部队，救护伤员；打击造谣破坏的汉奸，维持市区社会治安，直到日军进入市区，才撤往鼓浪屿。厦门人民子弟组织起来的壮丁义勇队，为捍卫家乡，抗击入侵之敌，英勇战斗，不少人献出了宝贵的生命。七十五师官兵和保安警察队，激于民族义愤，爱国热情，浴血奋战，也有重大伤亡。厦门的三天保卫战，表现了中华民族抗击外侮，前仆后继的英雄气概。

厦门原有18万人口，日寇登陆禾山后，市民纷纷扶老携幼，渡海前往鼓浪屿避难。厦门沦陷后，有的疏散闽南内地，有的南渡投奔亲友！大部分人则留居鼓浪屿。来不及逃出的老弱妇孺仅剩1万多人。日寇占领时的厦门，十室九空。在很长的时间内，找不到充当维持会长的合适人选，充分表现了厦门人民不愿当日寇顺民的民族气节。

《厦门的陷落》

❖ **任仲泉：** 日军投降，举市欢庆

1945年8月14日夜8时左右，我在永安吉山应同事秦君的宴请，正酒酣耳热之际，听到永安美国新闻处发布日本无条件投降的消息。席间人心振奋，相偕涌上街头，家家燃放鞭炮，彻夜未绝。在此之先，苏联对日宣战，美国在日本的广岛和长崎扔下两枚原子弹，大家都预感胜利在望。省府首脑也有接收金厦的准备。关于人选问题，主席兼第三战区副司令长官刘建绪内定由省保安处长兼保安纵队司令严泽元为接收金厦委员会主任委员，经向第三战区司令长官顾祝同推荐，获得同意后即在省府例会上发表。严是黄埔军校三期毕业，曾任驻日武官，对日本政治、经济、军事均有研究，是当时最合适的人选。严奉命即组成如下的工作班子：上校参谋丁维禧（尚有中校参谋一人由纵队司令部调用），中校副官周维新，少校副官陈惊奇，军需办苏东海，秘书任仲泉（译电员二人、司书二人均由纵队司令部调用），随从副官上尉陈庆云，配备卫士一班。

此时，公路破坏尚未修复，用两部卡车、一部小汽车送至大田后，步行至德化，在保安纵队司令部驻地住一天后，继续启程经泉州直趋漳州，租用龙溪九龙饭店办公。日本驻厦门的最高长官为海军中将原田清一，当他得知接收人员已到漳州，即派上尉参谋一人前来联络。严泽元用福建省保安纵队司令名义命令其造具投降官兵花名册，军事设施、武器弹药物资等清册。

当时，省府已发表省府委员黄天爵兼厦门市长，他带了一套人马集中漳州、集美两地待命。第三战区司令长官部派一少将专员李致中，副司令长官部（驻南平原第十集团军总司令部）亦派少将参谋处长唐精武来漳协助，一时将星云集，苦煞龙溪县长应接不暇。严泽元在日本多时，平时深

究仪表，对工作人员仍着战时土布装，腰束皮腰带，认为有损战胜国威仪，乃令人到厦门采购卡其布两匹为工作人员制笔挺新装，并换上皮鞋。

正在整装待发之际，海军第二舰队司令李世甲中将（当时亦是福建省政府委员）奉海军总司令陈绍宽委派为接收厦门日本海军专员。他到达集美时，电告严泽元不要进入厦门。严急电第三战区正副司令长官顾祝同与刘建绪请示。对国民党中央以何应钦为首的主张按战区序列接收；而以海军陈绍宽为首的主张台、澎、金、马要港应归海军接收，从日军投降至9月20日僵持了一个多月，文电交加，无法协调。陆、海军双方陈兵集美，谁都不让对方先入厦门。厦市沦陷七年多，人民盼望光复，成为泡影。连日本联络参谋都哀叹云：我们希望你们早日接收厦门，以解决厦市人民粮食、薪煤、蔬菜等生活资料的供应问题。

9月中旬，接上级命令，改由海军李世甲接受厦门日军投降，28日在鼓浪屿海滨饭店举行受降仪式。嗣因李奉命接收台湾、澎湖日本海军投降，旋即离厦，发表刘德浦为厦门要港司令，继续办理未了事务。我们省方大批人员因9月下旬连日台风袭击厦门，无法渡海，延至10月3日，才分别由石码、集美进入厦门。到埠后，群众夹道迎迓，欢声雷动，旌旗若潮，鞭炮烟雾遮天。海军方面已接收投降官兵2000余人，以厦门大学校舍为临时俘虏集中营。是日起，全市治安防务由陈重率保安一团接防，黄天爵等一行接管厦门全市行政机关。至于海关、邮电、银行、司法、税务等伪机关，亦由国民党中央各系统派员接收。敌伪人员怕国法不容，纷纷寻求投靠庇护，中统、军统分子，乘机活动，有些人大量受贿，发了不义之财。

驻厦期间，驻在虎头山原日海军司令部的好几部大、小汽车供我们使用，由日人开车。在路上，日本军人（部分留用未进战俘营）见到我们均立正敬礼、文职人员均作90度鞠躬，恭谨听命。八年中国同胞受尽污辱欺凌，全国军民牺牲多少生命，才换得最后胜利，今日亲见日本投降，战犯待审，衷心感到无限兴奋。11月杪，我随严泽元回到福州，立即返永安吉山。不久，省府机关全部迁回省会，保安处亦同时迁回，暂住林文忠公祠堂办公。

新年过后，阅报知第三战区少将专员李致中在接收物资中因盗卖汽车案发，经军法审讯属实，判处死刑。这是此次接收中的一段插曲。

《参加接收厦门日军投降琐忆》

❖ 游全章：英雄船工的壮举

1949年9月，海沧地区解放。地下党组织根据上级的指示，大力发动船工支援前线，参加解放厦门岛的战斗。东屿、贞庵、鳌冠、新垵、霞阳和来自附近的上百名船工，积极响应，带着船只，集中新垵、霞阳一带，接受训练，待命出发。战斗一打响，他们个个在纷飞的炮火中，临危不惧，运送大批解放军战士登上厦门岛，立下赫赫战功。

▷ 厦门战役中，解放军借用渔民的帆船进行渡海作战

1949年10月15日下午6时，党中央、中央军委下达解放厦门岛的命令。船工们在作战指挥部的统一指挥下，驾驶着各种船只，满载解放军指战员，向厦门、鼓浪屿进发。新垵村的老船工杨大炮，当驻新垵的三十一军九十二师二七四团动员船工支前时，他一马当先报名参战，并积极配合

驻军从各地组织调集20多条木舟和帆船参与支前和战斗。解放厦门的战斗打响后，杨大炮驾驶的团部指挥船，听从二七四团周团长的指挥，临危不惧，凭着老练的驾驶技术，往返三次穿梭在鳌冠与高崎寨上之间的海面上，往返途中又抢救四位受伤的解放军战士，荣获一等功臣的称号。

强登寨上的战斗十分激烈。当解放军登陆船队接近蒋军阵地时，顿时枪声大作，守敌从寨上、牛脚仓、石湖山一带用迫击炮、机枪密集炮火射向船队，妄图阻止我军前进，一时我军前进受阻，战士损失严重。霞阳船工杨友明首当其冲，不幸胸部中弹，血流如注，他左手捂着伤口，用右手和腹部固定舵位，继续前进。船到滩头，他已经壮烈牺牲。船工杜宗德，从翁厝连续运载部队向寨上挺进，不幸遭受敌机俯冲扫射，身中三弹，仍不下火线，顽强地掌好船舵，直至牺牲时他双手还紧紧握着船舵不放。为表彰杨友明、杜宗德英勇参战，中央人民政府特颁发了"革命烈士光荣证书"。

荣立二等功的船工杨新用、杨元妙、高端明、郑明川等人，在10月16日的战斗中，不畏艰险，乘风破浪，往返多次运载解放大军登陆厦门岛，光荣受伤，至今身上还保留当年留下的弹头。荣立三等功的船工叶英科在解放鼓浪屿的战斗中，右膝连中三弹，不能站立，就坚持坐卧掌舵，抢运战士上岛，一直坚持到战斗胜利才入野战医院手术抢救。由于延误抢救时间，叶英科右腿残废。船工王振卿、王友才共同驾驶载重10多吨的帆船，15日黄昏时刻开始满载部队冒着石湖山两侧守敌的猛烈炮火，穿梭不停地从翁厝、田边运送部队强行登陆作战，保证了解放军及时占领石湖山阵地，全歼石湖山顽敌，受到军部的表彰。

现已年近80的鳌冠船工苏党，当年是一位20出头的船工。战斗打响后，他冒着敌人密集的炮火，往返四次送大批解放军登上厦门岛。厦门解放后，他又积极参加解放东山岛的战斗，先后荣立三等功和二等功。他现在还珍藏着当年叶飞司令员和周志坚军长颁发的两张奖状。

《参加解放厦门战斗的英雄船工》

第五辑

顾客盈门·
鼓浪屿上的老字号和生意经

❖ 郑原梦、吴世荣：保险业不"保险"

20世纪20年代以后，中国、中南、新华等银行都开始代理该行主办的或合办的各项保险业务。华商谦顺行代理英商旗昌保险公司，渊源兄弟公司代理中国天一保险公司，陈隆泰号代理新加坡亚洲保险公司业务。上海泰山保险公司、上海华安合群保寿公司、宁绍人寿保险公司、永吉保寿储蓄会、福明保寿储蓄有限公司等，先后存厦设立机构。当时，保险种类一般有水火险、汽车意外险、货物运输险、兵灾险、盐运险、人寿险等。而以水火险为主，尤其着重水险。火险则以仓库堆栈为主要对象，商行住宅保险较少。1936年7月间，厦门邮政局也开办简易人寿险。尽管华商保险业一度兴起，但因资本短少，经营不善，无法与外商竞争，大额保险业务不得不向外商分保，而主要业务为外商所控制。

厦门沦陷期间，日本控制厦门金融市场，保险业务几乎由日商三井洋行垄断，当时办理水险、火险、兵险、人寿险等。

抗战胜利后，外商保险业尚未复业，华商保险资本涌入厦门，争相设立机构，厦门保险市场出现一度畸形繁荣，中国的银行资本相继投入保险事业。抗战期间，华侨集资设立的南侨保险公司，原设在南平县，战后迁来厦门，址在鹭江道大干旅社内。主要经营水火险，国家的中央、中国、交通、农民四大银行，均有办理保险业务。如中央信托局的保险部、中国银行的中国保险公司、交通银行的太平洋保险公司、农民银行办理农业保险公司等。商业银行如新华银行代理太平保险公司业务，还投资开办新丰保险公司，中南银行代理太平保险公司业务。邮政局也恢复简易人寿险和邮包险。当时保险业务主要是通过各银行押汇和放款，贴现业务，办理货物运输保险和仓库物资火险。美亚保险公司有航空运输险等业务。

1949年初，国民政府因军事形势节节败退，经济崩溃，恶性通货膨胀，伪币变成废纸，致使有些保险公司以美元承保，大部分保险公司资产消耗殆尽，无法营业。厦门解放前夕，金融市场一片混乱，厦门保险业陷于瘫痪状态，美亚首先结束，各官僚资本经营的保险公司亦随其原代理机构同时解体。

《漫谈厦门保险业》

❖ 马 达：历史悠久的"怀德居"老药铺

怀德居创设于1552年，即明朝嘉靖年间，距今已有400年历史。是厦门最古老的药铺。创始者郭斐然，河南人，从小拜师学武艺，对中草药颇有研究。因家乡灾荒，生活困难，乃离开故乡。沿途打拳卖药为生，辗转福建，落脚龙溪（今龙海），继来厦门，仍然以打拳卖药为生，并在港仔口（现镇邦路）建置一座房屋，开设怀德居药铺，取名"怀德"寓"心怀宾客""德庇四方"之义，有关怀百姓、行德济世的意思。

药贩陈裕记从四川等地贩运中药材来厦，因买卖业务来往与郭斐然成为知交，遂合股经营，郭占股60%，陈占股40%。郭陈两家合办，相传几代人。

长期以来，怀德居老药铺，专售遵古制炼的丹、膏、丸、散，如十全大补丸、乌鸡白凤丸、普救丸等，批零兼售。最为出名的是"大珠碧惊风散"与"药制橄榄豉"。"大珠碧惊风散"是专治小儿惊风症。"药制橄榄豉"则用于治疗感冒风寒、消积醒酒、晕车晕船。由于成品药严守秘方剂量配药，依法炮制，药真量足，保证疗效，深受群众信赖。特别是"药制橄榄豉"，既可药用，又作休闲漫话小点，备受顾客欢迎，成为华侨携带出国、馈赠亲友礼品与居家必备的珍品。"怀德居"的牌号闻名海内外，产品远销东南亚各国，在福建省福州、泉州等地也极为畅销。

1932年，"怀德居"药铺迁往中山路161号。1954年，迁回镇邦路38

号，仍由郭陈后裔合伙经营、主持店务，负责人郭金全。

1956年对资改造，怀德居药铺与1632年创设的老字号药铺"正和药丸行"合并成立"正和怀德居联合制药厂"，继续生产这两家老字号的传统中成药。1958年，"正和怀德居联合制药厂"又与厦门市医药站制药厂合并，成立了厦门第一家"地方国营厦门制药厂"。虽然没有原来的老字号，但传统名牌中成药"大珠碧惊风散"是闽南一带和东南亚侨胞常用儿科良药，仍然制售海内外。

《"怀德居"老药铺》

❖ 郭会洋：驰名中外的"三堂"药酒

驰名中外的万全堂、春生堂、松筠堂"三堂"药酒是厦门传统的名牌药酒。

"万全堂"是浙江绍兴人钱启太来厦门创设的，已有300年历史。钱启太开设药铺于外关帝庙后面（现新路街），以双龙牌为标记，出售京传宫廷秘方丹、膏、丸、散及国光药酒等，生意兴隆，尤以国光药酒享有名声。钱启太研制的"国光药酒"，以沉香、砂仁、东埔叩等30多种名贵药材。碾末浸入高粱酒内，百日后配制而成。由于国光药酒药味均匀，酒质醇厚，有舒筋活络等作用，被人们视为补品。

"春生堂"是永春县仙夹乡人郭信春创设于清朝道光年间，店址福寿宫（今开禾路），已有100多年历史。郭信春自幼喜拳术，曾随师往河南少林寺习拳，早年来厦办国术馆，精通医理，对风伤骨折更有研究。为了医效，他创制以狮球为商标的"风伤药酒"，采用部分贵重进口药材，碾末浸入高粱酒中，又以数十种地道药材经过加工提炼后配制而成。其酒质醇，药味纯正，不寒不燥，有祛风、补筋骨、舒筋活络、行血益气等功效，行销东南亚各地。

"松筠堂"是由晋江林口村人翁朝言医师开创的，店址在厦门港民生路，有近百年历史。翁医师年轻时精通各种拳术，钻研风伤骨科。他根据行医积累的经验和秘传的验方精心研制的"松筠堂药酒"，对治疗久年风湿、四肢麻木、跌打损伤等症都有疗效。此药酒全部采用国产地道药材及部分青草药，经加工处理后，再熬煮成膏配制高粱酒贮存后而成，产品销售闽南沿海各地。

《"三堂"药酒》

▷　鹭江道上的商号

❖　赖　英："元合"厨刀，轻快锋利

　　厦门"元合"手工业铺生产的菜刀，以其质量优良，轻快锋利而闻名于国内外。这家店铺设在九条巷，开创于清道光年间，距今已有100多年历史。从创始人郑保赖开始，传至现时传人郑乃荣，及郑守仁已历经四五代人了。元合厨刀之所以能成为本市传统名牌手工业产品，就是因为它具有许多特点，首先是具有实际的使用价值。

　　俗语说得好："工欲善其事，必先利其器。"菜刀作为利器来说，首先就必须锋利，但仅是锋利还不够，还要在使用时能做到不崩嘴、不卷刃、不双嘴夹炭，使用适手等，方能称得上是好的菜刀。要达到上述的要求，这就要看工匠的技艺了。要制造出一把符合质量要求的菜刀，不但要技术上极其熟练，在操作上也要精细，因为在工艺流程中的各道工序，都有其非常严格的技术标准，要一丝不苟，方能生产出高质量的产品。元合厨刀能够保持声誉，就是因其传人都能掌握传统技艺，不断总结经验，提高产品质量。

据说一把菜刀从投料到成品，先后须经二十几道工序，道道连锁，缺一不可。元合牌的利器，对毛坯的锻造、冷作加工、热处理等每道工序的要求，都很严格。所以制出的菜刀造型美观，使用适手，外观光洁平整，厚薄均匀，使用时刚柔适宜，锋利异常，不崩嘴、不卷刃、不夹炭。因此就成为名牌产品，深受欢迎，其产品行销东南亚各国，蜚声国内外。

《"元合"厨刀》

❖ 徐民柏：名扬一时的"惠济堂"

抗日战争以前，厦门有一家闻名的"惠济堂"百货商场。

"惠济堂"最初是一位姓周的湖南人经营的一家中药铺，开设在港仔口（今镇邦路）。后来转让给同乡李瑶林，就改名为"惠济堂泰记"。李瑶林和他的长子李世雄，根据当时市场供求情况，逐步改行，由中药转为小杂货，以后转营绸缎，最后发展为兼营绸缎呢绒、布匹皮毛料以及日用百货的综合性百货商场。由于业务扩展，以后店址也迁到新开辟的中山路（现医药器材批发部所在地）。抗日战争爆发，李世雄出于爱国热情，与南泰成等同业积极组织义勇军"商训队"，李世雄任大队长。沦陷前夕，李世雄返回湖南老家，"惠济堂"从此宣告休业。

"惠济堂"给人印象最深，而且名气最大是在港仔口时期。其时，以它所经营的绸缎、皮毛料以及代客加工的服装，深受消费者的赞誉，可以说是名冠全行业。

▷ 惠济堂

▷ 惠济堂的广告

"惠济堂"通过设立申庄（驻上海采购处），直接与产地厂商挂钩，广辟货源。因此，它所经营的绸缎绫罗皮毛，品种繁多，花色齐全，质地优良，给顾客有较大的选择余地，能满足不同类型顾客的要求。这是它在经营上的一个特点。

　　另一个特点是，他们能掌握销售规律，针对买了料子一定要制成服装这一点，采取了前店后厂的经营形式，建立加工场，聘请上海名师，专门为来店买料子的顾客设计和承制各式服装。他们承制的服装款式新颖、美观大方、做工精细、质量可靠。当时，人们以穿上"惠济堂"的服装为时髦，这一招，不但方便了消费者，也给"惠济堂"扩大了业务，增加了盈利，而且提高了声誉。

　　"惠济堂"还有一种独特的经营方式是承揽包办婚礼丧事，哪家主顾有了红白喜事，"惠济堂"就运用职工熟悉地方风俗习惯、传统礼仪和业务的优势，给予承包代办。这样做，客户省掉许多麻烦，即使多花些钱也心甘情愿，而"惠济堂"除了增加商品销售之外，还得到了一笔代办费收入。

　　"惠济堂"对服务质量是相当重视和讲究的，营业员对顾客总是主动招呼，热情接待，有问必答，百看不厌，礼貌相待。有些客人本来只想进去看看，但由于受到热情的接待，感到不买不好意思，结果还是买了一点。由于这家店的服务态度好，一时传为佳话。此外，为了方便顾客，"惠济堂"还实行送货上门、由客选购和登门量身、上门交件的措施，对某些比较股实的客户，采用先行付货定期收款的办法。上面说的种种做法，对于吸引客户，起了不少作用。

　　"惠济堂"在经营上还有另一特点，就是重视经营信誉。它所经营的商品，在定价方面是比较公道的，而且实行明码实价。对不同质量的产品，按质论价，不以次充好，在尺码、数量、重量方面保证足够，不克不减。加工的服装，交件及时。这一切，增加了顾客对"惠济堂"的信任感。

《名扬一时的"惠济堂"》

❖ 王志寿、民娟："留春阁"参茸店

凡是办厂设店，总要起个牌号，挂上一个招牌。招牌的作用，除了作为商号的记认外，也包含着经营范围、业务性质以及商业道德和商业信誉等等，表明为顾客负责任的意思。因此，经营者对于招牌的保护是非常重要的。为了创牌号，就要花费很大的工夫，不仅要苦心经营，还要划出一大笔钱作为宣传广告费，以广招徕。

招牌不是商品，本身并没有什么价值，但是牌号出名了，或者是经营历史悠久，有时一块招牌可以值上几千元，上万元，历史上就曾经有过这样的事实。

中华人民共和国成立以前，本市大同路有一家"留春阁"参茸店，这家参茸店创设于1900年，经理郭占标，由于经营得法，牌号相当跑红，凡是老厦门的都知道。"留春阁"在当时来说，是一家比较吃香的参茸店，为什么它的名声会居于同行业之上？主要是它在经营管理上有两个比较突出的特点：一是货色上乘，以优取胜，宁可少赚钱也不卖劣等货，它所出售的参茸，品种齐全，质量有保证，有时别的店买不到的货色，在它那里却可以买得到。凭这一点，它在经营上就占了优势。二是坚守信用，赢得声誉。它们认为要创招牌，首先就得坚守信用，因此，从不欺骗顾客，也不以次充好，从而取得了顾客的信赖。由于经营上有了特点，生意也就越做越兴旺。

不过，"留春阁"创设之初，是经营自己泡制的药酒，后来才改营参茸。它的出名，还是在经营参茸的时代。但是好景不长，经过一段时间的兴盛（大约有20年）之后，就逐渐走向下坡，不仅是业务不振，甚至变成负债累累。本来是业务兴旺发达，为啥又变成负债累累？主要的原因是：

因为旧社会市场变化大，同业竞争激烈，业务受影响，但更主要的是收入不敷所出，虽然有盈利，但开销过大。"留春阁"是姓郭的祖业，属于郭家兄弟共有的，只是由三房郭占标出面主持店务，由于房头多，各家的花费全看这家店的收入来支付，因此就造成了经济拮据，周转不灵的局面，结果弄得企业无法维持，不得不宣布收盘。办理结束，把部分货底和所有家具连同店号转让给张锡坤承顶继续经营，据说单单一块招牌就估值一万元银元（当时一万元大洋，数字是相当可观的）。

张锡坤对于参茸这一行是门外汉，业务不熟悉，搞来搞去，不甚起色，感到没啥甜头。到了30年代，又再将该店号转让给另一位归侨名叫苏缘份的经营，招牌仍旧估值一万元。苏缘份入主"留春阁"，一直经营到中华人民共和国成立后合营并店为止。

从"留春阁"三易其主及其变化的过程来看，我们从中可以获得两点启发：一是创业难，守业更难。如果不是通力合作，你争权，我夺利，结果是树倒猢狲散；二是如果牌号出名了，给人印象深刻，招牌还是有作用的，至少可以迎合消费者的心理。不然为啥要以一万元买块空招牌？所以说，恢复地方的传统名牌产品是很有必要的。

《"留春阁"参茸店》

▷　大同路中段

❖ 蒲翰玉："馥香堂"蚊香，遍及海内外

厦门制作蚊香，已有近百年历史。早在光绪三十年（1904），谢宗求在我市开设一家馥香堂蚊香厂，门市部在塔仔街（今定安路），工场设在深田路1号。

馥香堂初创时，只是生产神香。后来看到内地所生产的蚊香，都是采用土办法，将纸包成长条形，内装青草干或锯木屑，点燃以烟驱蚊，既不科学，又不方便。于是就在生产神香的基础上，研究改产蚊香。试产初期，原料是以青草、硫黄、萍等为主，点燃时气味不大好受，而且白的衣服会被硫黄的剧烈烟气熏黄，因此，产品不很受欢迎。以后经过反复研究试验，采用除虫菊粉为主要原料，结果取得成功。不仅解决气味问题，并且驱蚊的效果更好，从此产品销路日见旺盛。

馥香堂开始生产的蚊香，是以卧人牌为标志。1916年，改为双龙伴塔，并进行商检注册（商标仍保留卧人）。由于产品质量好，深受国内外用户的称誉。开头是以内销为主，以后就逐步发展到以外销为主、内销为副。产品销路遍及亚、非、拉三大洲50多个国家和地区。1925年至1927年，曾先后荣获巴拿马、新加坡、马来亚、婆罗洲等地博览会优质奖和金牌奖。

中华人民共和国成立前，这个厂生产发展全盛时期有工人150多人，日产量最低为2100斤，最高达3240斤。中华人民共和国成立后，接受市外贸土产出口公司加工生产雄鸡牌蚊香。1956年，资改高潮时与其他手工业过渡创立厦门蚊香厂，继续生产雄鸡牌蚊香，业务日益扩大，成为厦门口岸出口的拳头商品之一。

《"馥香堂"蚊香》

❖ 陈永健：百年药铺"亨泰堂"

清代民国时，同安医药界以中医药为主。有的以经营药铺为主，附带行医；有的以行医为主，兼营药业，而且具有家庭世代传承的经营模式。全县在清代有中药铺59家，民国时期有217家之多。其中最突出的是"亨泰堂"。其药材批发业务、诊疗业务、处方零售业务都非常红火，门庭若市，可以说"亨泰堂"经营时间之长，服务质量之优，管理之严谨，群众声誉之高，是全县同行首屈一指的，时至今日，上了年纪的人还是有口皆碑的。归纳起来其突出的业绩如下：

世代医药，广济庶民。该堂历史可追溯到清光绪年间。初始由陈志灶（1857—1932）从南洋回国，在大横街头创业，取店号"亨泰堂"，其子隆坦继承父业，父子医药并济，以善行医，以德售药，信誉蜚声银城。

陈志灶祖上世代行医，可谓"医药世家"。据"岱北家谱"载：八世朝觐在道光年间创办"承德药铺"，其子子润承其业。朝觐胞弟好理也创办"承源堂"。兄弟医药慈济，善声远扬，当道封赠"朝议大夫"荣衔。九世子纪又创办"承义堂药铺"，子聘创办"仁德药铺"。子雅壮年南渡南洋，侨居缅甸，创办"德生药铺"。十世志灶从小成长于中医世家，少年立志学医，跟随父辈苦练"汤头""药性"等医学基本功，打下了扎实基础。14岁尊父命入铺前街"万全堂"跟师学徒，对《内经》《难经》《伤寒》《金匮》《神农草经》等经典名著无所不览，学成后以中医为业。光绪九年（1883）27岁时赴南洋行医。该地中国矿工患病死亡者众，究其因，系每月发薪时，有不法之邪人诱骗工人，纵欲无度。当精疲力倦后，冲洗冷水浴，湿邪乘虚侵入肾经而发病。全身浮肿，四肢关节酸痛，身重畏寒尺脉沉弱，此乃"肾虚水肿"。志灶医师"审因论治"，以活血利关节的"黄柏苍术汤"治之。方用：羌活、黄柏、苍术、南星、桂枝、防己、灵仙、桃仁、红花、胆草、白芷、川芎、神曲、甘草、生姜、大枣。获愈者无数。陈志灶在南洋行医屡愈危症，名震星洲马来，诊务兴隆，稍有积蓄。

陈志灶继承先辈优良传统，他常告诫儿子和员工说："忽视药品质量，即无视病家安危。"药店成员多为陈氏亲属，业主不徇私，以事业为重，把好用人关，每人锻炼过程三年以上。柜台药工必须掌握识别、称量、炮制、真伪、配方、价格等方面知识，达到万无一失。由于"以人为本"的理念和家族模式的企业经营方法，为日后医药公司培养输入大批骨干人才。同安的名中医如吴苟甫、颜悟都医师，在民国和中华人民共和国成立初期都长期被礼聘为坐堂医师，兼为店员传艺。"亨泰堂"营业至中华人民共和国成立后公私合营，作为中华人民共和国成立前同安医药界的翘楚，被《同安商业志》专题记载，并收入《同安医药卫生志》。亨泰堂人才辈出，管理严格，医药均精，如配方内贵重药或分煎药，均用包纸另装，注明药名、数量、价格、用法以备查验，取信于民。亨泰堂还经常免费为贫苦乡民施医济药。店口常备自制秘方凡散小包，任对症病患免费取用。因而善声远格，业务日隆。还投资于厦门"新藏益大药行"。亨泰堂以"济世为本、诚信为先"的经营宗旨，值得借鉴与发扬。

《百年药铺"亨泰堂"》

❖ 陈志中："绍兴酒"与"三馀"酒店

浙江绍兴是我国著名的名酒产地之一，已有2300多年的酿酒历史。绍兴的优质米和鉴湖的优质水，加上长期积累不断改进的酿造工艺，为绍兴酒博取了名气。特别是绍兴黄酒，不但在国内家喻户晓，在国外也享有盛誉。我国的东邻日本，就习惯以"绍兴加饭酒"作为宴席上的头道酒。绍兴黄酒以醇厚甘甜、富有营养的优良品质而被公认为"酒类王国"的"望族"。不但是会喝酒的仕女们喜爱它，产妇们也把它作为滋补身体不可缺少的营养物，炊事员们把它当作烹饪上的调味上品，就连不懂事的娃娃也口馋地要尝它两口，真可算得上是男女老少俱皆欢迎的"宠儿"了。

提起绍兴酒，上了年纪的人就会联想到解放前厦门有一家以经营绍兴酒出名而发家的三馀酒店。

三馀酒店的创办者是一位绍兴人名叫徐惜三。他原来是开明书店厦门特约分店的副经理。厦门沦陷后，书店受到日寇的践踏无法经营。为了维持店里职工和自己家庭的生计，徐惜三变卖了一些首饰细软，凑集了一笔为数不多的资金，在中山路开明书店旧址办起了三馀酒店。"三馀"这个名字，据说是寓有"惜三劫后馀生"之意。因是小本经营，开头只能向同兴等一些老商号贩进零售，业务谈不上多大起色。

抗战胜利，沪厦交通恢复后，徐惜三的几个儿子克勋、克毅、克审，继承父业，运用他们是绍兴人的乡亲关系，直接与产地厂家挂钩，不但在货源上得到优先照顾，在价格上也获得一些优惠，这就大大增强了业务上的竞争力。不久，在厦门的销售市场上，"三馀"绍兴酒的销量竟跃居首位。据说，当时每天可销售七八百斤，逢年过节有时销到2000斤左右。同时，经营品种不断增多，业务蒸蒸日上。中华人民共和国成立初期，徐家兄弟雄心勃勃，在上海开了一家"三馀分店"，在苏州办起一家酿酒厂；还在厦门开办了长风书店和彩华春洗染店。

三馀酒店在短短的期间里能兴旺发达起来，这与徐家父子兄弟的经营得法大有关系。他们看准旅厦江浙人多及厦门人民喜吃江浙及全国驰名的土特食品的特点，除经营酒类之外，还兼营火腿、卤肉、腐乳、皮蛋、麻酱、酸梅、桂花酱色、榨菜、瓜子……品种繁多的江浙及其他省份的驰名产品，成为具有特色的南北名产总汇，吸引了广大的消费者。

搞前店后厂也是三馀酒店的经营特点。他们在店里面另设加工场，生产以"三馀"为牌号的药酒、玫瑰露酒、白醋、火腿腐乳、油浸䱻鱼等产品。这些产品有的远销南洋。对坛装绍兴酒，他们也想法改为瓶装，以利于销售。如此种种，不但扩大了三馀酒店的牌号影响，也增加了利润收入。

更重要的是保证质量、维护店誉。三馀酒店对向外购进的商品，都要严格检验，对自家加工的产品也不例外。凡是变质商品，宁可销毁，绝不出售。强调以质取信，维护店誉。例如，三馀白醋是培养细菌酿成的，品质优良，能与汕头名牌产品争短长。三馀药酒、玫瑰露酒等，都选用上乘牛庄高粱、地道药材和高级香料加工复制，对存窖期限也严加控制。散装绍兴酒改瓶装容易浊化沉淀，用化学药品又怕有害消费者的健康，他们经过数十次试验，终于以蒸馏工艺解决了保证质量问题。由于质量受到顾客信赖，上门的主顾就越来越多了。

其次是做好广告宣传。三馀酒店除运用报纸、戏院幻灯、街贴等一般广告手段外，还有一个招数，就是送产品请行家名流品尝鉴评。著名画家丰子恺是精于鉴别酒质优劣的专家，三馀酒店曾经趁着丰老来厦之际，恭恭敬敬地送上产品请求鉴定。丰老尝后感到满意，即兴挥笔画了一幅饮酒图作为纪念。粉竹斋文具社的林老板也是三馀酒店的座上客，他精于评酒，是有名的"品酒专家"。经过这些名人行家对"三馀"酒的好评，消息一传开，无形中起了有力的宣传作用，因此，生意也就越来越兴旺。

此外，三馀酒店还采取主动派员上门推销，免费送货。建立固定客户，每月结算货款等措施。他们这样做，既方便了顾客，也多做了生意，深受顾客的欢迎。中华人民共和国成立后业务仍很好，到了1956年私改高潮时才参加公私合营，并入厦门酒厂。

《"绍兴酒"与"三馀"酒店》

❖ 吴正理："黄金香"肉制品店

200多年前，漳州有个姓黄的人家了解到鲜猪肉可以做成各种花样的制品，就四处打听，反复试验，制出了肉松、肉干等肉制品，供应市场。由于当时只在漳州销售，虽然有点名气，但是销路不广。

鸦片战争以后，厦门成为对外通商口岸，船舶来往渐多，商店到处都是。店主人灵机一动，带了几个坛坛罐罐，装上自制的具有独特风味的肉制品，乘木帆船到厦门试销，果然大受顾客欢迎。由于往返推销交通不方便，于是这个姓黄的全家迁入厦门，采用前面开店后面加工的办法，树立了"黄金香"招牌，手工生产肉制品。当时市民的购买力有限，本地销量不大，大部分产品都是销向东南亚，每月出口量约千斤左右。

抗日战争初期，厦门市区常常受到日本飞机的空袭，生产受到影响。这个姓黄的便搬到当时的"万国租界"——鼓浪屿。在龙头路继续营业。鼓浪屿原有的几家肉制品商店，自"黄金香"迁入后不到几个月，就相继关闭改行。据说"黄金香"所以会生意兴旺，除了店面地点选得好，店员接待殷勤外，主要还是产品质量好。黄金香猪肉制品，选料严格，制作精细。它的主要品种有：

"油酥肉松"。这种肉松棕黄色，带有光泽，纤维细短，无异味，入口酥脆，气味芳香，咸淡适口，营养丰富。

"猪肉松"。这种产品色泽呈金黄，条状，纤维细长，酥松，咸淡可口。

"猪肉干"。是用鲜猪瘦肉加入适量调味品，精工复制而成的片状肉制品，色泽红艳，半透明，厚薄均匀，味道香甜，营养丰富。

《"黄金香"肉制品店》

▷ 热闹的市场

❖ 黄万宝："瓜子大王"丁福记

提起丁福记，老一辈的人都知道他是本市肥什外贸行业中一家资力比较雄厚而且在商业活动中比较有影响的贸易商行。抗战胜利后，丁福记不仅经营粮油、肥什、日杂百货的门市与批发，还在上海、香港等地设立办庄，对促进港厦、沪厦之产的贸易、沟通闽南城乡商品流通，起了积极的作用。可是人们只知道他是一家拥有200多万美元资产的贸易商行，很少知道他原是从摆摊设点买卖瓜子、花生，成为"瓜子大王"而发家的。

丁福记的创始人丁绳接（丁乃扬之父），原籍晋江陈埭，早年家贫，因为人口众多，生活困难，不得不离开家乡，出外谋生，乃携带家眷到南安石井落户，初与乡人合作建置一条小木船，以"讨海"为生。但收入有限，仍然难以维持家计，即于1925年将小木船转让他人，收回价款50大洋，全家迁到厦门来，开头就在本市典宝街租了一幢14平方米店面的小楼房，以50大洋作资金。从事经营瓜子、花生的小本生意。楼下作门市，楼上为加工场，开始挂起"丁福记"的招牌。

由于本钱缺乏，瓜子、花生的加工都是由家庭成员自己动手的。老大丁乃究负责下乡收购花生，老二丁乃答负责到外地收购瓜子，老三丁乃扬负责推销及账务，妇幼老少也都起早摸黑，通力合作。在经营上，丁绳接不仅精打细算，还注意分析市场动态，了解顾客心理，不断摸索经营方法。丁绳接常说："我们学做生意，就要'买猪头，学刀路'。"

经过数年的艰苦奋斗，到了1932年，丁福记经营瓜子、花生的业务，已经有了很大的发展，特别是丁福记的瓜子，在市场上销路很好。为了装饰门面发展业务，就将店址迁到洪本部，并雇请十几个工人扩展生产，生意日益兴隆。当时，丁福记所出售的"虎标瓜子"，在质量上比别家为优，不但色泽乌亮，而且具有气味香郁、入口易开等特点。因此，在与同业竞争中占了上风，一些比较大的商号也敌不过它。如同业捷发、德兴、协和等就无法与之竞争，相继收盘、改行。此时"虎标瓜子"鳌头独占，畅销闽南一带，于是群众就把它称誉为"瓜子大王"。

《瓜子大王——丁福记》

❖ 庄载之：钟表店，专营进口货

至于手表工业，解放前还是空白，国内销售的都是进口货。1959年，我国才开始在上海、天津建立手表厂。我市最早经营钟表业的是20世纪20年代中期。开头是漳州商人开设了乌利文、永安钟表店。不久，又有一家时雍钟表店出现。随着对外通商贸易的发展，市场逐步繁荣，钟表业也逐步有了发展。

二三十年代，我市扩建马路，瓮菜河开辟为思明南路之后，上海慎昌钟表股份有限公司派人来厦门筹设分公司，定名为慎昌钟表店。地址选在思明戏院斜对面，并且分设慎时钟表店和鼓浪屿分店。慎昌钟表店开业以后，由于资金比较雄厚，货源比较充足，因此成为我市钟表行业中较突出的一家。随后，又陆续开设了慎时、大达、万国、恒利等20多家。这些店号多数是由福州商人创设的，以修理为主，兼营门市。当时所经营的货品都是从香港购进的。正因为经营的商品是进口货，所以解放后货源断绝，各家业务就感到难以维持。1956年，慎昌、慎时两家钟表店改为公私合营企业，其余20多家合并成为钟表合作商店。由于经营管理的改善，我市的钟表业务才逐步有了好转。

《厦门钟表行业的产生与发展》

❖ 林　萍：专业鞋店，生意兴隆

　　厦门早期鞋业是由百货店兼营的。到了20年代，开始出现几家具有各自特色的专业鞋店。抗日战争胜利后，由于内外交通发达，市场繁荣，卖鞋的生意日见兴隆。因此，专业鞋店和制鞋手工业户越来越多。最兴盛时期是在40年代后期，经营专业鞋店的达70多家，其中布鞋专业10多家、胶鞋专业10多家、皮鞋专业40多家、拖鞋专业10家。百货店的售鞋业务，也成倍增长。

　　创立最早的是布鞋专业。20年代设立在廿四崎脚的"久大"鞋店，专门经销上海"久大"牌男布鞋。由于选料顶真、工艺精良、品种多、质量好，深受顾客欢迎。设立在五崎顶的"中华"鞋店，经销上海时髦男女鞋。设立在庙后街的福安、正利行，自制土布男女鞋，和制"孝鞋"的玉华斋等，都是当时较为出名的专业鞋店。至于布鞋个体手工业户，是40年代才发展起来的，如南美华、金福安等均是前店后场的家庭手工业户，产品自产自销；并接受定做和来料加工。南美华是上海制鞋老师傅开设的，成品除了供本店零售外，还接收百货店成批订货。

　　30年代初期，思明南路开设一家拔佳鞋店，经销香港"拔佳"机制男女皮、布、胶鞋。这家鞋店虽门面不大，但布置雅致，鞋子样式新颖，且服务态度好，很受顾客欢迎。这家店号除了服务态度好以招徕顾客外，还在标价上标新立异，以迎合顾客的好奇心理。它在货品的价钱上采用"九九不上十"方法。什么叫"九九不上十"？就是原来应该收一元的，不收一元，只收0.99元；价值5元的只收4.99元等等。因此风行一时，生意兴旺。这也是一种做生意的广告艺术吧！还有珍元、彩记、华记、一家兄弟、华平、锦祥、百家利、精华等所经营的胶鞋，由于品种全、花色多、季节性商品及时上市，生意也很好。陈嘉庚公司出品的钟标运动鞋，和"华盛顿"的方便鞋也曾流行于20年代和30年代。

《回忆厦门的专业鞋店》

❖ 徐振华：厦门早期的纸业与通美账簿纸

清末，我市有一家专印制中式账簿出口的"绵锦"号倒闭。南洋各埠买不到"绵锦"账簿。本市"洋郊"（即出口商）便极力鼓励专营纸业的"通美"改行印制中式账簿，以应出口急需。

"通美"系"金庆和"会员，自清同治末年起即在厦经营矾纸生意，颇具资望。按当时传统惯例，从事大宗账簿印制外销的做法是：（一）预先放款给龙岩造纸坊，而后陆续以白料纸张抵偿；（二）于元月起不断将纸张付印装订成册囤积，待农历九月方能销出南洋各埠。因此，资金周转期长，收益慢，加之店费、工资等一切预支，非资力雄厚者莫敢经营。"通美"资金比较雄厚，成品及半成品积存也比较多。它相机改行后，选料认真，务求纸色一致，厚薄均匀，如遇次品不惜弃之不用，因此产品备受欢迎。由于经营得法，业务日见发达，就逐渐成为我市纸印业之翘楚。从通美的业务发展过程来看，适应市场需要随机改行，固然是其成功的原因之一，而保证质量则是"通美"兴隆昌盛的关键所在。下面就举个生动的事例加以说明。

当时，有新加坡两家华商因来往货款纠纷，诉诸当地政府。当局查考两家所用账簿，甲商账簿上所记载的账项并无欠乙商货款，彼此来往账目已清楚。而乙商账簿却明记着甲商欠款。凭账面看，双方都是有账可稽，甲有理，乙也有理，难以裁决。嗣后，当局发现乙之账簿纸色不一，印版不一，据此判断乙商伪造账簿，乃判甲商胜诉，由于胜诉者之账簿为"通美唛"，因而轰动全埠。消息传出之后，在南洋各地华商之中就认为：买账簿须购"通美唛"才靠得住。从此，"通美"的商号就更出名了，它所印制的账簿非常畅销，东南亚各埠均来订货，营业额居各唛中式账簿之首，每年营业额逾白银20万元，占我市账簿纸出口的三分之二。

与此同时，"通美"还努力改进技术。他们反复钻研，经数十次改良试验，以平板印刷机代替传统的手工印制，使生产效率猛增几十倍，质量亦有所提高。这项革新，亦开我市水印工艺机械化之先河。

抗日战争以后，"通美"迁往香港。1938年厦门沦陷，海上交通断绝，市面百业萧条，各号外销账簿亦窒息停产。抗日胜利后，我市中式账簿虽有印制，但因南洋华商多改用西式簿记，外销量已一落千丈，非昔日可比。中华人民共和国成立初，南洋各埠仍有少数"郊户"向市第二印刷厂订购"通美唛账簿"，至60年代中期乃告滞销，因为此时南洋各地商号也已全部改用新式簿记了。目前，中式账簿已成历史陈迹，但略陈过去，也可作为我市方志之参考。

《厦门早期的纸业与通美账簿纸》

❖ 张水存：厦门茶店，尤擅包装茶

乌龙茶以小包装茶最有特色，厦门茶店就是以包装茶创名牌。长期以来，顾客买茶、谈论茶事，不注意注册商标，而重视茶店包装茶的岩名和茶叶品名。岩名和茶叶品名几乎成为茶店的代称。武夷岩茶中，"幔陀西三印水仙"指的是林奇苑茶庄的茶叶；"小种泡"指的是杨文圃茶庄的茶叶。茶店在产地拥有茶山茶岩者，都以自己的山岩名称冠于品名之前，如张源美茶行出售的武夷岩茶，称"武夷山卢岫岩正丛三印水仙"。在产地没有山岩的茶店，就以和尚管理的天心岩、三仰峰等冠于品名之前，以示武夷地道正品。安溪乌龙茶中较高档次的茶叶，茶店则以家乡的名山名洞冠于品名之前，如王尧阳茶行茶叶，称"安溪南岩正丛铁观音"。一般中、下档茶各自以百里香、小红袍、玉观音、四季香、白毛猴、白牡丹、名种、留香小种、一枝春、宝国茶等称之，所以茶店十分重视创立名牌。据不完全统计，当时厦门茶叶使用的品名有100多个，三四十种规格。

《闲话厦门茶业》

▷ 尧阳茶行

❖ **梵　音:** 古董店的生财之道

在厦门未开辟马路以前，局口街是一条重要的街道。当时开设在这条街的古董店有四家：第一是"天然楼"，为林丹孙所经营；第二是鼎成古董店，为黄芋、黄慈、黄池三兄弟所经营；第三是许水源和永寿、永吉合营的珍宝古董店；第四是白文彬经营的文彬古物商。这些古董店的陆上生意很少有人问津，他们所经营的都是海上生意。

当时对古董最有研究的是局口街的邱国铜，人们都呼他为"古董虎"。因为他对历代古董一看便知，家中的名贵古董很多，但他不做古董生意。日本人鬼冢初来厦门时也住局口街，特备礼物到邱家拜邱为师。他买古董必须先请邱过目，邱点头后才买，因此，他贩卖古董到日本发了大财，成为日本古董商。其实他是日本大间谍，以买卖古董做幌子，实是在闽南刺探和搜集我国的各种情报。

过去古董业有前五虎与后五虎之称。前五虎除邱国铜外，还有陈涌泉，住丁仔墓；周清莲，住南篙巷；蔡居先，住局口街；许志清，住浸水埕。后五虎为许水源，住局口街；丁伙夫，住浸水埕；黄芋，住局口街；蔡猪哥，住浸水埕；白文彬，住局口街。以后鼓浪屿的曾纪和、曾纪成两兄弟也在鼓浪屿龙头街开设和成古物商店，庄希金参加该店经营。他们成为后起之秀。还有一位名陈佛旦的，住局口街，专搞古董装饰配套的工艺。他搞的配套极为精致，在婚事用的象牙箸上贴双喜、打缎花，也极为美观。每件工资定价白银一元。

厦门宝记洋行买办程寿鹏对古董极有兴趣。其子程秀山跟其父研究古董，亦有心得，曾以百元购买一个康熙乌地彩花瓶，卖给日本人一万元。其父逢人便赞其子为程家千里驹。又如德记洋行买办邓秀峰，其家古董甚多，有一套古钱5700余种。他有两子不务正业，在邓死后，把家中古董卖光。还有一个王举人，家住石皮仔，他嗜古董如命，家有古董很多，在日寇占领厦门时，逃往鼓浪屿避难，家中古董被人抢掠一空。他知道后大发脾气而脑充血身亡。又如太古洋行买办邱世定，因吃"土笋冻"，看见卖冻的用一康熙彩盘装冻给他吃，他便心生一计，借词要带冻回家而无物可盛，请他连盘卖给。卖冻的不知盘是古董，即估价一元卖给，邱因此发了一笔横财。当时住在第六市场的薛嘉锡，亦以贩卖古董为副业，曾在东山县打银街向林景堂买了一个康熙一等蓝笔斗，该斗刻有一百仙罗汉，价钱150元，后来卖给日本人港币6000元，日本人再卖英国人港币1万元。

当时古董商下海做生意，都是在外轮及战舰上做交易。外国人最喜欢的是中国女人所穿的三寸金莲，那种鞋绣有山水花鸟，外国人买了赚了不少钱。其次他们喜买人家祖像大寿幛，画有官像，最值钱；再次是买象牙球，刻有苏东坡《赤壁赋》或"苏武牧羊""八仙过海"的画；还有一部分外国军人喜买中国戏服战甲，古董商异想天开，特请妇女绣金莲鞋，向绣补店买新戏服战甲卖给外国人也赚了不少钱。是时一般人都认为"唐人骗番仔"（意谓中国人骗外国人），殊不知外国人竟以女人三寸金莲绣鞋带到外国，讥笑中国妇女的缠足和落后。厦门开辟马路后，局口街变成不重要街道，昔日聚集在局口街的古董商日少，下海做生意的也不多。

厦门沦陷时期，市民失业，一些有地位的人，不是逃往香港，就是逃往内地，古董字画，都无法带走。当时配给米少，居民只得变卖值钱的东西，以维持生活，有的卖到无物可卖，连房屋门窗等也卖给人家当柴烧。有些好的古董字画都以贱价卖给台湾人及日本人。抗战胜利后，一些汉奸及台湾人，为了离开厦门，逃往他方，也曾将古董字画卖给他人；有的被捕后，作礼物进贡中统、军统要人，得到释放。

《回忆解放前的厦门古董业》

第六辑

地道闽南菜·
让人念念不忘的清爽鲜嫩

❖ **古　文：**家喻户晓的"叶氏麻糍"

麻糍，是厦门地方有名的甜品小吃之一，然而，鼓浪屿"叶氏麻糍"却格外香且韧，质量上乘。难怪受到日本、东南亚国家及港、澳、台地区广大游客、侨胞的青睐。

鼓浪屿"叶氏麻糍"创始人叶成屋，已是80多岁高龄，祖籍福建安溪，从小与祖父辈学做糯米小吃手艺，1933年开始在鼓浪屿做祖传的麻糍生意，因叶成屋年事已高，做麻糍的手艺又传给其子叶建胜、叶建佳兄弟。叶成屋是鼓浪屿麻糍的创始人，家喻户晓，驰名海内外，久而久之，人们称之为"屋伯麻糍"。如今，叶氏父子做的麻糍生意，已打出名牌，2001年被国家内贸部命名为"中华老字号"，至此，鼓浪屿仅有"黄金香肉松"与"叶氏麻糍"两字获此殊荣。

▷　叶氏麻糍

俗语说："麻糍手里捏"，叶氏麻糍就是与众不同，口味独特。麻糍入口，口感极佳，吃起来让人感到韧、冰、香酥可口，糯米坯细腻柔韧，滑亮不粘手，其操作过程可用"耐磨、细揉、搅拌、包制"八个字来概括。

用成屋伯的话说，说起来容易，实际做起来难，不管是糯米磨制加工或麻糍里的馅均要"耐心磨、细心揉、用心轧、小心包"。糯米制成软果状的坯后按顺序排列在一起，拿在手中不沾他物，馅即由芝麻、花生、白糖按祖传工艺比例掺和而成。芝麻、花生需舂轧成粉状，白糖碾成粉末，一般是顾客要买，现包现卖，拌上黑芝麻末即可食用。叶氏麻糍经营地点在鼓浪屿闹市中心点——龙头路。他的摊前经常是围满人群，中外游客驻足叶氏麻糍摊点。一边欣赏叶氏父子熟练的包麻糍表演，一边甜滋滋地品尝，有的还大包小包地拎走。有人说，叶氏麻糍增加了鼓浪屿一道亮丽的风景线。

《中华老字号——鼓浪屿"叶氏麻糍"》

❖ 庄迎晖：蚝仔煎，选料有讲究

同安是福建省海蚝的主产县，产量约占全省九分之一。采蚝季节，蚝类小点多种多样，比较普遍和有名的当推蚝仔兜和蚝仔煎。

▷ 街头的小吃摊

蚵仔兜是民间最原始的吃法。说起蚵仔兜，民间还有一个传说呢。大家都知道，土地公心地很善良，而土地婆则相反，"坏心"又刻薄。有一次，老两口闲谈世间事，土地公祝愿世间人人都能过上富裕生活。土地婆一听这话，生气地说："世上人人都过上一样的富日子，那咱的女儿出嫁，叫谁来扛轿呢？我要富的富上天，穷的无寸土。"据说，由于土地婆从中作祟，所以人间就形成贫富悬殊。于是，人们非常憎恨土地婆。后来听说土地婆不爱吃蚵，就偏在她诞辰的时候，用蚵肉和番薯粉煮成"蚵仔兜面"，用来供奉她，以示报复。

蚵仔煎自然是蚵仔兜吃法的进一步提高。蚵仔煎要选用没有浸过水的蚵肉，这样才不失其甘鲜，最好选用珠仔蚵。具体做法是将鲜大蒜或韭菜切成小段，然后和蚵肉、薯粉拌和搅匀，加入少许酱油或食盐，便可在平底锅中煎制。煎制最好用猪油，如用花生油则应用已煮过的为好。每次作料上锅时要先搅拌均匀，避免薯粉沉淀。煎制要两面煎烤，以里面熟透、酥脆为度。如加上鸡、鸭蛋一起煎制，滋味更佳。食用时要配上芥辣、辣椒酱和翠绿的芫荽。这样色、香、味俱全，吃起来非常可口。

《同安风味小吃》

❖ 常家祜：妙香路上的风味小吃

妙香路是厦门市区一条普通街道。这条曲尺形的小街，东接中山路，南通思明南路。由于20世纪50年代末至60年代初，市上一些著名小吃摊店陆续迁到这里营业，逐渐形成了一条荟萃全市传统佳肴美点，名传海内外的风味小吃街。

每当华灯初上，妙香路上的饮食摊和店铺，莫不坐满了顾客。这时是各饮食店（摊）一天中最繁忙的时刻。穿戴着白色衣帽的营业人员，在摊前店里忙来忙去，殷勤地招呼顾客。这里的店摊前摆满了各式各样的食品或配料，有卤味、芋包、春饼、蛎煎、肉粽和盘菜，也有汤圆、麦乳、豆浆、麻糍等甜品，几乎集中了厦门所有著名的小吃美点。

妙香路的食品，虽然多半是闽南一带市场上常见的，但由于这里的厨师烹饪经验丰富，加以选料认真，烧煎讲究，因而别具风味，着实给顾客留下深刻的印象。一些久别家乡的厦门人或侨居海外的华侨，回到厦门后，莫不乐于光顾，一尝故乡美食风味。泉州籍著名作家、中华人民共和国成立初担任我国驻印度尼西亚文化参赞的司马文森，有一年回国休假来到厦门，有关方面安排他住在当时在共和路的中共市委招待所，他却跑到晨光路的华侨服务社去住。他对人说，为的是便于就近品尝厦门的风味小吃。

▷ 聚餐的市民

妙香饮食摊店的二十几位厨师，一般都有二三十年的烹饪经验。卤味摊的各种美点，出自曾在二舍庙、局口街经营五香摊达40年的陈汉益之手。他制的"五香"质料好，味道佳；"捆蹄"色美味善，越嚼越香；油炸"蚵丸"入口酥香，小酌佐膳均宜。做春饼的是在鼓浪屿和厦门局口街经营了38年春饼摊的黄茂生；做麻糍的则是过去在中山路土崎一带，挑担走街串巷卖麻糍的陈珠，他营销麻糍也有30多年历史。这些摊店，原来就拥有一批"老主顾"，现在"老""新"相加，"主顾"比过去多得多。

妙香路上经营的食品品种不下百种，其中有一部分随着季节变换而交替上市，经常供应的有四五十种。逢年过节，还增加供应年糕、春饼皮、肉粽等，以满足市民过节需要。

这条独具魅力的风味小吃街，在经历了一段兴盛辉煌的时日后，"升格"进入了举办全席盛宴的大雅之堂，名列菜馆酒楼的菜谱之中，甚而成为知名大酒楼招徕宾客的品牌。这条风味小街便随之消失。

《厦门早期风味小吃街——妙香路》

❖ 洪树勋：油而不腻的同安封肉

封肉是同安久负盛名的餐桌食品，而马巷封肉在同安封肉中又最具特色。它以味道芳香、鲜美、熟烂、油而不腻、老少咸宜扬名。封肉的制法是取猪的腿肉为原料，每整四方块约一市斤左右，涂上乌酱，加上香菇、虾米、板栗、味精、盐，用一白纱布包紧放进高压锅里或蒸笼蒸熟即成。所谓"封"，即包严封紧之意。食用时解开白纱布倒扣于盆中，让肉皮朝上，色香味俱全。许多同安籍的老台胞和老华侨，还把这独特烹制方法带到台湾和海外。逢年过节，他们也自制封肉，让其后辈品尝家乡的特色美味，培植他们的思乡情愫。许多海外乡亲回到家乡，必定亲点一道封肉大快朵颐，并骄傲地大谈这是"阮兜的封肉"。

同安封肉的由来民间有多种传说。其一是：马巷于乾隆四十年置厅，建三府衙于今翔安一中之西侧，有通判、衙吏、衙役及兵卒百多人。每逢除夕，衙内都要开办盛大的年宴。当时的美味佳肴不外就是鱼肉鸡鸭，当然猪肉是不能少的。可就餐时大家挑肥拣瘦，吃多吃少也有意见。于是有人提出改进方法：把肉切成均等的方块，肥瘦搭配，加上配料，用白纱布包裹后蒸熟，聚餐时每人各分一包，这样既公平又无从挑拣。从此衙内年年沿例，都用这种方法制作封肉。

另有一种传说，据刘维一先生考证："同安封肉"是为纪念王审知被敕封为"闽王"而创制的食品。唐光启元年（885）中原军阀混战，王家三兄弟王审潮、王审邦、王审知由河南光州固始随王绪率众南下入闽，由漳浦道经现在同安的北山入泉州、福州。五代后梁开平四年（910）王审知被封为"闽王"，授其方形大印。其时居住现在同安地面的官员为庆祝他敕封"闽王"，举办了一场盛宴。席间一道佳肴，就是将猪肉切成四四方方的大块，配上佐料，用黄巾（即用白纱布浸煮北辰山所产的黄栀子叶而成）包裹，形如大印，下锅蒸煮，食时肉香扑鼻。四方形封肉恰似封王的大印，包裹的黄布犹如束印黄绫，布包为"封"。封者，"敕封"也，所以就叫"封肉"。

《香喷喷的封肉》

❖ 迎 水：寸枣，更胜"萨其马"

寸枣的制作分两个步骤进行：一炸"枣"。热锅把水烧开后，入糖搅拌熔化。盛出糖液下面粉、少许酵粉、适量水，揉和成面团。把面团拉成铅笔粗细的长条，切成寸段，下油锅炸熟（浮起后成黄褐色）。二"裹"糖。事先把红糖碾成粉状，刚捞起的熟枣沥油后，趁热倒入糖粉中翻拌，让其沾裹糖衣。也可倒入白砂糖中，沾裹的就是白砂糖粒。另有一种裹糖的方法：把红糖（白糖更佳）放入锅中溶化，再放入炸熟的枣，翻拌，让其沾裹糖液，冷却后，一粒一粒的寸枣外表都落满了似冰霜那样的糖。

寸枣香甜酥脆，甚是好吃。配茶很解茶涩，"齿"感极佳；节庆宴客，做成最后的"甜汤"，一冲开水即可，经济实惠；结婚"哗新娘"时图吉利，众人吃了寸枣就说"吃甜甜，生效生（男孩）。"

寸枣糖的做法也一样。炸枣时，那面团拉成的长条不是切成寸段，而是如花生大小的粒状。裹糖时、热锅里要放红糖（白糖更佳）和适量麦芽糖，溶化拌匀后，浇淋到炸熟的粒状"枣"堆上，拌匀使之相粘。再把捣得稀烂的蒜蓉泥放入再拌匀，趁余温聚集挤拢，压成寸把厚的片，冷却后切成2×3寸的块状，即可包装。

寸枣糖比米香松酥脆，比现时市场上正热销的"萨其马"更胜一筹。除了同样酥甜香之外，寸枣糖特有嫩、Q脆，加之蒜蓉辛辣的调味，舌头的味蕾都活跃起来了。

《寸枣》

❖ 亚　冬：庆兰馅饼，色香味俱佳

厦门的庆兰馅饼距今已有百余年的历史，在传统食品中是一种比较有名的品种。由于它的质量好，深受消费者欢迎，也深得海外侨胞称赞。过去有不少侨胞，从国外特地托人到厦门带回海外，作为珍品招待客人或自己品尝。

有一位姓邓名叫央仔的，夫妇两人从诏安来厦门谋生，原在养巷头摆摊子，以做馅饼和水晶饼的生意为生，积了一些本钱，开创庆兰斋。开始营业时设在厦门磁街，工场设在店铺附近。

▷　庆兰馅饼

创业伊始，邓就注意物色雇请有制饼技术的诏安老师傅，加上本人有一定的生产经验，并善于同老师傅共同切磋，不断改进生产工艺，提高馅饼质量。在他的专心经营之下，逐步摸索出一套较为完善的生产馅饼的操作技艺和生产管理方法。在选料方面也很认真，如绿豆专门选购当年产的明光绿豆，并经过加工精选，把豆秕去掉，面粉则选用洁白有面筋的。猪油选用二层油、板腊油、水油等三种油混合炸成。在烘制技术上，要经过三番功夫，先将饼进炉稍烘片刻，再将饼正反两面翻烘，操作要求非常严格，不合格的一个也不出售。

庆兰生产的馅饼，色、香、味俱佳，热酥油润，内馅细嫩无豆块，入口有冰凉之感。因此，质量冠于全行业。如果要问，庆兰馅饼是什么时期出名的？可以说就是在初开创庆兰的第一代人手里最为兴旺发达了。

邓央仔死后，就把"庆兰斋"三个字的店号给他的第三个儿子邓克宽，克宽虽乏生产技术，却有原班生产人马可恃，因而继续生产经营。原来磁街的店址开辟马路，即迁移到大同路中段。那时邓克宽为了继承庆兰馅饼的生产工艺，不使失传，叫他长子邓沧池（又名不池）在店向制饼师傅学艺。厦门沦陷时，曾把店址迁到鼓浪屿龙头街。由于对外交通受阻，业务不如当年。

后来，克宽的孙子邓阿狮（双名水龟，邓沧池的长子），又在中山路另设立庆兰饼家，仍生产庆兰馅饼。直到中华人民共和国成立后公私合营时，庆兰饼家并入其他饼店。

《庆兰馅饼》

❖ 迎 水：鲜香糊滑的"面线糊"

面线糊，烂而不糊，清而不浊，美味适口，是同安大众化的地方风味小吃。

面线糊做法简单，谁都知道，它由底汤、面线、地瓜粉、调料、配料组成，但又很讲究。

一是底汤要用剥虾仁剩下来的虾壳小火煨炖，取其自然鲜美甘甜。没有虾壳时，可用拆鱼肉或碎蟹肉、碎猪肉、虾皮等代替。

二是面线要细，要白，要均匀，要耐煮耐熬。只有本地上好的面线才适用，外地面线或质量较差的面线均不行。

三是地瓜粉要白，要黏而不糊。

四是调料中，当归酒、胡椒粉、芫荽或葱花必不可少。

五是配料众多，除以海鲜作配料外，还可加鸭血或猪血或以一大串猪大肠加入面线糊中煮烂，使油脂融入其中，大肠也烂熟，辅以油葱、青葱珠、芹菜珠、胡椒粉作为调味，气味更浓烈可口，讲究点的再加一截油条、一段大肠和几片芫荽就色香味俱全了。另外，卤猪肺、卤猪肝、卤鸭胗、炒猪腰、炸腊肉、煸香菇丝等也是不错的选择。

制作时，将底汤加入大骨熬制的高汤中，再放入揉碎的面线，调味后，共煮成稀糊状即可。装碗时，加入葱珠、料酒、香油，并随意任选配料加入进食。

面线糊的特点是"鲜香糊滑，别具风味"，匆匆的上班族赶时间，往往点上一碗面线糊，三两口就可以解决温饱问题。因其方便消化，老人小孩食用也非常适宜。

《面线糊》

❖ 周育辉：周宝珍卤味，口感细腻

灌口周宝珍卤味店以经营厦门民众喜爱的卤鸭为主，兼营卤鸡爪、卤鸡翅、卤猪舌、咸水鸭、姜母鸭等十几种卤制品。

灌口周宝珍卤味店的卤制品配料有30多种。其中主要有八角、党参、

枸杞、甘草、蜂蜜、沉香、山茶、草蔻、肉桂、橘皮、青果和香料等。在制作时，除了配料之外，一般配方为：生鸭50公斤，配食盐1000克、白糖500克、蘑菇精25克、生姜750克、加饭酒250克等。制作时，选上等农民家养鸭子，经一周停止喂食物，而喂之以若干配料调制成的食物，而后宰杀、洗净，再浸泡于全部配料制成的卤水中约4小时，然后进行卤制，这样制成的卤鸭，就不是一般意义上的卤鸭。色泽油光发亮，金黄色中透着淡淡的咖啡色；由于制作用心，浸泡时间长，配料制成的卤水味已浸入肉中，有一种特有的香味，口感细腻，润滑可口，肉不黏牙。可以说，灌口周宝珍卤味店给人的感觉就是妙极了、好极了。

那么，这样的美食何方神仙所为？又为什么有如此的吸引力？

在厦门市集美区灌口镇灌口村二组有位叫周马遥的村民，其父周金朴（是新加坡归侨），生于1898年，职业为郎中，拿手好戏是中医内科，当时厦门郊区一带没人不认识周郎中的。主要因为，一是周郎中医术好，几乎是手到病除；二是周郎中为人善良，给人看病时，收费很低，有时甚至不收费；三是周郎中还是个美食家，时常做几道菜自尝自品，遇到病人就诊时，乡里乡亲的，顺便也就一起享用了。

俗话说无心插柳柳成荫，按理说，周郎中行医为业，又深受邻里街坊爱戴，本不会变成为卤制品高手。可是，事情往往无巧不成书。一次周郎中到汕头游玩，原本就喜欢美食的他，一下子就喜欢上了最有代表性的卤味食品。特别是卤味食品那种香味，那真是叫做回味无穷。回到灌口后，周郎中又想起在汕头品尝卤味食品情景，他有点流口水了，于是自己动手制作起来。自己制作的卤味食品吃是能吃，可就是没那个味，再说看起来也不好看。周郎中有点耿耿于怀，于是，他再次到汕头品尝，并花钱拜师学艺。这样，经过几个来回折腾，原本中医出身又喜美食的他，制作出来的卤味食品竟然吃起来效果超过师傅，以至于师傅反过来请教徒弟，并修改了原有的几种配料。

周郎中学到手艺后，闲来无事，就想卤只鸭子尝尝。没想到卤鸭卤水一开，香味四溢，竟招来许多左邻右舍，纷纷问周郎中在干啥，是否转行卖香料了。周郎中笑笑说：卤只鸭子尝尝。什么鸭子这么香，左邻右舍几十年的老邻居，不管周郎中要不要请客，打开锅盖，捞起鸭子，吃了。哦……真香、真爽，煮熟的鸭子飞了，一眨眼，一只鸭子就全被吃光了，于是，没事的时候，周郎中就卤只鸭子请邻居打打牙祭。

1927年，周郎中大公子周马遥降生了，周郎中原本想让孩子继承父业，继续行医。岂料，周马遥对行医不感兴趣，倒对吃卤鸭很来劲。7—8岁时，一整只卤鸭，一转眼，全给吃光了。1945年抗战胜利后，周马遥18岁。可周马遥对行医依然不感兴趣，怎么办？周郎中想，孩子大了，总该学点手艺，算了，就让他去卤鸭子吧！总比无所事事好。没想到，周马遥行医不行，卤的鸭子经过父亲调教并自己琢磨后味道却超过其父。时间不长，周家又多了一个名人，人称"卤鸭周"。就这样，1946年春节后，周马遥在其父的诊所对面开了一家卤味店，店名就叫"灌口卤鸭周"，"灌口卤鸭周"一开业就生意红火，渐渐地，名声也传到同安、泉州、厦门、漳州。许多人慕名前来购买，一时生意门庭若市，到了"文革"，"灌口卤鸭周"歇业务农。

《周宝珍卤味》

◆ 苏 隽：黄则和花生汤，清甜爽口

▷ 花生汤

厦门的花生汤，是风味独特的名汤佳点。它以闽南特产花生为主料，精工巧作，熬煮焖熟，调入白糖等配料而成。产品清甜爽口，滋阴润肺，与药膳相似，有食疗之效，价格便宜，深受人们青睐。经营花生汤的众多商号中，最著名的是黄则和花生汤店。

黄则和花生汤店，由泉州人黄则和创办。1945年，黄则和来到厦门，挑起担子卖花生汤。他经常把花生汤摊子摆在鹭江道、中山路口一带，招徕码头工人和过往旅客。由于他的花生汤质量好，烂而不糊，甜而不腻，白的花生片漂浮在汤上，如银似玉，引人食欲，入口即化，味美可口。当时虽没有店面和招牌，但黄则和花生汤的名声广为传播，品尝者络绎不绝。1950年，黄则和典买了中山路22—24号店面，以人们惯称的"黄则和花生汤"为店名，卖花生汤、油条和炸枣等。

《脍炙人口的厦门黄则和花生汤》

❖ 亚 东："圆美"辣椒酱，供不应求

厦门"圆美"辣椒酱的创立者，既不是学有所长的食品工作者，也不是能说会道的生意人，而是一个家庭妇女。她的名字叫杨淑昭，厦门文圃茶行杨鸿来二房的孙女。文圃是厦门有名的茶行，平日对饮食调味比较讲究，曾经自制有特色的辣椒酱，作为自家享用，或者赠送亲友。杨淑昭从小生活在这个家庭里，不但耳濡目染，而且动手参加制作辣椒酱，学会了加工辣椒酱的独特技艺。

20世纪20年代，厦门市场上所销售的调味品，如辣椒酱、番茄酱、酸辣米椒等都以广东"冠益"牌号为上等货。大约30年代初，有一天，杨淑昭到中山路买干果，干果店的经理丁老苏，向杨淑昭推销"冠益"辣椒酱，杨淑昭回答说："我家自己做的辣椒酱，比这还要好得多哩！"丁老苏不相信，杨淑昭就说："那我带一瓶给你尝尝！"丁老苏一尝，杨家的辣椒酱质

量果然比广东"冠益"辣椒酱强得多。于是丁老苏就建议杨淑昭搞些家庭副业，制作辣椒酱，由他代销。

1931年，杨淑昭在霞溪路住处，开始制作圆美辣椒酱供应市场。产品由丁老苏经销，进货量初期每次一打到五打，以后逐步增加，价格也不断提高。

1932年，圆美辣椒酱参加海后路太古栈的国货展览会，进一步扩大了销售面，出现了供不应求的现象。丁老苏看到辣椒酱销路这样好，认为大有可为，就干脆改行，不再经营干果生意，于1933年自己设厂另立牌号，叫"慎记"，参照圆美辣椒酱的做法，制作慎记辣椒酱应市。从生产规模上说，圆美辣椒酱纯属家庭副业，产量少而精；而慎记辣椒酱由于设工场雇工生产，产量较多，填补了圆美辣椒酱市场供应的不足。虽说是同行相妒，必有竞争，但是生产条件、经营方向各不相同，因而各得其所。

《"圆美"辣椒酱》

❖ 洪得强：马巷贡糖，老年人的最爱

马巷古有"贡糖、香饼、烧炸枣"三宝。贡糖现称花生酥，俗称"豆仁夫"。贡糖顾名思义，制作时把花生仁炒熟，去膜、去臭粒，用一根圆木棍，长约一尺左右，末尾留一把柄，工人用圆木棍放于一厚木板上使劲把花生仁捣碎成末，再和上饴糖，使其粘连压成薄片，薄片卷成约二公分宽的长条，用刀切成约三公分长的小块，然后四块包一束，贡糖上下面还夹上竹叶以吸湿气，再包上纸以防潮。每五小束又包成一包出售。贡糖吃起来又香又甜又酥，是饮茶的好"茶配"，特别是老年人最喜欢。古时马巷一带盛产花生，故贡糖作坊多，其中马巷福三春糕饼店制作的贡糖名闻遐迩，大量销往厦门、泉州、漳州甚至台海各地，生意做得很旺火。各地信徒每逢初二、十六都用"豆仁夫"去敬观音佛祖，龙海一带还用作定亲礼物，

成为一种吉祥物品。

"豆仁夫"的由来在马巷还有一段美好的传说。据说古时马巷有一位姓蔡的儿媳妇，既贤惠又孝顺翁姑，人们称她大孝妇。其翁姑年迈掉牙咬不动喜爱的花生。其儿媳急在心里，于是就去向人家借来小石臼把花生仁捣碎，再拌上红糖让翁姑"配"早茶、稀饭。翁姑心喜，逢人就夸，因此有好多人也跟着这样做。后来糕饼坊老板发现这是一大商机，就精心研制推广了，遂成马巷名点。据说明代同安地方官曾以"豆仁夫"为贡品进献朝廷，备受皇上称道，故名"贡糖"。现在的"金门贡糖"誉满两岸，可说是马巷贡糖的传承和发展。

《马巷贡糖》

❖ 颜立水："不踏花归亦自香"的马蹄酥

马蹄酥用面粉制皮加香油作为进香的供品，所以早时叫"香饼"。又因用麻油热炸可以作为妇女"月内"的滋补品，所以有人叫它"老婆饼"。如果用热开水冲泡，体积马上膨胀软润，所以也叫"泡饼"。传统烧烤香饼，是把捏好的生饼一个个贴在"七斗缸仔"（陶缸）内壁，外面用大柴烧烤。竖贴的生饼由于重心下坠形成上薄下厚类似马蹄，所以叫做"马蹄酥"。民国版《同安县志》记载："马蹄酥，香饼也，形肖马蹄故名。"早期烘烤工序，容易使人手臂灼伤，店家一般用外来工，所以民间有"炉饼烧烧，十个九个给人招（入赘）"的俚语。

马蹄酥有不少传说。其中一则是庄俊卿先生采访的传说：明朝万历十一年（1583），京城开科考取武进士，同安西桥尾祥露武举、丘渭阳，携带同安香饼上京赴试。当他投宿京城"高升馆"客栈时，恰好有位王爷微服私访，因避雨进入该馆歇足。这时庄渭阳正在烹茗并品尝家乡带来的香饼，见有客至，便邀请共尝并馈赠四包马蹄酥。这位王爷感到这种食品风味独特，经问方知是福建同安的土特产，又见庄生一表人才，身材魁梧，有意推荐。便告诉他："三天之后，武场开科，科场门口槐树拴有金鞍白马，汝可解辔骑马入场应试。"当天，庄生果然骑着这匹白马到场，考官见是王爷马，知非寻常举子。经过考试，发觉庄生确有真才实学，于是得中武进士，做了琼州左参将的官，庄渭阳因马蹄酥与王爷结缘，得以金榜题名。于是再备马蹄酥至王府拜谢，自此"同安香饼"名噪京城。

▷ 马蹄酥

另一则传说则与金门许琰有关。《金门志》卷十六记叙："许庶常瑶洲尝携同安马蹄酥饼，至京馈赠乡贵。会座主谒乡贵，为供具焉。问'何有？'则曰'从贵门下得来耳'，座主心衔之。坐是以大考诗中一字失检，吹毛索垢罢官职。"许瑶洲讳琰，字保生，金门许氏五房裔孙，住同安县郊前宅。六岁能诗，八岁能文，十四岁著《寸知篇》。雍正五年（1727）进士，授翰林院庶吉士。《同安县志》说他"性傲兀，散馆磨勘，为睚者所中。"

两则传说，无论是庄渭阳因送香饼得中进士，还是许瑶洲没有向当年的主考官赠送马蹄酥而免职，都是民间宣传"同安马蹄酥"的口头广告。清代同安诗人方珪写有"乍经面粉还留迹，不踏花归亦自香"的诗，后一句脱自前人"踏花归去马蹄香"，足见清代同安马蹄酥十分盛名。

当时县城生产马蹄酥有双鹿、金吉、庆春等作坊。其中又以"双鹿老铺"最为闻名，有"百年老铺"之称。该铺徐家五代人薪传经营，制作原料用精面粉、精生油、麦芽糖、白糖、花生仁和白芝麻，分皮、酥、馅三道制作工序，历来奉行祖辈经营之道，从不偷工减料或掺杂使假，而且薄利多销，深受海内外顾客青睐。双鹿饼店直到现在仍用手工细作，只是改用平炉烘饼。根据顾客需求，几年来转向生产"素香饼"，南普陀、梵天寺、梅山寺的善信多到该店购买"素香饼"礼佛。金门乡亲来银城时送"贡糖"，我则以马蹄酥回赠，口感不一样，但心情相同。由于经营管理有方，双鹿饼店荣获"全国食品安全示范单位"称号。四代传人徐亚森也获得"企业经营管理成就奖"。

《"不踏花归亦自香"的马蹄酥》

❖ **方达明：** 最古怪的吃食——"土笋冻"

厦门最古怪的吃食是"土笋冻"。如果你初次来到厦门，厦门人肯定会特别向你推荐"土笋冻"，厦门人总是这样说，厦门第一风味小吃啊，"土笋冻"。

"土笋"不是笋，而是一种环节小动物，5到10厘米长，半厘米多粗，学名"星虫"，状似冬虫夏草，生长在浅海滩涂里，有些地方管这种虫子叫沙虫或者海肠子。因为这种小动物色泽灰白，状如圆筒笋，滋味比山上的冬笋还好，所以闽南沿海一带称之为"土笋"。"土笋"味道极其鲜美，可鲜食，也可晒干后食用，特别是干制后炸、炒、炖、烩或煮汤，远远一闻，口齿生津。最好的吃法当然属"土笋冻"。

"土笋冻"的制作工艺非常精细，每道工序都马虎不得：将捉拿到手的"土笋"在清水中养育一日，让其吐净腹中沙粒，然后在老式的陶缸里精心用手工搓揉、压破、洗净，再耐心地用小火熬煮，熬出富含胶质的汤汁来，最后连"土笋"带汤汁一起轻手轻脚斟入小酒盏，自然冷却凝结成一个个白润晶莹的小圆块，这就是"土笋冻"。小小的"土笋冻"个个冰清如玉，晶亮剔透，让人食指大动。

▷ "土笋冻"

吃的时候，摆开酱油、香醋、辣椒酱、花生酱、芥末、蒜泥等佐料，蘸着吃，更复杂丰富一点的还可配上芫荽和特制的糖醋萝卜。人类的口腔对胶质有着天然的强烈爱好，从熊掌到生河豚，不黏是很要紧的，而"土笋冻"鲜香软嫩滑溜爽口，正好满足了人类对滋味的极端想象，吃后满口腔的甘冽鲜美，回味无穷，灵魂都会出窍。

面对着圆滑的"土笋冻"，筷子的功夫极为要紧，稍有抖颤，它就会断然滑溜而去。一旦落地，正好检验它的质地：能蹦跳两下的，方为"土笋冻"中的极品。因为富有弹性的，质地最为柔糯脆嫩，味道也最鲜美甘冽；反之，软烂如同粥饭的，肯定不新鲜，还是弃筷不食为上。面对着鲜美的"土笋冻"，筷功不佳者完全不用担心——可以用牙签插取，同样的得心应手。

"土笋冻"不仅味道鲜美营养丰富，还有不小的药用价值，它能降火消炎，清凉解热，当你喉咙疼痛难忍时，吃了它，立即止痛消肿，胜似灵丹妙药。暑天大热时没事吃上几个，神清气爽，胸口一派清凉。

吃了"土笋冻"再来一碗"土笋"汤，那就功德圆满了。"土笋"汤只需几根肥美脆嫩的"土笋"，加一点姜丝、粗盐，原汁原味，汤白如牛奶，味极鲜美，清甜适口。如果再来一小盘酥松香脆的油炸"土笋"下酒，那你就是当街袒胸吟诗千首也是可以理解的。

《厦门第一风味小吃——土笋冻》

❖ 岩 立：饲牛囝不能吃茯苓糕

茯苓糕又名"复明糕"，它与"中秋饼""蚵仔煎"一样，有着与郑成功抗清相关的传说。

清兵入关建立清王朝后，对广大人民群众实行"留发不留头"的政策。顺治五年（1648）农历八月二十六日，清兵攻陷同安，屠城三天。同安（包括厦门、金门）的百姓，拥簇在郑成功"抗清复明"的旗帜下，和清兵开展了长期的"拉锯战"。当时民间秘密组织的抗清社团很多，为了便于组织大规模的抗清活动，同安城内有位姓李的商人，蒸制一种糕点叫做"复明糕"——意在"恢复明朝"。每块糕里藏有一张字条，上面写着联合行动的时间、地点和信号。这样，属于"抗清复明"组织的基本群众买到"复明糕"后，便自觉地参加到统一抗清的行列。当时还有一条规定，即放牛小孩子不能吃"复明糕"，主要是害怕小孩子嘴巴不严，吃"复明糕"时容易泄露字条的机密，误了抗清的大事，所以迄今同安还有一句"放牛娃和捡猪屎小孩甭想吃复明糕"的俚语流传，衍生为劝人不要侈望的意思。

复明糕的制作原料主要有茯苓粉、大米粉和白砂糖，所以"茯苓糕"应该是它的本名。茯苓糕的制作工序比较细致：先把粳米舂成粉，用120目的筛斗筛过，拌上碾细的白糖，再用80目的筛斗一层一层把它筛到蒸桶里，最后用鸡毛轻轻把粉面刷平，用小刀割花后便可蒸制。在整个手工操作过程中，不能让糕面沾到水滴，更不能用手指头弹压，否则容易蒸不透。

刚蒸熟的茯苓糕，又热又甜，又软又香。茯苓是一种中药，有祛湿健胃的功用，非常适合老人和病家的胃口，所以现在还有"老阿婆仔真风骚，爱吃茯苓糕"的俚语在民间流传。

《饲牛囝不能吃茯苓糕》

❖ **方水暖**：久负盛名的文昌鱼

刘五店一带浅海出产的文昌鱼，是中外闻名的珍品。早在20世纪20年代，英、美等国的许多学者曾多次远涉重洋，途经厦门到同安采集文昌鱼标本和从事文昌鱼研究。厦门也因同安出产文昌鱼，在世界上出了名。

文昌鱼的名称，来源于"文昌帝君"。据县志记载："文昌鱼，似鳗而细如丝，产西溪近海处，俗谓文昌诞辰方有，故名。"文昌鱼的成鱼，身细长寸许，头尖尾尖，形似樵夫挑柴的扁担，故沿海渔民普遍叫"薪担鱼""薪担物"。因文昌鱼无头与躯干之分，所以沿海渔民又叫"无头鱼"。琼头到刘五店一带的群众还叫"鳄鱼虫"。相传很早很早以前，琼头到刘五店的海里有一尾"鳄鱼精"，每三年就要吃掉一个贪财害命、为非作歹的县官，已经吃掉了许多知县了。到了宋朝，朱文公（朱熹）任同安主簿，一天夜里，鳄鱼精化成白衣女郎，偷偷潜入县衙，恰好碰到朱熹还在批改公文。朱熹抬头一看，大吃一惊，忙将手中的朱砂笔向白衣女郎投去。鳄鱼精受伤后逃回渔港，不久就在琼头对面的海面死去。后来，它的骨骸便成了一个小岛屿，叫"鳄鱼屿"。身上肌肉腐烂，长出许多小虫，成了文昌鱼，故当地渔民称之"鳄鱼虫"。

文昌鱼的生理构造很奇特。它没有头，没有眼睛、耳朵、鼻子，也没有鳍、鳞和脊椎。心脏只是一个能跳动的腹血管，血是无色的，全身呈半透明。它的消化器官也没有分化，只有一条直肠从口直通肛门。但它已经有了鳃裂，内部有脊索，背上有一条空心的神经管。因此，它是从无脊椎动物进化到脊椎动物的桥梁。

文昌鱼不仅在科学上有重要的研究价值，而且是营养价值很高的食品。据研究，文昌鱼含有70%的蛋白质，多种的无机盐，尤其是碘的含量更高。它的干制品更是富有营养的珍贵海味。新鲜的文昌鱼用油炒或焙干，味道又香又美，可以用来炒菜、煮汤，是下饭的好菜。文昌鱼炒大蒜，其味特佳。旅居海外的侨胞，特别喜爱文昌鱼，他们常常用文昌鱼炒蛋、炒米粉款待客人。因文昌鱼富有家乡风味，吃到文昌鱼自然想起家乡，故有"尝鱼思乡"之说。在同安，人们也时常将文昌鱼作为珍贵礼品，赠送给海外华侨或远方的亲友。

《文昌鱼》

◆ 岩　立：源自洪侍郎的番薯

同安新店一带，至今还有请客头道菜出"番薯粉粿"的习俗，相传它是源自明代洪厝"侍郎祖"洪朝选。洪朝选于1576年农历八月二十九日诞生在洪厝村，相传出生时，当地洪厝港中的鲤鱼墩香气数日，因而他的号称"芳洲"。明嘉靖二十年（1541）春闱，洪朝选中式进士并授官南京户部主事。当他接到就职文书时，正逢家乡准备过三月节，母亲叶氏本想留他吃三月节才走，怎奈关山迢递，洪朝选生怕耽误期限，所以急忙打点行装启程。母亲也不敢多留，只想煮碗好料让他吃。但乡下人家，平日粗茶淡饭，还好临近过节，又是"二月肥蚵肥韭菜"的时令，母亲便从灶头上抓了一把切好的地瓜粉条，配上猪油、葱花、海蛎、文昌鱼、韭菜等佐料，煮了一大碗香喷喷的番薯粉粿。洪朝选远出家门，吃了慈母亲手做的家乡饭，感到特别香甜可口，脑子里也刻下了深深的印记。

洪朝选后来官居刑部左侍郎，所以民间称"洪侍郎"。有年回家省亲，乡亲备办酒席宴请洪大人。宴席还算丰盛，"海里嘉腊（真鲷鱼）马鲛鲳，山顶加锥（斑鸠）鹧鸪獐"，好菜一碗一碗端了上来，可洪朝选不敢多伸筷子，只是留着肚子等待那道番薯粉粿。36碗过去，甜汤出来，意味宴毕，洪大人赶忙低声问道："不是还有一道番薯粉粿吗？"他这一问，大家都愣了，因为主席上压根儿没有这道菜。大家以为这是农家"吃粗饱"的东西，所以不敢端上来，好在其他副桌有这道菜，厨师赶忙另做碗番薯粉粿。洪大人边吃边赞："还是番薯粉粿好吃，还是番薯粉粿味道好！"

▷ 街头的女挑贩

打那以后，洪厝这一带人家，喜庆佳节，请客宴席首道菜便是"番薯粉粿"，相沿成俗，遵祖定例。清朝同治年间，洪厝乡洪思返、洪思艮等11人开发印度尼西亚的峇眼亚比，至今居住那里洪厝街的洪氏侨裔，也保持着吃"番薯粉粿"的家乡习俗。

同安是地瓜产区，昔日金门也是"地瓜岛"，番薯粉粿几乎是比户皆食。但洪厝番薯粉有它独特的工艺，即用大米熬粥，拌上地瓜粉，放在石臼舂烂，使大米和地瓜粉粿合一起，然后加水，稠稀适中，再放到铁锅里煎成一张一张的薄饼皮，切成两厘米宽的粉条，晾在"敢壶"（一种篾编晒具）里。煮的时候，猪油要下足，加上海蛎、蟮蜅、小虾等海味，面上撒些葱花或芹菜，这样的番薯粉粿，既香且甜，又滑又韧，吃起来"连舌头都会卷下去"！

《源自洪侍郎的番薯》

❖ 迎 水：外酥里嫩的"满煎糕"

满煎糕外皮酥软，里面香嫩，老人、小孩都喜食。为什么叫满煎糕呢？顾名思义，就是在煎制将熟时，煎盘上的面浆会胀满了圆形的煎锅，所以才得名的。

据宋嘉泰元年（1201）进士张约斋《赏心乐事》载，宋宁宗赵扩时，正月孟春，杭州人就举行"煎饼会"作为夜间活动。在这活动中的野炊"煎饼"，应是"满煎糕"的雏形。

▷ 满煎糕

但真正"满煎糕"的出现，却与清左宗棠有关。咸丰五年（1855），太平军入闽，左宗棠在马尾创建造船厂，推荐汉人沈葆桢主持。为使清兵吃饱且不扰民，左宗棠在煎饼上加以改进，利用福建盛产蔗糖及花生仁的特点让传统咸面饼卷大葱、蘸辣椒变成甜食。于是，他把糖与花生仁碾碎，拌在已发酵松软的煎饼卷内变成煎糕，使兵勇在海上练兵后更容易入口，更容易携带。于是这种煎糕就渐渐流传开来，成为经济实惠，食用方便的街头小吃。

满煎糕制法是：先将花生仁炒熟，去膜碾碎，和芝麻、橘皮丁、白糖拌匀成馅。然后取适量的清水放在盆里，加入白糖搅匀，加入面粉和水酵母（用量要视气温而灵活掌握）搅匀，加入苏打粉继续搅拌均匀，使其发酵成面浆。接着把平底煎锅置火上，烧至六成热时，给锅底抹一层油，火候适宜时取面浆顺着平底煎锅，由左至右，从外向里螺旋浇匀，随即将馅料撒匀在面煎上，加盖煎至锅边冒气，浆胀满煎锅时即熟。离火，打开锅盖，用小尖刀沿锅边刮一圈、折一半盖在另一半上呈半圆形，铲起放在案板，切成小块即成。在煎时要随煎随搅动，掌握火候。如要制作高质量的满煎糕，可在粉浆里拌以鸡蛋液（或鸭蛋），舀到煎盘里，再撒糖、花生米、芝麻、鲜橘子皮丁。煎熟后，色泽金黄，松软可口，绵软甜香，香气四溢，诱人食欲。中间夹有一层芝麻糖浆，上下两片有像蜂窝的气洞，吃起来口感极佳，齿颊留香。

《满煎糕》

❖ 林天传、林勤石：“货郎担”带来的美食

很早以前，就有一种流动于广大城乡街巷的“摇鼓担”。据说，一千多年前，这种“摇鼓担”就存在了。他们肩挑各色针线、手帕、绣线、花粉、胭脂、发夹、头饰，以及儿童鞋帽、玩具等小商品，手拿一把小巧玲珑的小鼓，穿街串巷，边走边摇，发出“叮咚”响声。

农妇和小姑娘听到摇鼓声就知道是“摇鼓担”来了，不约而同走出家门，围着“货郎担”挑选所需的用品。

还有一种专门卖麦芽糖（饴糖）的小贩，他们肩上挑着麦芽糖担，手腕上挂着一面小锣，手指夹着一支小锣槌，沿街沿巷发出“咣咣咣”的响声，孩子们就会拉着父母嚷着要买麦芽糖。据说，早在宋朝时，同安白礁村医圣吴夲（吴真人）给当朝皇后治“乳虎”，禁忌甜食，但皇后每日习惯

吃甜点，吴卒就想出一个办法，用出芽的大麦，压榨浆汁，熬煎成膏，既满足皇后吃甜点的需要，又有健脾养胃、消积的功能。皇帝龙颜大悦，就赐他一块奏板。后来，煮麦芽糖的工艺传到民间。由于受皇帝敕赐，沿途出售，要鸣锣开道，挖麦芽糖的工具要用一块一尺多长的竹板（代替奏板），挖麦芽糖的姿势，必须半蹲半跪（象征向皇上谢恩），世代相沿成习，于是成为一种独特的叫卖方式。

另有一种卖蜜饯的小贩（俗称卖珠李仔），他们肩挂一个活动木架和一个长方形木框玻璃柜。柜子里面分为五六格，每格放进桃李等不同蜜饯。每到一村就选择村民纳凉的大树下或较为热闹的地点，打开木架，架上蜜饯柜，拿起一支小唢呐，"嘀嘟……嘀嘟……"地吹起来。有的还乘兴吹起民间小调，悦耳动听，大人孩子很快就围上来，有的听吹唢呐，有的买上一些李子、蜜桃子等。

还有一种做"糖人仔"和"面人仔"的小贩，他们依靠灵巧的手艺，捏制"糖人"或"面人"，把煮好的糖膏，或吹或控，制成各种飞禽走兽，如展翅欲飞的小鸟或色彩艳丽的开屏孔雀。若在尾部再装上一小竹笛一吹，就会发出像小鸟叽叽喳喳的叫声。做"面人仔"的手艺也很精湛，只要抓上一点五颜六色的面糕，手一捏、一压、一搓、一粘，片刻工夫，一个传统戏剧中的人物就跃然出现，如横竖双眉的红脸关云长，挥舞金箍棒的孙悟空，英勇的武松等，惟妙惟肖。这种小手工业者，实际上是一批民间艺人，他们的作品虽不能登上大雅之堂，却深受孩子们的欢迎。这类民间艺人用的工具是一个空罐头罐子制成的一种能够转动的器具。每到一处，摇摇罐子，发出咕、咕、咕的响声，吸引儿童围拢上来，久久不愿离开，非掏出平日积蓄，买一仙面人仔不可。如果你买上唐三藏，他买孙大圣、沙和尚、猪八戒，就凑成一台戏，有声有色地表演起来。

《流动小商贩的叫卖声》

❖ 荷　缘：马巷咸光饼，遵古法而制

马巷是著名古镇，早年老街大宫口有一家百年老店"福三春"糕饼铺，精制出售各式糕饼，如：贡糖、香饼（马蹄酥）、肉饼、馅饼、炸枣、碗糕、咸光饼、绿豆饼、橘红糕等等，产品统统盖上鲜红的"福三春"印字，体现其品牌。据说"福三春"糕饼投料先后有序，烤焙谨遵古法，从而保证饼皮薄而不裂，饼馅饱而不露。其中"咸光饼"（别名"戚光饼"，福州地区称"光饼"）尤久负盛名。而"咸光饼"之名称即与抗倭名将戚继光有关。明代嘉靖年间，我国东南沿海经常有倭寇从海上侵入，登陆后烧杀掳掠，无恶不作，浙闽近海地区老百姓饱受这些侵略者造成的苦难。名将戚继光奉旨率"戚家军"入闽抗倭时，为了适应行军作战需要，老百姓发明一种半咸半甜齿颊生香的饼。它以面粉为原料，配以红糖、芝麻和少许食盐，经过挤、揉等工序，采用无烟木炭烧烤、焙烘而成。直径约7厘米，中间有圆孔，用海滩湿地成草串起来，送到"戚家军"，挂在将士的脖子上，以供随时食用，既节省埋锅做饭时间便于行军，又避免炊烟外冒泄露军情。在老百姓的支援下，"戚家军"将士更加奋勇作战，狠狠地打击了倭寇，"戚家军"所食用的饼也被称为"咸光饼"而流传下来了。马巷"福三春"咸光饼遵古法而制，故遐迩闻名，历久不衰。

《马巷咸光饼》

❖ 迎 水：油炸五香条，引出洞中仙

当你走过同安的大街小巷，就能闻到各小摊点的阵阵飘香，引人驻足，令人馋兴大发。

五香条，是广受同安群众欢迎的一道特色小吃。在清朝末年就广为流传，其味道馥郁，风味独特，是佐酒美味。

五香条的制作很讲究，取三层肉切粒丁，加少许五香粉、地瓜粉、面粉、鸭蛋、青葱、鳊鱼、荸荠，放上适量的味精、白糖、酱油等，搅拌均匀，再用豆皮卷包成条。用油炸熟后，切成小块，食用时配上沙茶酱、芥辣、萝卜酸、芫荽、甜酱等佐料，味道更加鲜美。炸后捞出来，慢慢品尝，一种混杂着各种原料的奇异香味就扑鼻而来，真可引出洞中仙，招来云外客。

油炸五香条，可以整条咬着吃，也可切块吃，配白米饭或稀粥，都是顶好的下饭菜。如果切上一盘五香条，温上一壶好酒，作为下酒菜，不论自饮自酌，或是与好友共享，那才叫"惬意"！

《五香条》

❖ 黄家伟：别树一帜的广东、潮汕餐馆

广东、潮汕菜肴风味传入厦门已有60多年的历史。在厦门开设的广州、潮汕风味的菜馆、点心店有10多家，曾别树一帜，深受中外食客的好评。

粤菜选料精细，技艺精良，善于变化。品种繁多，风味讲究，清而不

淡，鲜而不俗，嫩而不生，油而不腻。相对来说，夏秋力求清淡，冬春偏重浓郁。擅长小炒，尚有与菜肴有渊源关系的点心小吃。潮汕古属闽地，其语言和局部习俗与闽南相近，它汇粤闽两家菜谱之所长，自成一派，以烹制海鲜见长。其中如：坐落在中山路的广丰酒家，大同路的聚芳楼、庆香酒家，开元路的乐琼林，水仙路的练江酒家；广州菜馆有瓷菜河的广州酒家，鼓浪屿的广州酒家，中山路的冠天酒家，镇邦路的岭南酒家等。据原鼓浪屿广州酒家老板林润生回忆：1948年冬，上海赴菲音乐访问团过厦时，著名电影明星殷秀岑、关宏达、白虹、欧阳飞莺等曾光临该店，他们品尝广东风味的酥炸虾盒、油泡虾仁、香汁炒蟹、白灼螺片、炒桂花翅、清蒸鲈鱼、白鸽肉茸、炒三丝、罗汉斋、蒜子田鸡等名菜后，赞不绝口，并说这些佳肴在国内各地是从未吃到的。殷秀岑还亲自挥笔给广州酒家签名留念。在厦门开设的粤菜馆中，潮汕风味占有相当的比重，其中以潮汕风味为主的点心店，如：中山路的广益、新广益、三益，开元路的利隆，思明西路的盛记等，他们烹制的点心各有特色，如：甜咸芋角、虾饺、烧卖、凉果、酥角等。三益的汕头鱼丸，清脆鲜美，新广益的叉烧肉包、盛记的肉包和豆蓉莲花包等都富有细嫩、鲜甜、精巧的独特风味，至今在一些上了年纪的老食客中，留下了深刻的印象。

《解放前厦门的烹饪饮食业掠影》

第七辑

闽南风俗趣味多·逛庙会观演出

❖ 洪树勋：除夕围炉夜话

大年三十或二十九，俗称"除夕"。除夕那天，民间要祭拜祖先，称"辞年"。大堂案上摆供牲礼、花果，除鸡鸭肉、菜肴外，还有"兜面"。煮"兜面"是象征子孙黏结和睦。牲礼中还有"春饭"，象征"岁岁有余粮"。人们还要放鞭炮、贴春联以迎接春节过新年。贴春联以祭门神辞旧岁，象征新春瑞祥。春联由"桃符"演化而来。古中原以桃木绘门神像悬于大门两边驱邪，称"桃符"。汉代绘勇士成庆、荆轲，南北朝绘神荼、郁垒，唐代绘秦琼、尉迟恭，晚唐时加绘钟馗。五代后蜀主孟昶自撰"新年纳余庆，佳节号长春"之颂词取代桃符门神，是春联之始。

为什么除夕要贴春联？民间还有段传说，据说古时有一种猛兽叫"年"，每于除夕出而食人。但这种猛兽有三怕：一怕红色，二怕火花，三怕爆竹声。故民间除夕要贴春联、放爆竹以驱之。现在每年春节，都沿俗贴上春联，都是写一些吉祥平安的话语。还有在大门上贴"福"字，或倒贴福字的习俗，取其"福到"之意。传说朱元璋有一年腊月三十微服出巡，来到一个小镇上，看见许多人正在观看一幅漫画，取笑淮西女人脚大。朱元璋看见后，以为是笑他的大脚马皇后，大怒回宫，吩咐军士到镇上调查。看看哪些人曾去围观，这幅画又是出自谁之手，对没参加嬉笑的住户，一律在他们的家门贴上一个"福"字。第二天，即派军吏到没有"福"字的百姓家抓人。

从此每逢除夕，人们便在门上贴一个"福"字以免祸。至于贴"倒福"字。据说起源于清代恭亲王府。有一年春节前夕，大管家为讨主子的欢心，写了几个斗大的"福"字，叫人贴在大门上。有一个家奴因不认字，把"福"字倒贴了。恭亲王很生气。亏得大管家能言善辩，怕恭亲王怪罪受牵连，忙说："奴才常听人说，恭亲王寿高福多造化大，如今大福真的到了，而且福字倒贴无脚跑不掉，乃是吉祥之兆。"恭亲王一听，很合情理，于是赏大管家和家奴各50两银。后来倒贴"福"字的习俗便广传民间了。

除夕晚上合家要"围炉"，俗称吃"团圆饭"。外出的人都要赶回家围炉，一时赶不上的，家里人也要设一虚座，放一套衣裳在椅上。围炉的各种菜肴都有象征意义。"滥蚶"象征财福两旺，用完还要把蚶壳合好，这样才能包住钱财。米粉、芋头象征人丁兴旺。鱼丸、肉丸，象征团圆。鸡谐音"家"，表示吃鸡发家。韭菜表示"年寿长久"。萝卜即菜头，谐音"彩头"。芹菜取意勤快。油炸肴馔，因油炸发出声响，油花滚滚，表示"家庭兴旺"。围炉时各种菜都要尝一口，滴酒不沾的，也要象征性喝一口，以讨吉利。围炉后长辈要给晚辈分"压岁钱"。压岁钱原称"压祟钱"，它祝愿小孩免灾，健康成长。"压祟钱"也有一段传说。相传古时有妖叫"祟"，每到年三十便出来害人，它用手在熟睡的孩子头上摸三下，孩子就会发烧害病，成为傻呆。人们怕"祟"来害孩子，年三十就点灯围坐不睡，叫"守祟"。有个姓管的人家，在年三十夜怕祟来害孩子，就拿了八枚铜钱来逗孩子玩，孩子用红纸包上，又拆开，玩到睡时，把包着的铜钱放在枕头边。姓管的夫妻仍然守在孩子身边。半夜"祟"来了，当它用手摸孩子的头时，枕边的铜钱发出一道金光，"祟"被吓跑了。后来管氏夫妇把这件事告诉大家，于是大家都把铜钱交给孩子放在枕边以驱"祟"。以后相沿成习。"祟"和"岁"谐音，后来就改叫"压岁钱"，守祟也叫"守岁"了。

相传大年三十夜守岁，最早源于晋代周处的《风土记》，其中记有"除夕达旦不眠，谓之守夜"。即在所谓"一夜连双岁，五更分二年"的除夕之夜举行。民间又有"守岁"是为长辈祈寿之说。总之，此俗含有"尊老"与"爱幼"双重内涵。以后守岁常以家庭"讲古"和赌钱度时间。现在则以全家观看央视春节晚会为多。

守夜一直到凌晨正点，各家各户开中门放炮拜"天公"，开"正"迎新，此时爆竹震天动地，五彩缤纷的烟火直冲云霄，直闹至天亮，全家老小穿新衣新鞋，喜迎新岁，所谓"爆竹一声除旧，新年万象更新"。

《漫话"除夕"》

❖ 陈永宽：正月初三 "烧心愁"

　　跟正月初二充满欢乐的气氛相反，正月初三在厦门岛内，是个凄清的 "凶日"。这一天，年前有亲人亡故的人家，要祭祀新亡，亲友也要前往吊祭。这一天，人们不到邻居串门，也不欢迎客人来访，更忌讳邻村的亲友来做客，生怕被误为在祭新亡，触霉头。这一来，村子里就十分冷清，完全没有春节的欢乐景象。这独特、奇怪的习俗，是由一段悲惨的历史故事衍生出来的。

　　明嘉靖年间，日本海盗经常侵扰我国东南沿海。据说，有一年农历十二月底，倭寇侵入厦门岛，洗劫财物，烧毁房舍，残杀村民，无恶不作。岛上许多人家破人亡，境况悲惨。当时厦门岛属同安县辖，岛民在同安一带有许多亲友，噩耗传到同安，亲友们十分悲伤，都急着要到厦门来祭奠亡者，安慰生者。但一则除夕、春节在即忙不开；二则交通困难不方便往返，所以相约来年正月初三合雇船只渡海来厦。转眼到了初三，从同安乘帆船来厦门的人们，一上岸就悲悲戚戚地分别到亲友家吊唁，献香上供，放声痛哭，一时间岛上愁云惨雾，哪里有半点过年样子！祭拜过后，亲友互诉悲苦，互相劝慰、勉励，于是焚楮烧纸，一把火送亡者往生，也烧掉生者心中的哀愁，化悲痛为力量重建家园，这叫 "烧心愁"。从此，厦门岛上就留下了正月初三祭新亡的习俗。厦门正月初三 "烧心愁" 习俗，在全国绝无仅有，因为别的地方没有那么一段血淋淋的历史。

　　可能是语音相近的缘故，"烧心愁" 现在竟讹称为 "烧新床"，不明原委的人还真的请人糊制纸床连同冥纸一起烧化，叫人啼笑皆非。

《正月初三 "烧心愁"》

❖ 陈金城：元宵古俗

农历正月十五日为古传元宵节，它标志着民间自十二月十六日"尾牙"开始，长达一个月的春节庆祝活动的结束，至今已流行一两千年。元宵放灯是历代官民的共同创造，有庆贺太平富足和祈祷风调雨顺之寓意，并制造新年喜庆的气氛。

古人以"灯"喻"丁"，且有"崇火"观念，古泉州之灯节为八闽之最，而古同安的灯节也特别热闹。放灯三日，家家以汤圆、薄饼、三牲果品祭祖及神明。道观燃巨香大烛，诵经祭天官。每晚（十三至十五日）万人空巷，男女老幼齐上赛灯、观灯。灯以自制为贵，以竹、木、透明色纸和蜡烛为原料，大人持天公灯、天官赐福灯、走马灯、孔明灯（可以飘上天）等，争奇斗巧，且多描以字画，夸耀街头。妇女多持莲花灯穿行于寺庙道观"钻灯脚"，并献莲灯于神佛案前，以求"出丁"生贵子。儿童多持自己的"生肖灯"相斗撞，以一日不毁不灭者为小胜，三日为大胜，斗败者要进贡饼干、糖果、铜钱。小孩为灯破灯灭而懊丧，而父母却很欢乐，赶快再给补制。因灯烧毁斗败了称"出灯"，多生贵子之兆也。中华人民共和国成立初，我的一个伙伴以铁丝牛皮纸老虎灯斗败通街生肖灯，结果其父大为生气说："怪不得我不再出丁，只能生你一个。"未婚少女此三日可随父母及姐妹伴随着上街"串灯"，不少灯下恋情由此产生，传下佳话。

文人士子于元宵日上轮山拜祭朱子祠和奎宿。明清时代道士说苏东坡是奎宿下凡，信仰魁星主科举文运。清代每逢"辰、戊、丑、未"大比之年之元宵，士子们均持酒果祭于轮山朱子祠和魁星阁，以丝绸或色纸制灯，描上书画献之，并高声诵读得意文稿焚献，以求科场得意。礼毕后或游山，或品文吟咏，其乐融融。厦门文士于清雍正时方有此俗，于厦港紫阳书院

（后改在玉屏书院）举行。金门士子则礼于魁星阁。

昔日尚有元宵"跳火"之俗。古人久有"崇火"习俗，认为火能辟邪，故除夕要"围炉"，新娘入门要"跨烘炉"，连小猪进圈都要"过火熏"。古人于十五夜在街村空旷处聚柴草而燃，按户由大人牵小孩一跃而过，或拉手成圈，绕火堆边转边唱一首押韵辟邪的祈福之歌。

古时同安少女尚有元宵"迎厕姑""偷葱偷菜卜佳婿"和"听香"之俗，现已久废。据传厕姑为唐代官宦之妾，精女红针绣，被大妇所妒，推入厕中而亡，玉帝怜之而命为厕神。少女于元宵夜以竹扫倚厕墙，披以衣裳，低唱《东施娘》曲以祷之。词曰："东施娘，教侬挑，教侬绣，穿针补衣裳"（词载于《金门志》），反复吟唱至衣裳微动，则可获厕姑荫庇，女红超群。又有少女拈香僻巷，窃听人语以卜休咎，谓"听香"。或深夜偷摘人葱菜，还要故意弄出响动让主人发觉辱骂，才算吉兆。俗谓"偷葱嫁好匹（夫），偷菜嫁佳婿"。常有主人故意不骂，惹少女发急，竟至哀求主人随便骂几句话以示吉者。金门还有男子夜偷硗硒（墙石）之俗，谓"偷石百娶好某（妻）"，与少女偷葱相对应。

元宵古俗对研究闽南先民生产生活方式及精神信仰甚有意义。

《元宵节习俗》

❖ **石奕龙：** 端午节，龙舟竞渡

到了民国时期，端午节的情况好像有点变化，如大约完成于1949年左右的《民国厦门市志》卷二十《礼俗志》记载："五月初五日，曰'中天节'，俗称'五月节'。饰龙舟竞渡，曰'斗龙船'，以银钱扇帕为锦标，曰'插标'，纪念屈原沉江遗意。制角黍'粽'，互赠亲友。俗以此日食粽，曰可脱破裘，因过此则气候渐热，不再冷也。悬菖蒲、柳枝、松、艾、蒜于门，曰'五瑞'。儿童缚彩线于手，曰'长命缕'。焚硫黄炮，以其烟写吉祥字于门，谓可辟毒去秽。"根据此，我们看到，民国时期的端午节，划龙船排在第一位，并且把龙船竞渡解释为纪念屈原。

其二，这时认为吃粽子是一种标志性的仪式食品，它标志着夏天的到来，厚重的衣服可以装箱了。虽然没有讲孝祖之事，但仍说"制角黍'粽'，互赠亲友"，看来，此时仍延续去年有丧事的人家，不得做粽子的习惯。为了孝祖，故亲友做了粽子会赠予他们，让他们也能完成以粽子孝祖的传统。同时，也应该继续有祭拜神灵的活动。

▷ 民国时期，厦鼓海域的赛龙舟活动

其三，端午节的重头戏之一是驱邪避毒之类的事，与清代不同的是，门上悬挂的驱毒辟邪物多了一种东西，这就是"大蒜"。此外有一种东西不知是不是记载错误了，这就是所谓的"松"。因为，在我的印象以及过去在同安一带的一些调查中，好像端午节在门上悬挂辟邪驱毒物中并没有"松"枝，而是"榕"枝。这可能是由于闽南话中，两者的差别非常小，因此把"榕"记成了"松"。

其四，在驱毒虫方面也有一点变化，根据记载看，在民国时期是用焚烧硫黄炮来驱毒驱虫，而不是用雄黄，这可能是漏记了喝雄黄酒的民俗事项，但也有可能是人们认识到雄黄酒对人体可能有害的缘故。这在厦门这种城市地带是完全有可能的，因为这种地方受现代思想和外界的影响大些，所以，完全有可能出现这种用硫黄替代雄黄的变化。此外，该文也讲，"焚硫黄炮"。除了驱毒虫的作用外，用"其烟写吉祥字于门"。则"可辟毒去秽"，也具有在观念上驱邪、驱逐肮脏的意义。

其五，仍有给小孩绑"续命缕"的习惯，不过其改为"长命缕"，虽只有一字之差，但其意义可能也有所不同。

其六，当时鹭江中仍有龙船竞渡的活动，不过称之为"斗龙船"，而不像民间俗称的那样，称其为"扒龙船"。而且在集美，陈嘉庚也在家乡组织起当地的龙舟比赛，使得当地的端午节增加了热闹的气氛。文献虽没有详细记载渡头宫庙是否演戏等，不过从"以银钱扇帕为锦标"的情况看，应该还有演戏之类的事存续，但可能不是太普遍，因此，文献中就忽略了它。此外，由"以银钱扇帕为锦标"这一记载看，鹭江中的龙船竞渡的组织者可能还是各渡头的宫庙和商家的组织——商会等。由此看来，在民国时期，厦门的端午节也还比较热闹。

《厦门地区端午节的历史变迁》

❖ 洪树勋：中秋节及博月饼

"人逢喜事精神爽，月到中秋分外明。"每年农历八月十五日，即中秋节，为月亮最亮最圆的一天。同安民间这一天都举办祭月神、赏月、博月饼等民俗活动。据传，夏代后羿之妻嫦娥，于是日夜里吃药奔月为月神。故民间有"嫦娥奔月"的故事流传。以八月十五为嫦娥成道日，举办祭祀活动。民间还要以牲礼、月饼祭土地公，这带有远古"春祈秋报"谢神之意。

当晚人们沐浴在皎洁的月光下，边赏月边吃月饼边谈家常，对小孩讲月亮的故事，享受天伦之乐。月饼亦叫"状元饼"或"中秋饼"，取团圆之义。月饼的产生在本地还有一段悲壮的传说。据传元王朝统治者实行民族高压政策，规定闽南一带汉族三家百姓，负责供养一个元兵，叫"三家养一元"。元末红巾起义时，同安白莲教徒即以月饼藏纸条。约定中秋夜起义，一举成功，即俗谚所谓"三家养一元，一夜杀完完"的故事。

"博月饼"为古代泉邑民俗，后随郑成功传入台湾。据说收复台湾那年中秋节，郑成功部将洪旭带队屯兵垦荒，战士们多有思家情绪。洪旭运用闽南一带以骰子博状元饼的娱乐形式，让大家在欢乐中消除乡愁。从此博状元饼的民风也在台湾流行。清乾隆进士钱琦在《台湾竹枝词》中写台湾中秋博饼的风俗："玉宇寒光净碧空，有人沉醉桂堂东。研朱滴露书元字，夺取呼声一掷中。"

博状元饼以旧科举制荣衔来分类，每盒为一会，有六十三块大小不一样的饼。一般有三十二个"一秀"（秀才），十六个"二举"（举人），四个"三会"（会魁），八个"四进"（进士），两个分屏（榜眼、探花），一个状元，合称为"一会"。因最高衔级是状元，故又称"状元饼"。每"会"还有一对"金花"。博时用六粒骰子掷在碗里，按骰点等级拿饼。若出现一个红四，就得一个"一秀"。两个红四，就得一个"二举"。三个红四，就得一个"三红"。四个除红四外的相同点数，就得一个"四进"。两组三个一样的骰点或一、二、三、四、五、六顺序排列，就得一个"分屏"。四个红四的称"四红状元"，以带两个红幺为大，其余按所带点数多少分大小。六个骰子都一样，称"六子"，即全会饼归他所有，叫"六子抄家"。博得"状元"者要拿回家敬土地公，"金花"插进香炉，明年中秋要献出一会以谢神。

《中秋节及博月饼》

❖ 洪树勋："吃冬"建祖屋

每年公历12月22日或23日为"冬至"，即一年24个节气之一，和春节一样是同安重要的民俗节日，称"冬节"，俗称"小年兜"。人们都认为

"吃了冬节圆又多一岁"，故又称"亚岁"，吃圆是"添岁"。《厦门志》礼俗卷说："冬至，俗不相贺，谓之亚岁，各祭其祠。舂米为圆，谓之添岁。粘米圆于门，谓之饷耗（即作为犒赏土地公以外的弥补）。"冬节民间要举办祭祖活动，家家户户都要宰鸡杀鸭，制冬节圆以祭祀祖先。

"冬节圆"是一种吉祥物。本地结婚、奠安都要煮圆，它象征生活甜如糖蜜，一家人团圆幸福之意。实际上冬节祭祖活动也带有庆丰收之意。古时到了这个节气，晚稻已收割完了，冬种大小麦也下种了。"立冬田头空"，是个农闲季节，农民获得丰收后喜气洋洋，一方面有时间有物资改善一下生活，另一方面是感谢祖先和上苍的庇荫。为此也产生一个有趣的传说。

据传"灯猴鬼"（古时用花生油、灯芯点火照明的一种灯具）看到各户热气腾腾改善生活，红了眼，上天庭向玉帝打小报告，诬称凡间丰收后大吃大喝铺张浪费。玉帝即派天神下凡察看，果然属实，于是降旨问罪百姓。土地公获悉此事，气得大骂灯猴鬼诬告，马上上天奏明原委，说明百姓敬天祭祖之心愿，消除了人间一场浩劫。大家称赞土地公体察民情，怪"灯猴鬼"坏心生祸，每年除夕夜都要烧掉"灯猴鬼"。故本地过年有"滥蚶炒豆烧灯猴"之习俗。当然冬节除了庆丰收祭祖之外尚有"进补"之意。冬节以后天气进入最严寒的季节。故民间久有"补冬"的习惯。"冬节兜"是淡水鱼最肥的时候，农村在冬节兜都有"考潭"的习俗，即车干塘水抓鱼祭祖兼"补冬"。

民间还有"做冬"和"吃冬"的习俗。所谓"做冬""吃冬"，即全宗支由一户作东，宴请族内的成人族亲。一般是族内青年结婚以后，第一年就可"吃冬"，第二年就要由他作东，让大家"吃冬"，一辈子就仅做一次。《同安县志》民国版卷二十二"礼俗"曾记："……就祠庙设宴，有祀田者，按房轮年分值。"这是把"祀田"（即祖公田）收入办宴桌，是另一种轮值法。还有一种是生第一胎男孩者负责作东等。"做冬"宴席要办得非常丰盛，"猪牛肉冻"都要用大盆，让大家吃得痛快，否则人家会当场骂娘或说你的闲话。这是一种陋习，对贫苦民众是很大的负担。

本地有"吃冬起（建）祖屋"的谚语。众族亲在"吃冬"时乘着酒兴，忆说祖先的恩泽，计划着如何修葺破旧的祖屋或举办什么族内的大事，以光宗耀祖，可是吃过后就忘了，成为民间讥讽只说不做的歇后语。

《吃冬圆话冬至》

❖ 于 迅：旧式婚娶礼节多

男孩年满16岁称成丁，女孩年满16岁称及笄。集美也是如此。但论及婚、嫁，男方一般在24至26岁之间比较普遍。女方是18至20这段年龄适合。旧社会流传这句谚语："二十五男人是真铜（童的意思，这里读闽音），二十五岁女人是老人。"也有少数早婚者，通常是富有人家，希望早当祖父、曾祖，儿孙16岁还不甚懂事就结婚，此系个别少数。

旧社会女子较少出门，"待字闺中"，通常要靠媒妁来撮合。现在虽然已自由恋爱，但结婚仍少不了媒人（或称介绍人）。旧社会论婚、嫁，先由媒人带家长和男方去相亲。假使有亲戚与女方同乡者，就以走亲戚的名义，偷偷借故相看；若没有什么亲戚关系，就由媒人带男方装成问路，或探询某事，来达到相亲的目的。因此相亲也有人说成去看亲，或去看新娘。

如果双方（包括父母）都同意了，就由媒人到女方家去"提亲"。媒人要用红漆篮子到女方家取庚帖（八字），个别地方还送个红包给女方为见面礼。双方都要在神前燃香祷告。男方家长把取来的女方庚帖放在自家的神龛前，祝神明揭示等等。这样过了三朝，家里没有发生什么事，算是吉利，就可以拿女方庚帖去找"日师"择日，（有的地方为慎重，还有拿女方庚帖给相者"相命"，以断是否吉利。）日师择日一般要连同男女两家大小生辰时日给日师知道，以推算出最佳的良时吉日。择日要择三个吉日。

一是送定金的日子（闽南语称送小定）。通常媒人用红漆篮子带到女家，一般是12或24个银元为定礼。

二是正式行聘礼的日子。这时由媒人带男方的人担去聘礼。送去双方商定的聘金、喜糖、尺头（给新娘裁新嫁衣）、若干金银首饰。这样才算是真的把亲事订下来了（闽语称"吃大定"）。

三是正式娶亲的日子。这时男女双方在自家"上头"（也有父母当年没有上头的要先在儿女这天先补这门课，才让孩子"上头"，表示已成为大人了）。

▷ 传统的婚嫁仪式

"上头"的仪式也很隆重，要煮汤圆敬家里的祖先和土地公、菩萨。男女双方均同样。新郎换上白内衣裤。在"筊犁"中放一个小竹椅子。（"筊犁"，闽方言篾做晒谷物的用具，这筊犁椅子都要全新的。）被上头的新人端坐在竹椅上，由上一辈年长的夫妇结发健在的宗亲来担任，上头要唱几句吉祥语：例如"捻得好，翁婆保老"，"捻得正，夫妻相疼"（闽方言），等等。这种仪式男女双方一样，用新木梳在新人头上梳头发。女方还要戴上红花，"挽面"（闽方言，用线绞掉脸上的细毛），这样即"成人"了。

"上头"的衣裤一般是结婚时穿为内衣，只穿这一次，过后就洗干净收藏到人老过世作为内衣穿。

娶亲的当天，男方要用春抬杠去礼物，通常是宰好的一头猪、两瓶酒、喜糖、大糖（用白糖溶解后制成塔形、八卦、双喜图案）肉饼等物，这些都是预先商定的，还要两只红木箱子给新娘装嫁妆。女方的陪嫁要有12项吉祥物、木炭（闽方言叫"生炭"，谐音是"生传"，就是要儿孙满堂的意思）、"铅钱"（一种细小的铅片，"铅"闽音"缘"，就是新娘与男方一家有缘分、和睦，和丈夫相亲相爱的意思）、"肥猪"（是一种野生植物，学名叫"鲎藤"，它结的果实如大豆荚，肥大，闽方言叫它"肥猪"。旧社会农业为主，这是象征给家里养大猪，处处都有以农为本的意思）。

此外还有锡烛台、酒瓶、红桌围等等。还要一个梳妆盒，叫"镜台"。新娘梳妆用，内装胭脂、粉等化妆用品，以及新娘佩带的金、银首饰。这个镜台要用大红绸巾盖住，绸巾四角用红线缀四个银元。

还有一个红盒子，据说内装一个小袋子，这是备将来生儿育女，孩子脐带脱掉了，就装在这袋子里。所以有人就称它"子孙袋"（闽方言）。此外还要一只红马桶（个别地方要有七件桶），还有做女红用具包括剪刀、木尺等。

男方到女方送礼的人，女方设宴招待，然后由这些人用舂抬杠回陪嫁品。

新娘子辞别父母、亲友，还有一个仪式，就是请吃"笊篱肉"。"笊篱"，竹制用具，过去农户煮饭，等米初煮熟，用笊篱捞成饭。闽方言叫"捞饭"，供家里男人（主要劳力）吃，然后才放些地瓜进米汤做成粥，女人老人小孩吃。

新娘把炒熟的肉，还有12条韭菜，用笊篱盛了，送给女友、亲友分尝，算是分别。"韭"闽音"久"，既祝福新娘，也祝福亲友长寿久远，祝福新人白头偕老的意思。

新娘由父母搀扶上轿（这样才算"婚嫁"礼完成。丧失父母的由长兄长嫂搀扶），新娘随身带一条饭巾、一把扇子，还有那个小红盒内装子孙袋。

饭巾，闽方言谐音"傍君"，意是希望依靠丈夫"致荫"（闽方言，是爱护、恩荫的意思），饭巾缀一对"春花"（大红纸制花朵），等到男家喜宴结束，在新娘坐的位置端来一碗米饭，由新娘亲自把饭巾盖上。春花的

"春"（闽方言"伸"，祝年年有余）。儿孙袋一般系装首饰，以后新娘生儿育女，用来装孩子掉下的干脐带。

扇子是等新娘上轿后，走到村口，就由轿窗丢下来，让她的小弟弟去捡回娘家（据传，这是要女儿记得时时回娘家走动的意思）。

迎亲那天，一般要两把轿子。彩轿（闽南叫红轿）新娘乘坐。据说旧社会这一天是新娘的大喜日子。多大的官轿，碰到新娘轿都得回避。另一把绿轿，是媒人坐的。富有人家是三把轿，一把给送嫁的小舅子坐。通常新娘最小的弟弟送嫁，这里戏谑叫"担灯舅仔"。"灯"象征给男方添丁生男孩。如果是两把轿，送嫁是和媒人共乘一把轿。

媒人先到新郎家，送来用红纸包着的"铅线"。新郎的父母兄弟姐妹等各带一小包，余下的就撒在洞房。这是表示新娘与婆家有缘分。

新娘彩轿一般要近傍晚才到，也是最热闹的时刻，大家围来看新娘。

这时男方的一名秀童（选面貌清秀较漂亮的儿童担任）来恭请新娘出轿。新娘要送给红包，然后新郎来牵新娘出轿。新娘故意脚蹬在轿前让新郎牵不出来，如此再三拖延。看的人嬉笑，这也是个典故，"延"与"缘"同音，要它永远有缘。清兵入关对汉人屠杀，有"扬州十日""嘉定三屠"之恨。这个民族仇恨在结婚当天也表达出来。新郎穿蓝长袍，戴毡帽，帽上绕12根红丝线，代表流血。表示今天成人，仍不忘外族入侵，遭屠杀的血海深仇。

新娘出轿由新郎牵着，媒人要在两人头上遮上米苔，米苔上放个斗笠。这是表示与清朝有不共戴天的意思，这个习俗也沿用下来。

这时，新郎的全家老小要回避，避免对冲，以后全家会和好。新娘入门不能踏在门槛上，如果踏门槛便被认为压倒一切，尤其是当婆婆的就会记恨，认为新娘不尊重长辈，往往满月后开始议分家。也有族亲长辈来调解，新娘承认不谙俗例，向婆婆道歉，才能恢复和好。

门内烧着一炉旺盛的炭火，让新娘跨过，这是表示"生炭"（闽音谐音"生传"），要传宗接代越来越旺。等新娘、新郎进入洞房，这时全家老小才许出来。

新娘、新郎进洞房后，同坐一条板凳，板凳上铺一条新的黑布裤，一人各坐一条裤腿，这个仪式象征相亲相爱，两人同穿一条裤，亲密无间。

由上一辈夫妇都健在的女宗亲，端来鸡蛋煮糖水（闽南称鸡蛋茶），两新人都呷一口，新娘送给红包。这样娶亲仪式算是完毕。

再来是全家见面。新娘由伴娘带来请公婆吃红枣茶，并向公婆用大条毛巾系腰，表示尊敬公婆康健，公婆给红包当见面礼，接着按辈序请全家人吃红枣茶，见面礼就结束。

晚上宴客，招待亲友。由一位秀男请新娘出厅，新娘要给红包。

喜宴要尊新郎的舅父坐上席，就是正厅最后，左边的那一席，舅父坐左边第一位，余者按次序就位。新娘席除媒人外要有一对男女秀童同席，一二位伴娘就席，余者选夫妇都还健在的女亲友凑足12位，这和"母舅桌"同样，余席人数就不限，这样安排好了，就可燃爆竹开宴。

宴席完了，要端来一碗米饭，放在新娘坐的席位，新娘把带来的饭巾盖上，这样大家就可退席，这时有拥入洞房吃新娘茶的，新娘端茶先敬舅父，舅父要给一个红包。答礼一般就是这样散了。

洞房里要燃一对通宵红烛，喻欢度良宵之意。

《集美婚娶习俗》

❖ **李志勇：**民间美容术——挽脸

"挽脸"（闽南方言"挽"乃拔的意思），又称挽面、绞面，是闽南民间流传的古老美容护肤技法。主要功能就是用细纱线拔除脸上汗毛，皮肤便会变得细嫩明亮，并能减少皱纹的产生。挽面后喜欢漂亮的女人上妆后会更楚楚动人。

闽南风俗，尚未成年的闺女经过"挽脸"拔除脸上的"苦毛"后，就意味着成为大人了。因此，姑娘在出阁前夕，不但要洗发、梳妆，而且要

"挽脸"。通常由一位"好命"的长辈来执行，又称"开面"。"开面"，才可"有人缘、得人疼"。

"挽脸"是以前人们美容护肤的一种妙方，它的成本相当低，只需几尺柔韧的细棉线、一块白色粉饼即可。

"挽脸"时，挽脸的人和被挽脸的人对面对坐，由挽脸人先在被挽脸人的脸上均匀地涂上一层白粉，让皮肤滑而不燥，这样可减少挽脸毛时的疼痛，也利于把脸上的细毛拔除干净。然后挽脸人再用拇指在被挽脸人脸毛多的部位反复摩擦，直至被挽脸人的脸有点麻辣辣的感觉（以抵消拔脸毛之疼）。接着，挽脸人用一根长1米左右的纱线拧成一个活结，就可以开始"挽脸"了。挽脸人对着被挽脸人要拔脸毛的部位，用左手拇指、食指反复地一张一弛，用门牙咬着纱线的一头，右手执另一头，左手虎口在线的中间叉开10厘米左右，把纱线张开的口子贴着脸部，三个点协调用力，来回拧着"8"字形，一起一落，一张一缩，借助纱线交叉、闭合、拧动之势，渐渐把脸、额、颈的汗毛和绒发绞去。最后一道环节是在挽好的脸上敷上面霜。整个挽脸过程将近一个小时。

在台湾，流行着一道用闽南方言制作的谜语："四目相看，四脚相撞。一个咬牙根，一个面皮痛。"这道谜语的谜底便是"挽脸"。可以想象"挽脸"这种古老的美容法纯粹靠拔，其感觉并不好受。但是，准新娘却坚信"挽脸"时有疼痛感才会"有人缘，得人疼"，她们乐意接受这种古老的美容风俗。也因此，"挽脸"的习俗才流传久远。

在闽南民间，姑娘出嫁以后，就可以自择日期进行"挽脸"美容了。旧时富家的小姐们每隔一两个月就要挽一次脸，一般人家逢年过节前，姐妹们喜欢聚集在门前巷尾，一对一地轮流"挽脸"，让节日的气氛首先从脸上流露出来。

民俗中也有"挽脸"这一传统节目。丧事人家"做七"时，仍保持着请吊唁者、送葬客"男剃头，女挽脸"的风俗，意思是所有参加治丧、送葬的妇女每人都发给"挽脸"费，七日后必须要"挽脸"一次。产妇在满月时也习惯挽一次脸，寓意脸庞如满月般美好皎洁。

今天，尽管有了先进的美容技法，有些人还是喜欢"挽脸"这种古老的美容法。在闽南乡下甚至还可以请到专业的"挽脸婆"，而海峡对岸的台湾城乡，还常可看到"挽脸"的摊点，周围总有人或围观，或等候，生意蛮不错。据当时妇女们说，采用这种古老奇特的美容法，不仅是省钱，而且其效果比现代美容技法还要好——"挽脸"不仅不会损伤皮肤，还能延缓汗毛再生，而且"挽脸"后会使皮肤变得细嫩明亮，减少皱纹的产生。加上香粉滑润、凉爽，不含有任何刺激性物质，更是受到时尚妇女的青睐。

《民间美容术——挽面》

❖ 陈清平：陈嘉庚先生与集美民俗

集美社是陈嘉庚先生的故乡，集美学村是陈嘉庚先生在故乡这片土地上开创的人才摇篮。"诚毅"是陈嘉庚先生倡导的校训，也是集美社的"族训"，是嘉庚精神的集中体现，集美社良好的民风、民俗文化，都是在"诚毅"精神指导下形成的。

"诚毅"则对国家、对社会、对事业要诚，全心全意地为之服务；为人处世要诚，真诚相见。为实现"诚"这一宗旨，则要有"毅"，百折不回的刚强毅力。陈嘉庚先生身体力行，"倾资兴学"就是"诚毅"的具体表现。他老人家一生"奔走海外，茹苦含辛数十年，身家性命之利害得失均不足动吾念虑，独与兴学一事，不惜牺牲金钱，竭殚心力而为之，唯日孜孜无敢逸豫者，正为此耳"。在"诚毅"族训指导下，集美社陈氏族亲形成一股兴学热，兴学成为"嘉庚族"的民风，致力于教育事业的，陈嘉庚先生的亲人就有陈敬贤、陈文确、陈仁杰、陈国良等人，就是住在本土的族亲，为集美学村的建设为特区的扩大，土地献出来了，海也填了，他们祖祖辈辈谋生的门路几乎堵绝了。他们做出多大牺牲啊！然而他们为学村为特区的发展而欢呼！而骄傲！

《陈公嘉庚遗教二十则》是"诚毅"的外延，也是集美社民风民俗的基础。其中包括（一）"守法"：陈嘉庚先生以自己"居星数十年，未尝犯过英政府一次罪"为例教导族人"应安分守法，以培后盛"。"居安思危，安分自守"。"不取不义之财"。（二）"家训"："儿孙自有儿孙福，不为儿孙作马牛"。"家族之间夫妇和好，互敬互爱，治家之道，仁慈孝义，克勤克俭"。"饮水思源，不可忘本"。（三）为人处世："宁人负我，毋我负人""怨宜解，不宜结""仁爱莫交财""能辨是非，做事有恒""服务社会，老而弥坚""己所不欲，勿施于人""凡做社会公益，应由近及远，不必骛远好高""凡做事须合情合理，如不合情理，应勿为之""我毕生以诚信勤俭办学教育公益，为社会服务"。这就是陈嘉庚先生倡导的"诚毅"行动纲领。

对于集美社的婚嫁民俗，"富者逞美炫奇，力求艳盛，贫者亦张罗敷衍，勉为其难，甚至重利典借以顾面子""男女家设筵宴客，或更演戏有连续多日极其热闹者"。陈嘉庚先生极力反对，认为此"皆为陋俗"。至于集美社旧有民俗活动日，如众多的神诞佳节，解放初期逐渐减少，陈嘉庚先生非常赞成，认为这"非全由政府提禁，实由民众觉悟与减少无谓消耗耳"。这里特别要提出的，集美社信奉的神佛众多，有护国尊王（闽王）妈祖、老爹祖（二房的进士祖陈文瑞，同安祥桥奉为陈府王爷）、泰山、龙王、大圣王……但却没有庙。只有属岑头的始建于五代的龙王宫。其神祇都"寄居"祠堂，"众神合署办公"，这与陈嘉庚先生倡导的民俗民风有关。集美社每年五月初五（端阳节）举行的赛龙舟，陈嘉庚先生认为此"实为水上体育运动，与迷信神权不同"，因此极力提倡，不惜耗资修建龙舟池，造龙舟邀请沿海各村组队前来参加竞赛。此谓培养"毅"之民风也。

在"诚毅"的教导下，集美的民俗，正形成一种文明新风气。全社不分大小房头、和衷共济、发展特区经济；弘扬陈嘉庚爱国爱乡精神，使集美集天下之美！

《陈嘉庚先生与集美民俗》

❖ 范寿春：“送顺风”与“脱草鞋”

“送顺风”习俗由来已久。所谓“送顺风”，意即盼望亲人出门能够平安、顺利。过去，由于生活所迫，众多海口人到东南亚谋生、创业。当时，人们只能选择坐船走水路，路上的安危自然就成了亲人的牵挂。因为海上常遇大风，生命常受威胁，人们只有向天祈求一路平安、顺风到达。每当有人要离开故土出远门或漂洋过海，亲朋好友总会在第一时间送去染红的鸡蛋或是用红纸包着的线面、用红绳系住双脚的大公鸡等。红蛋、红纸、红绳象征红红火火、圆圆满满，线面象征情谊绵长。而将公鸡的双脚绑住，则是希望出境、出国者远走高飞之后不忘故土、不忘亲人，“送顺风”习俗把人们质朴的愿望表现得淋漓尽致。

比较隆重的“送顺风”，还会摆上一两桌，为即将出门的亲友饯行。有的镇街还流行在祖厅为亲友举行饯行仪式。先由出境、出国者跪拜祖宗，再拜谢父母、家人和亲朋好友。

由于背井离乡者爱乡情结深厚，有的在临走前还要在行李中带上一撮泥土或祖宗神龛前的香灰，称为“落地土”，时刻提醒自己身在异国他乡，不要忘记桑梓。

“脱草鞋”习俗同样由来已久。从前，人们生活水平低下，出门常穿草鞋。回家之后，前脚尚未迈进家门，亲人就急匆匆为其脱下草鞋，拂洗尘土，并端上食物、开水以解饥渴，此俗便称为“脱草鞋”。

华侨出境、出国多年，一旦归来，亲友闻知，便会像“送顺风”时一样，送鸡、鸡蛋、线面等礼物，名曰“脱草鞋”。“脱草鞋”意即祝贺亲人顺利、平安归来，抚慰当事人在人生路上好好歇一歇脚。有的镇村群众，还会在祖厅摆上香烛、全鸡、全鸭等祭品，让当事人拜谢祖宗，以示安然回归。

"脱草鞋"之后，当事人通常都会向亲朋好友回赠礼品。回赠的礼品一般是从境外专门带回来的物品，如毛巾、香皂、衣物、鞋帽、万金油等，在外混得较好的华侨，甚至回赠戒指、项链、手镯、手表、金钱等。以前生活条件差，"脱草鞋"的人收到这些东西，自然喜不自禁，逢人必说。

随着时代进步，人们生活水平不断提高，出国者已不再穿草鞋。但无论乘船还是坐飞机，长途跋涉回到家后，人们便会沿用旧例，送去礼品或设宴接风洗尘，但叫习惯了，这种习俗仍称为"脱草鞋"。

《送顺风与脱草鞋》

❖ 陈永宽："套宋江"，庆佳节

早年，禾山农民称大型武术队叫"宋江阵"，武术竞技叫"套宋江"。"阵"里有刀、枪、剑、戟等"十八般"兵器，队员武艺高强，就像善武的梁山泊一百零八个英雄好汉那样，"宋江阵"之名，可能就是这么来的。

历史上，厦门禾山许多村庄，像泥金、寨上、殿前……都组织过"宋江阵"。组织"宋江阵"，平时练武健身，遇有匪患可护境擒盗，甚至还能抵御外侮保家卫国。鸦片战争时，英国侵略者入侵厦门，当时就有自发组织的两支农民武装队伍协助官兵抗敌。

节日里，"宋江阵"就在村中广场上"套宋江"，为节日助兴。首先是团体表演，在令旗指挥下，全副武装、精神抖擞的阵队像军队那样，行军布阵，变幻阵式，进退有序，给人以威武雄壮、纪律严明、训练有素的感觉。接着是单项表演，武技精湛的队员依次出场，打拳、舞剑、耍刀、弄棒……招式精，劲道强，虎虎生威，喝彩声、掌声一阵高过一阵。压轴的是扣人心弦的对打，刀对刀，枪对枪，你来我往，斗个"你死我活"，惊心动魄。最耐看的是"叉盾斗"：一人持钢叉，一人夹藤盾持大刀，捉对打斗，钢叉猛刺，盾牌架开，大刀劈下，钢叉接招……往往是缠斗很久仍不分胜负。忽然，持盾者以极快速度夹紧盾牌与大刀，收身入盾，倒地一滚，疾速滚到持叉者跟前，猛地跳起，随即举刀劈下；持叉者猝不及防，招架不住，只得败下阵来。顿时，惊叹声、叫好声、掌声、笑声响彻广场上空。

今天，"宋江阵"的尚武雄风依在，高殿、泥金等村庄的青少年武术队，在市里、省里都小有名气。

《套宋江》

❖ 袁和平：粗犷豪放的"拍胸舞"

"拍胸舞"亦称"打花草"，在同安俗称"打猴拳"。在福建沿海南部非常普及，很受欢迎，可以说家喻户晓。同安拍胸舞由晋江地区传入。

拍胸舞是一种男子的徒手舞蹈，不用道具，不限场地。兴起时，口中唱起民间歌调，随节奏双手拍击自身，就可以起舞。由于跳拍胸舞时的环境不一，情绪差异，舞者不同，在长期流传中形成了不同的跳法与风格。也由于民间艺人的师承，文化生活阅历、职业以及性格的不同，形成了不同的流派。

拍胸舞相传在唐宋时期就流传于福建。当时统治者崇尚佛教，民间祭祀佛神道庙会祀典成风。各种民间表演艺术形式参与祭祀中的迎神赛会活动，拍胸舞就是其中的一种舞蹈形式。宋代马远《踏歌图》中描绘了民间"踏歌"场面，其中一中年人一足舞起，二足踏节，双手击掌与老者相对而舞的形态神情，与拍胸舞形如一辙。

拍胸舞从晋江传入同安后，逐渐演化为两种主要表演形式，一是游行踩街表演，以舞队的形式参加喜庆佳节的活动。集体动作协调规范，以"小跳步""十跳步转身"，加上"打从响"沿街行进。这种跳法幅度小、速度快，热烈欢快又便于行进。二是在广场、埕厅、舞台上的定点表演，情绪变化，动作幅度、难度、队形变换都相对较大，快慢缓急相兼；在"打八响"的基本动作上增加粗犷奔放的双人组合"公鸡斗""鸡展翅"，诙谐灵活的"老鼠逐""加令跳"，悠闲安详的"青蛙喝水""青蛙扫蚊"等，极具艺术观赏价值，带来很大的感染力，给人以强烈的审美愉悦。

拍胸舞的构成主要是以"打八响"的基础动作发展派生出来的，"打八响"的基础动作分为八拍，第一拍：左下右上拍掌，左腿小跳步。第二拍：做第一拍的对称动作。第三拍：拍右胸，左腿小跳步。第四拍：做第三拍的对称动作。第五拍：左上臂夹肋，右腿小跳步。第六拍：做第五拍的对称动作。第七拍：左掌向外拍击左大腿。第八拍：做第七拍的对称动作。同安有的地方受民间习俗"七成八败"之说的影响，也有"打七响"的，但节奏不变，在第二拍时呐喊一声"齐"或"嘿"就从第二拍起舞将起来。笔者在80年代参加民舞集成工作时，在新圩金柄村有一老者叫黄大面，当年78岁（现已过世），他的拍胸舞只有拍六响，没有拍掌的动作，而且姿势很低，蹲裆步在地上纵跃盘旋，别有一番风味。据老人回忆：他出生在南洋，青壮年回家乡，而拍胸舞是少年时当地华人师傅传授的，可见，由于区域、环境、师承等因素的不同，拍胸舞基本动作的构成也有一定的差异。

旧时的拍胸舞者都是上身裸露，下身着短裤头，腰系草绳，头箍草圈进行表演，在迎神赛会上以群舞出现，闹洞房时即以独舞出现。因赤身裸体，有粗野之嫌，有一个时期曾沦为乞丐行乞的手段，为社会上层人士所唾弃鄙视。所以拍胸舞都在民间下层人群中流传。

《拍胸舞》

❖ **李增为："竖高灯"民俗的由来**

"竖高灯"——是民间信仰中的一项民俗活动。新店镇后村村每年的农历四月十六日均举行"贡王"竖高灯活动。相传在明代就已盛行。

据村老人会长介绍，后村开基祖为郭烈（今同安区洪塘镇郭山村人，是唐郭镕的第七世孙）。公元1185年间到洞庭村吴庭辉家为婿，当时吴家聘用一位地理先生，这位先生看重郭烈忠厚老实，便指点郭烈今后分家产时，只求分后仓库，势必兴旺发达。后来吴家分财产时，郭烈求分得后仓库。自此开始，不论做什么事，件件顺利，年年昌盛发达，后裔传衍至14个村。郭烈的后裔不忘本不忘祖，每年冬至都先祭吴姓祖先，后祭郭姓宗祖，并把村庄称作"后仓村"。"贡王"活动是自吴姓开始的。"贡王日"据传是岳王爷的圣诞日（南宋抗金英雄岳飞），生前精忠报国，遭奸臣秦桧陷害致死，死后被玉帝封为代天巡狩岳府王爷。他不但代天查处人间善恶，且管理海上亡魂，成为民间的航海保护神。后村地处沿海，村民渔农兼作，自古以来，非常崇拜信仰岳王爷。因此，便将农历四月十六定为"贡王日"，举行竖高灯活动。

"贡王"分为"请王"和"送王"。"请王"要竖高灯，早时用好几丈高的竹竿或杉木顶端吊着一盏灯笼，晚上灯火通明，这样的"高灯"全村共有40多支（如今高灯原料改用镀锌管和挂电灯泡）。据说竖高灯是召集王爷的兵马前来飨礼，请岳王爷坐镇，庇护村民平安。"送王"要造"王船"，古代用木材造，现改为用纸船代替。"送王"要备办酒菜，据说是宴请清朝雍正时期"文字狱"被株连的闽籍36名进士化身的王爷，因这些进士已受封为游州吃州、游府吃府的王爷神。

后村竖高灯的一些习俗与邻村竖高灯的习俗有所不同。后村竖的高灯旗斗下有四只脚，别的村不能有四只脚，因为后村奉祀岳王官职大，才能用四只脚。四月十六竖高灯后，据说十天内凶神恶煞不敢入境，村民非常平安，特别是胎神更不敢乱来，到处乱挖乱动无须禁忌。到四月十七日送王爷时，祖厝内敬神的物品、金纸等要全部处理掉。未送王爷前，高灯可以降下，可以演戏，送王爷后即不可在祖厝边演戏，也不能再请王爷神。其他村竖高灯的习俗另有一番情趣。

《新店后村"竖高灯"民俗的由来》

❖ 洪树勋：马巷忠义庙的庙会

马巷建厅后，按清廷礼典，地方官朔望必须到城隍庙、文武庙（文庙已废，近拟再修）祭拜。因此这些神庙应运而建。马巷忠义庙位于旧鱼街（今朱王宫路横街头），坐西面东，为一进一拜亭的砖木结构，建筑面积约50平方米，奉祀武圣人关羽。庙主殿高悬"忠义庙"大匾，两侧楹联是："忠于汉室毅献丹心照日月，义在桃园甘洒热血谱春秋。"

▷ 清末民初鼓浪屿的游神民俗活动

历史上关羽以其忠义神武深得民心。历朝也多次加封至"荡魔大帝""关圣帝君"，成为与孔子并肩的武圣人，列入国家典祀。关帝在台湾香火极旺，全岛多达192座，新竹青草湖后山普天宫塑立的关公偶像，总高达50米，俨如天神下凡。据传，嘉靖年间东山县铜陵镇关帝庙的香火已传入台湾，故今台湾武庙多以东山关帝庙为祖庙。南洋华人大小店铺、公司也多供奉关羽为财神。近代民间的帮会组织如"三点会""洪帮""青帮"等以"义气"相聚，更是虔奉关羽。

每年农历五月十三日关帝圣诞。传说这是凶神旱魃经过的日子，旧俗此日祭祀，求关帝显灵，驱邪避灾。如果这天有下雨就叫"关公磨刀水"。人们相约在那天不动菜刀。从古至今关帝圣诞日，马巷关帝庙均举办盛大庙会，热闹非常。

《马巷忠义庙》

❖ 陈海龙："蜈蚣阁"表演，独具一格

海沧东屿村"蜈蚣阁"的艺术造型表演，是厦门地区特有的民俗艺术造型表演活动发祥地。其艺术表演形式与众不同，多姿多彩，气势磅礴。自明、清以来，盛行于厦门海沧一带，至今已有600多年的历史。每逢农历正月二十"迎神"庙会，都要举行这种"蜈蚣阁"造型表演活动。

据传说，早期当地有一村落，因建王爷庙破土惊动了蜈蚣精，致使黎民遭害，居不安宁，庙宇难建。王爷知道此情后，大为震怒，急速派遣神兵将帅驱除妖魔施法降了蜈蚣精。从而获得人丁安宁，风调雨顺。蜈蚣精也得道升仙，成为百足真人。后经民间艺人不断提炼完善成为现在的"蜈蚣阁"。

"蜈蚣阁"表演时，首尾相连，曲折连绵百余米（约130米长），分为40节（"阁"即节的美称）每节3米长，重约100公斤，衔接像蜈蚣模样，一节接着一节，全身似如多脚。扛"蜈蚣阁"的有360多人，每人均穿红裤子，走起来如蜈蚣脚爬动一般，无法快行，也不能慢走。在畅道上随乐翩翩，远远观之，宛如蛟龙腾空翻滚。各"阁"还披上欢庆的鲜花、彩条、气球等盛装，在那五彩缤纷的"阁"坪上，由80名六七岁的"金童""玉女"腾空打坐。他们有的凤冠霞帔，有的锦衣绣服，有的珠光宝气，扮成帝王将相、才子佳人等古装服饰的人物；并由健壮汉子抬着游行表演，俯

视地面，只见抬架人的脚似蜈蚣足，幼童坐的木架便是节节蜈蚣身躯，并配置蜈蚣的头与尾，栩栩如生，令人眼花缭乱。

闽南"蜈蚣阁"特征是龙头、龙尾的塑形，它整体体现为中国人是炎黄子孙，龙的传人。而龙一般象征着繁荣的景象，体现一种团结向上的精神。在"蜈蚣阁"行进时，每一阁的人都必须听从龙头的指挥，只有统一行动，协调一致，才能进退自如。

《东屿"蜈蚣阁"》

第八辑

忙里偷闲·鹭岛人的消遣时光

❖ 李 扬：钢琴来到鼓浪屿

鸦片战争的硝烟还未散去，昏庸的清政府与英帝国主义签订了中国历史上第一个不平等条约《南京条约》，以书面的"合法"形式打开了广州、厦门、福州、宁波、上海的门户，西方列强，弹冠相庆，纷纷派出领事官员、传教士来到厦门，他们看中了宛如欧洲某处的小岛鼓浪屿，办学校，开医院，建公馆，长居不去，甚至终老小岛。

▷ 鼓浪屿旧影

随着传教士的到来，钢琴也带到鼓浪屿，一些富绅也买来钢琴，教其子女学弹，一时间，在鼓浪屿的小巷里，琴声悠扬，形成了独特的音乐环境，从而造就了许多优秀的蜚声中外乐坛的著名钢琴演奏家，有的至今还活跃于中国和世界乐坛。至1949年10月厦门解放时，鼓浪屿就拥有钢琴200多架，成为中国人均拥有钢琴最多的地方。

《鼓浪屿音乐厅》

❖ 陈振群："闲间仔"，来不来

"闲间仔"的活动内容不外三种。

说"山海经"。这是最普遍、最经常的一种活动。到"闲间仔"休闲的人，谈天说地，漫无边际地畅所欲言。本村邻里发生的"社会新闻"，诸如土匪绑票抢劫、野兽毒蛇伤人、江湖见闻琐事、菩萨"显灵"扶乩、桃色丑闻奇案、"天文地理历史"、家庭邻里纠纷，等等，都是人们喜闻乐道的话题。一条"新闻"即便间歇性地说过多次，言者仍津津乐道，闻者不厌其烦。国家大事则很少涉及，其因是没有任何新闻传播媒体，群众绝大多数是文盲，又很少外出。

▷ 厦门男子民间乐团

听"讲古"。由有点文化的人讲故事。有些人虽然是文盲，但记性好，他们也能把自己听说过的故事相当完整地讲给别人听。故事的内容通常是《三国演义》《水浒传》《西游记》等小说的一些章回，包公的故事也很受欢迎，有时也讲些传说或民间故事。在听"讲古"的人当中，往往有人会慷慨解囊，买几包"贡糖"（花生酥）和一壶茶来请"讲古"人，或者大家边听边喝茶，悠哉游哉。

奏乐唱曲。有些"闲间仔"有二胡、板胡、月琴和笛子等几样乐器。这是兴趣者带来放着让大家玩的。因此，来休闲的人，有时有的奏乐，有的唱曲。多数是唱芗剧某出戏的几段，漳州芗剧老艺人江加走编的《民族英雄榜》也很流行，也有极少数的"闲间仔"，有人喜欢唱南曲，个别地方偶尔也唱几段很不正宗的京戏。这就算是"高雅"的文化活动了。

有时候到"闲间仔"的人数太少，上述三种活动开展不起来，就下象棋。有的"闲间仔"连棋子棋盘都没有，这也无关紧要，在地上画个类似"回"字形的图样，你用小石子，我用火柴棒，便可以"行直"消遣。

《解放前的"闲间仔"》

❖ 杨　康：盛极一时的布袋木偶戏

一百多年前，布袋木偶戏已在同安县十分盛行，而且涌现了一批木偶名师。

清代中叶，闽南一带木偶戏班竞相风行，品种繁多，流派各异。泉州是以唱傀儡调和南音为主的"南派"，漳州则是以唱京调为主的"北派"。同安隶属泉州府，大都以唱高甲调的"南派"为主。因同安地处泉漳之间，又受漳州北派的影响，大大推动了同安布袋木偶艺术的发展，呈现了盛极一时、名师辈出的局面。

当时，专业的布袋戏班，主要以西桥顶寮棚为活动基地。宣统至民国初，西桥桥面为石板砌成，于桥墩处搭有十多坎寮棚，供开店设馆及布袋戏班演出。其中经常为布袋戏班演出就有七八坎。这几个专业戏班中，有"目相班""城师班""纪士班""芋师班"等。目相、城师、纪士、芋师均是头手名师。芊师攻文戏，唱念细腻，动作优美。城师擅武戏，刀枪剑戟，技巧娴熟。全城关七八个名师拥有百十套拿手好戏，均在桥顶挂牌应请。这些名师中尤以"撮师"最为出色，他有一个徒弟叫柯字（祥桥乡梧侣村人），曾到泉州购买布袋戏头，为救场曾协助当地一台布袋戏班演出，其出色的表演轰动鲤城。"撮师"本人曾多次携带戏班到省府福州与当地木偶戏班对台，连赛连胜，倾倒省城。

《盛极一时的同安布袋木偶戏》

▷ 兴贤宫戏台

❖ 洪卜仁：厦门人热衷于赛马运动

事实上，跑马在厦门的民间传统体育项目中，也占有一席之地。不仅同安有饲养马的专业村、专业户，厦门也有专业饲养马的场所，如今属思明区文安街道辖境有条"马柱巷"，就是因为那地方昔日为饲养马的地方，竖有许多拴马的柱子而成为地名的。民间赛马一般在春节、元宵期间举行，有的庙宇迎神赛会也有赛马助兴。马巷（今翔安）和新店一带，比较盛行。

20世纪30年代，厦门的赛马运动盛极一时。今属海沧区的新垵乡有个"新江竞马会"，禾山和今属集美区的灌口，也有赛马会的组织，1931年10月23日，新垵乡在楼店巷的赛马场举行赛马大会。1936年4月4日，灌口赛马俱乐部利用公路作为赛场举行赛马活动，邻近各乡骑师都带来良马参赛。1936年11月12日，禾山也举行赛马活动，由吕厝起跑到后埔马路约一里路。有16匹马参赛，由林能隐（前埔人，菲律宾归侨）、马育才（厦门体育界名人）任评判，观众数千人。比赛结果，冠军马名为"小青"，亚军马"海流花"，第三名"大才"，第四名"兰马"。

1935年12月19日，《江声报》刊登了厦门竞强体育会骑术会举行第一届闽南赛马大会的简章，比赛地点定于胡里山跑马场，比赛时间是1936年元旦。跑马场设有马棚30间，可容纳30匹马。体育会设骑术会，聘两位俄国人为骑师教练，每月开支千余元，由印尼华侨巨商黄超群负责大部分。骑术会养有18匹马，种类不一，有欧种、华欧混种，还有北种，参加骑师训练的有14人。

首届闽南赛马大会，聘请王守仁、林大弼、黄萃庭、吴瑞珍、杜沧江、施江波、陈清溪、林天助、马育才等9人为筹备员，同时派吴瑞珍赴福建内陆各地联络骑师前来参赛，并公布比赛有关事项。聘居锡奇为总裁判，马育才为总干事，王守仁为副干事，叶苔痕、赵家欣为文书，林绍裘、田继添为发令员，邓世熙为纠察长，廖超然、林大弼、薛永黍为终点裁判员，杨绪宝、杨文昭为记录员。参加赛马的有16匹马，分甲、乙两组比赛。结果，甲组第一名为吴有恩的"大黑花"，这匹马7岁，产于海沧新坡；乙组第一名为林清江的"华骝"。

竞强体育会主办的第二届"闽南赛马大会"于1937年元旦举行，增聘林能隐、倪启明等5人为筹备委员。仅隔两个多月，1937年2月25日下午，竞强会又再主办第三届闽南赛马大会，推举厦门商会会长洪晓春等为筹备委员，厦门大学校长林文庆和马育才、蒋义和等3人为评判员。比赛结果，第一名为"乌土"，马主吴有恩，第二名为"乌公"，马主邱思志，第三名"朱龙"，马主杜沧江，第四名"红土"，第五名马主陈共存，第六名"赤兔"的马主陈清汉。参加这次赛马的，还有曾任思明县县长的韩福海。

好马还曾被当作礼物送给当时官员，《江声报》1937年7月18日的一篇名为《李市长喜猎好骑，黄涛师长赠良马》的报道，说的就是当时的市长李时霖喜欢狩猎和骑马运动，驻军第一五七师黄涛师长就赠送了一匹良马给他作为礼物。

《追寻轰动厦门的赛事》

❖ 陈令督：大广弦说唱，自娱自乐

大广弦说唱因演唱者在演唱时用大广弦（又称有弦）自拉自唱而得名。流行于闽南方言区的厦门、漳州等市县，深受这些地区群众的喜爱。

大广弦说唱源于台湾歌仔戏。20世纪20年代，台湾歌仔戏流入厦门后，城乡"子弟班"蓬勃兴起，街巷村社的"歌仔阵"争先建立，一时台湾歌仔调大为流行。台湾著名卖药艺人王思明用《卖药仔哭调》演唱《黑猫黑狗歌》影响犹深。

随着社会发展和药业经营的需要，这些"子弟班""歌仔阵"中的艺人，有的为谋生计，在街头、乡间、庙会摆地摊推销药品，卖《春牛图》、日历和印有戏文唱词的歌纸歌册，他们用大广弦自拉自唱，招徕顾客；也有的在迎神赛会或婚丧喜庆之际排场演唱；更多的是在休闲时间或夏夜于门前、阁楼纳凉的时刻，自拉自唱，自娱自乐。大广弦早期的唱词大都是《山伯英台》《陈三五娘》之类的传统戏文唱段，也有唱时政之类的《十二生肖抗日歌》《原子炸弹炸广岛》等等，视步形成了大广弦说唱艺术的雏形。

《大广弦说唱》

❖ 袁和平：富有乡土气息的歌仔戏

歌仔戏又叫台湾戏仔、福建戏、闽剧、子弟戏、改良戏、芗剧、台湾歌仔戏。在台湾，一般称歌仔戏。20世纪三四十年代因龙溪地区纷纷成立歌仔戏子弟班，故当地亦称子弟戏。后因抗战时期当局的禁演和邵江海对歌仔戏音乐唱腔的创新和改良，于是当地老百姓亦有称"改良戏"。

▷　歌仔戏旦角赛月金的戏装

歌仔戏的历史至今不过百年。同安的歌仔戏始于1927年，在双珠凤歌仔戏班的影响下，同安锦宅（今属漳州龙海角美镇）成立了闽南农村第一个歌仔戏班。1929年秋，厦门的"亦乐轩"歌仔馆的艺人庄益三、邵江海、林文祥到同安潘涂开馆教授《孟姜女》。1930年，同安丙洲人陈朝（俗称目朝），在厦门吸收一批女青年组班，聘台湾艺人为师，取名"新女班"。1932年，西湖塘村小梨园（七子班）新莲春班率先改演歌仔戏，并聘请新女班艺人台北仔为师。同年，马巷彩云班也由小梨园改演歌仔戏。这个时期，外地的"明月园""新永春""凤凰春"相继进入同安城乡演出。受其影响，同安地区先后成立了"新永春班""福金春班"等戏班。

1938年，国民政府以歌仔调为亡国调的"莫须有"罪名，通令禁演歌仔戏。龙海民间艺人邵江海等避开政府禁令，以歌仔调为基础，吸收锦歌、闽南小曲和其他民间音乐的成分，创作了以"杂碎仔调"为主的新唱腔体系并传授予戏班，取名为"改良戏"继续演出。后由"宝德春班"传入同安。1945年，抗战胜利后又沿用旧名，统称"歌仔调"。"歌调"等改良调系列也融入歌仔戏音乐体系，成为不可分割的重要组成部分，流传至今。

歌仔戏以浓郁的乡土气息，丰富风趣委婉、沁人肺腑的音乐得到闽南人的深深喜爱，并在同安地区扎下了根。

《哥仔戏》

◆ 陈荣芳：碧月阁及马巷南音

马巷南音源远流长。提起碧月阁曲馆，现已鲜为人知。据查访，"碧月阁"始创于清咸丰三年（1854）左右，至今已有130多年的历史。现尚保存"碧月阁"一支凉伞、一副檀板和部分乐器。

过去，马巷主要从事农事工作，而纺纱织布、经商贸易也十分繁荣。清末，马巷三乡"楼仔内"有一个姓陈的商人，自幼爱好音乐，便在自己家中创办南音馆，立号"碧月阁"，聘请吴坤为乐师。每到夜晚，一些南音爱好者便集于碧月阁，转轴拨弦，操琴练曲。从此，丝竹琴弦，雅歌妙曲，在马巷夜空缭绕。这是马巷最早的乐馆。

吴坤乐师在南音艺术方面颇有造诣，而且治学甚严。学员咬字模糊或节拍稍有差错，他均不放过，定须重复，直至清晰、准确为止。所以，其学生尤以唱腔委婉清晰、节奏稳定准确而知名。

1910年左右，由"碧月阁"曲馆主办，在马巷书院内搭起"锦棚"，邀请晋江、南安、泉州、同安、惠安、安溪等地弦友，举行会唱，以曲会友，持续一星期。乐坛同仁，欢聚一堂，切磋交流，取长补短。这次南音大会唱，名为会友，实为竞技，舞台上置有一鼎铜钟，吴坤及各地名流乐师掌钟主持，谁人节拍或唱腔一有差池，即鸣钟令其退，逐步筛选，竞选良秀。经此会唱，马巷朱阳补、吴九仙（坤老学生）之唱技深为南音界同仁赞赏。因此，马巷南音又称为"三不入"（"三不入"是说拳术、纺纱、南音三项皆难以打入马巷）之一。此说虽有夸大之嫌，但也可看出当时之盛况。

后来，由于广大南音爱好者的努力，马巷南音历久不衰。1942年"碧月阁"成立南音研究社。

《碧月阁及马巷南音》

❖ 石文年：泡茶有讲究

厦门人泡茶，有约定俗成的程序。

第一，烫洗茶壶、茶杯。第一壶水煮沸之后，先用来烫洗茶壶茶杯。将茶壶放在茶洗中，将茶杯放到茶盘上，先用开水浇烫冲洗茶壶，再把开水倒入每个杯里，用手依次端起茶杯轻轻摇晃、拨弄，洗好将水倒入茶洗中，把杯子放回茶盘，摆成一个圆圈，再将茶叶放进壶里。因厦门人习惯饮浓茶，茶叶要放到容器的六七分。

第二，冲茶（亦称泡茶）。第二壶水煮沸后，立刻冲入茶壶，壶中会浮起一层泡沫，水一直冲到泡沫溢出壶外，再用壶盖刮净剩余的泡沫，然后盖上壶盖，再一次用开水从壶盖上端冲下，以便冲掉溢在壶外的泡沫，并使壶内外的温差不至于太大，以免热气散掉。冲下的水流入茶洗中，又可以保持壶温。

厦门人一般不饮第一遍茶，所以接着迅速提起茶壶，将茶水倒入茶洗中。这叫头遍水洗茶，俗话说："头遍脚湿，二遍茶叶。"倒掉第一壶茶之后，紧接着将开水冲进壶中，水要冲满，盖上盖再用开水浇烫冲洗一遍茶壶，完了马上斟茶。厦门人最忌讳"浸茶"，以为浸出茶碱就破坏了茶的真味。这也是一种茶俗茶礼。

第三，斟茶。厦门人斟茶，讲究用一个手指压在壶盖上，将壶提起，壶嘴直下巡回将茶斟入每个杯中；再各斟多半杯，壶中余下的一小部分，再巡回点入每个杯子。这种巡回绕圈的斟茶法，会使每个杯子里的茶汤色、味、香浓淡均匀。本地人称这种斟茶法为"关公巡城"和"韩信点兵"。

茶不能斟得过满。只能斟到杯子的七八分，俗话说："七分茶，八分酒"，这也是一种茶礼。如果斟满或少于七八分，就被认作失礼。茶斟好，主人或端起茶盘请茶，或只以手示意道一声"请"。因为杯子小，茶容易溢出，茶水又烫不好易手，所以厦门人一般不用端杯递给客人的请茶法。

厦门人饮茶很有特点，必"细啜久咀"，先嗅其香，再尝其味；饮茶不能一饮而尽，要一口一口地细啜，慢慢地回味，与其说是"饮"茶，不如说是"抿"茶。茶入口中稍加停留，以品尝其味。要是好茶，口中留有余香和甘味，故饮者常发出"啧啧"的声音，而后咽下。再依次饮第二口、第三口……厦门人称这种饮茶法为"啜茶"或"功夫茶"。正如《厦门志》所说："饮茶如啜酒，然以茶饷客，必辨其色香味而细啜之。"一些"茶仙"们往往第一口茶饮下就开始评茶，围绕茶的主题谈起来，诸如茶的品种、品质、茶叶的收藏、茶具的优劣等等，真可谓茶趣浓浓。厦门人笑话那些大碗饮茶或一饮而尽的，或嫌茶杯小，喝起来不解渴的人。俗话说："吃烟吐涎，饮茶流汗"，不懂饮茶。

厦门饮茶至今仍保留了这古老的风俗，民间饮茶大多佐以茶食，品种之丰富难以计算。大致可分为蜜饯、糖果、点心等类。福建盛产水果，一年四季不断，因而蜜饯种类十分丰富，品质极佳，闻名国内外，厦门人普遍喜食蜜饯；糖果有贡糖、花生糕、花生酥、蛋花酥、花生角糖、软糖、蒜蓉糖等；点心有麻糍、米糍、花生糍、黑麻方、绿豆糕、糕仔、喙口醒、蒜蓉支、水晶饼、馅饼、叶仔粿等等。茶食具有传统性、大众性、地方性的特点。为了满足茶客的需要，厦门的茶楼、茶馆、茶室和茶桌仔都代卖茶食，客人可以边饮边吃边谈。近年来由于小食品涌进市场，包装精美的小食品，五彩缤纷，令人目不暇接，使厦门的茶食更加丰富精美。尤其是广州的早茶、午茶、晚茶引进厦门后，茶食日益多样化、宴席化，以其简便、经济和地方风味等特点，吸引了大批客人。

《厦门茶俗》

❖ 黄伯远：饮茶，重于吃饭

粤人饮茶，重于吃饭，无论工商百流，偶然相遇，必请饮茶。上焉者，朝午晚日饮三次，最少亦一次，所谓一盅两件者是也。有一共通原则，即朝午晚可免，饭亦可免，而午茶则不可免，"囊里留钱待饮茶"此乃普遍之习惯。盖谈生意经，论交际，讲人情，行贿赂，以及蝇营狗苟，分金分银，嘘寒送暖，谋财害命……十之九在茶楼行之。于是而饮茶之道，古意全失，中国各大都市，不仅广州、香港、澳门，营茶楼者，非广东人莫举，故粤人饮茶之风遍及全国。唯厦门、北平则乏大茶楼之设，就余所知者，厦门最初有锦记、广来居、陶园，广陶两家皆卫伯芹所创，陶园规模尚具，然卒不能持久。无他，厦门人有厦门人之脾胃，此地有虾面、炒米粉、蚝仔粥、薄饼、五香卷等地道产品，兼之过往行旅不如上海、香港之众，又乏工厂，无广大之工人集团以为支持。故虽以伯芹之才，终亦一筹莫展，此限于风俗习惯者，非人谋所能为也。战后，广州之大茶楼有钻石、陆羽居、金龙等。丙戌十月，余过广州，偶偕友三人同登钻石楼，腹未知饱，唯灌水满肚而已，比结账已三万金矣。由今思昨，当又是另一世界矣。

《再谈饮茶》

❖ 徐克勋：书店林立

厦门虽然不是大城市，可是交通方便，文化比较发达。因此，中华人民共和国成立前书店林立，家数之多，是全国中小城市少见的。但随着时代的变迁，本市书店也经过一个兴衰变革的历程。

▷ 中山路

从30年代开始，我市图书文具行业就已经逐步形成了。当时，上海等地许多大书局都来厦门创设分支机构，如商务印书馆、中华书局、世界书局等都在中山路一带设立分店，开明书店、北新书店也设有代理店。此外，还有专营儿童图书的儿童书局，专营旧书业务的三余书店，宣传宗教的"圣教书局"。不过这些书店，多数兼营文教用品，只是主次有所不同。如"商务""中华""世界""开明""北新""良友"等以发行图书为主，兼营文教体育器械，"醒民书社""文教书局""翔文书社""新的书店"等以经营文教用品为主，兼售图书杂志。

从经营图书的品种范围来看，"商务""中华""世界"这几家资金较雄厚，发行本版图书都是从出版直接到门市发行，而且以发行课本为主，不出售外版图书。"北新"和"开明"的书店较小，但也有少量本版课本发行，以及出售全国部分较有声望的出版社出版的读物。"良友书店"亦是如此。其他书店所出售的，几乎都是连环画和"标点书"（所谓"标点书"就是排版粗糙，错字百出，有些内容不健康）。全市图书文具业与东南亚国家，以及香港、澳门等地都有业务上的联系，可谓地方小而书店多。这是当时厦门市的特点之一。

抗战期间，厦门沦陷，本市书店也遭受一场浩劫，各书店均有大批书籍，被日伪政府搜查没收，有的被迫停业，有的被迫转业，"世界""商务""中华"等就迁往"万国租界"的鼓浪屿。"开明书店"也无形中停业，部分留守职工即转营酒业，以维持生活。市民纷纷逃往内陆，书店无人问津，几乎死气沉沉。

抗战胜利后，市场逐步恢复繁华。随着形势的变化，"商务""中华""开明"（后改名为"长风书店"）、"文新""醒民"等书店重整旗鼓，相继复业。此外，还有新开设的"新绿书店"。以后又有东方书店在公园南路开业。解放战争期间，虽然烽火漫天，但人们追求文化科学知识的欲念仍然很强烈，因此，我市书店的业务并不受影响。1947年间，又有新开张的道南书社、大众书店等。世界书局、良友书店亦先后复业。这段时间，可说是本市图书行业的全盛时期，国外有不少侨办书店来厦批购图书，运销东南亚。

随着解放战争的节节胜利，解放区的不断扩大，曾有不少书店同情革命、支持革命，出售进步书刊。当年"生活""读书""新知"（后改为三联）等书店出版的都是一些代表先进思想的进步刊物，还有不少出版社也出版了好书。当时，国民党对进步书刊是严密查禁的，尽管禁止出售，仍然无法阻止。如本市长风书店、良友书店、新绿书店、东方书店、大众书店等都有这类进步书刊出售。

《厦门书店琐谈》

❖ 宋俏梅：厦语影片风行一时

"厦语片"何时开始，现在找不到可考的文献。相关研究者认为，约拍摄于1933年的《陈靖姑》是最早的厦语影片，根据福建地方女神陈靖姑"扶胎救产，保赤幼童"的神话故事改编。

1936年有两部厦语片上座率很高。一部名为《郑元和》，另一部是《陈三五娘》，说的都不过是才子佳人的爱情故事，但因为取材于闽南一带的民间传说，有浓厚的乡土气息，很受闽南地区的观众欢迎。1947年，香港拍摄首部"厦语片"《相逢恨晚》，其中一个外景地在厦门，新光影业公司为此片在报上刊登广告，高薪聘请懂闽南语的女演员，19岁的厦门学生鹭红胜出，成为该片的女主角。同年8月"厦语片"《厦门风光》开拍，并在厦门公开招募演员。1948年7月《破镜重圆》在厦门上映，该片在厦门连续放映一个多星期，场场爆满。

由于港产"厦语片"十分卖座，不少台湾人开始拍厦门话电影，台湾第一部厦门话电影《黄帝子孙》由厦门人白克导演、制片。到20世纪60年代台湾逐渐取代了港产"厦语片"的市场。1963年香港出品了最后一部"厦语片"《无情海》，结束了香港"厦语片"的鼎盛时期。

"厦语片"的风行造就了一大批知名的导演、演员和公司。著名导演有毕虎、王天林、马徐维邦、周诗禄、程刚、袁秋枫等，著名男演员有白云、黄英、关发和东南亚著名歌星舒云、林冲等，女演员有花雪芳、江帆、小雯、鹭红、凌波、白兰、丁兰等。因出品"厦语片"而闻名的公司有"一中""南风""闽声""暨南""金都""邵氏""新华"和小娟创办的"华夏"等。"厦语片"中知名的古装影片有《唐伯虎点秋香》《梁山伯与祝英台》《荔镜缘》《彩楼配》；时装片有《儿女情深》《厦门阿姐》《鸾凤和鸣》等。

《厦语影片风行一时》

❖ 洪卜仁：厦门电影的黄金时代

20世纪二三十年代，电影界流行武侠片及文艺片，以厦门为实景地拍摄的《火烧红莲寺》在厦门连映几个月，几个月中各个电影院居然场场爆满。

这是厦门电影的黄金时光。1929年，厦门"开明戏院"开业，首次放映了美国百老汇出品的早期蜡盘发蜡有声故事片。1930年，"思明戏院"经理曾华檀向美国进口一部西电有声放映机（光学片发音）放映美国有声影片《月宫宝盒》《侠盗查禄》《三剑客》等。1931年6月，中国最早的蜡盘发音有声故事片《歌女红牡丹》试映成功，随后思明戏院、开明戏院、中华戏院先后上映了这部影片，当时，以放映美国无声片为主的中华戏院，为放映《歌女红牡丹》还派林绍球专程到香港租用有声电影机，国产有声影片在厦门面世，轰动一时，电影院持续满座一个多星期，"九一八"事变后，中国电影进入有声电影时期，电影创作进入高峰期，这时期，《渔光曲》《神女》《马路天使》《十字街头》等无声及有声电影成为厦门电影院的热门电影。抗战爆发后，与全国抗日救亡运动同步，厦门也放映了激发人们斗志的爱国电影如《精忠报国》《自由神》等。1938年5月，厦门沦陷。思明戏院和中华戏院校被日本"共荣会"强占，改名"鹭江戏院"本院及分院，由日本籍浪人雷潜夫等任经理。厦门各戏院的影片被日本人没收，电影院主要放映日本片。

抗战胜利后，厦门电影院思明、中华、开明、鼓浪屿（延平戏院）、大同、金城六家，且设备陈旧，很难吸引观众。在这种情况下，华侨叶银汉与林怡乐、林绍宗、林金沧创办了"和乐影业公司"，向业主分别租用了中华戏院、开明戏院、大同戏院及鼓浪屿戏院等四家戏院经营。抗战胜利初期，影片没什么来源，先是收集一些散落民间的私人所有的影片放映，后来，一些国产影片制片厂派代表驻厦门发行影片，美国好莱坞各家影片公司在厦门也设立了代理人，如林荣泰和沈文台负责监督思明、中华、开明等各戏院观众数、票款和放映计划。厦门各戏院影片上映，逐渐恢复正常。1947年4月24日，厦门市戏院业商业同业公会在海后路和乐公司二楼成立，林绍宗当选理事长。

《厦门电影的黄金时代》

❖ 郑国兴：轰动全国的体坛盛会

1935年8月10日，厦门竞强游泳池举行落成和全厦游泳竞赛开幕典礼。竞强游泳池建于离市区约5公里的风景区胡里山海滨。为庆祝游泳池落成，竞强体育会特邀请"美人鱼"杨秀琼等香港游泳队来厦表演和比赛。这件体坛盛事曾经轰动全国。

厦门竞强体育会举行游泳池落成和全厦游泳竞赛大会开幕典礼时，特聘蒋铭三为名誉会长，林向今为名誉副会长，陈嘉庚、胡文虎等11人为荣誉顾问。大会会长王静庵、副会长林文庆以及顾问50名，均为当时厦门社会名流。大会闭幕后还出版《竞强体育会游泳池开幕典礼、全厦游泳竞赛大会特刊》。为大会特刊题词的有国民政府党政要人蒋中正、孙科、王正廷、王世杰、居正、蒋鼎文、陈绍宽等19人。蒋中正的题词为"自强不息"四个大字，还特赠奖品银盾一座，镌刻"养吾浩然之气"六字。任中华全国体育协进会会长的王正廷，题词为"发扬体育"。中华全国体育协进会总干事沈嗣良题词为"凿池引水以倡游泳，殚精竭虑树风闽中，竞相揣摩举国景从，强我民族此其先锋"；教育部体育督学郝更生的题词是："游泳是最健全而自然的体育活动，我们应该努力提倡。"

《30 年代厦门体坛的一次盛会》

第九辑

岁月留痕·
老厦门的逸闻轶事

❖ **常家祜：** 鲁迅、林语堂与厦门薄饼

厦门薄饼，又称春饼、春卷，是厦门颇具特色的风味小吃之一。这一道与厦门民间节俗有密切关联的名点，因机缘巧合，有幸被20年代曾同在厦门大学任教的文化名人鲁迅和林语堂赏识，并被文字记载流传，既可供后人谈助，亦为名品增色生辉。

1926年岁末，鲁迅将离开厦门大学前往广州中山大学任教前夕，曾应同事邀请尝了一顿薄饼宴。据《鲁迅日记》1926年12月31日载："晴。午周弁明招食薄饼，同坐有欧君、矛尘及各夫人。……"周弁明系周辨明之误，当时任厦门大学总务长。矛尘即章廷谦，笔名川岛，时任厦门大学国学研究院出版部干事兼图书馆编辑。矛尘后来在他写的《和鲁迅先生在厦门相处的日子里》一文，记述了他和鲁迅一道参加这次宴会有趣的情景。那天他们宾主围坐在一张大餐桌旁，开始时和通常的宴会差不多，喝酒吃菜，只是主妇没有来，空着一个座位。后来主妇来了，春饼也来了，由主妇包好了送给大家吃。其中佐料很多，很好吃。"包得很大，我和鲁迅先生都只得用两只手捧着来吃，分左、右、中三次咬，才吃下一截去。"第二个春饼又从主妇手上递过来了，"比第一个还大，几乎像一个给婴儿用的小枕头。我和鲁迅先生还是左咬一口，右咬一口，中间再咬一口地勉强把它吃下去了，当第三个比小枕头还要大的春卷送过来时，我们已经无能为力，只好道谢。"

比起鲁迅，林语堂吃厦门薄饼的机会多得多。厦门薄饼是林语堂家庭饮食的"保留节目"，过年过节都吃。林语堂夫人廖翠凤出身于鼓浪屿富商之家，烹饪技术高超，曾与其三女儿林相如合著出版了《中国烹饪秘诀》《中国食谱》两本书，前者还获得德国烹饪学会颁发的奖状。她制作的美

味可口的厦门菜，使林语堂赞赏不已，他告诉家里人，吃饭做菜之类的事，大家都要听从夫人安排。

▷ 厦门薄饼

林语堂家里常吃厦门炒米粉、红烧猪脚、猪脚面线、焖鸡，等等。但据林语堂次女林太乙回忆："在厦门烹饪中，没有什么比薄饼好吃的了。"原来，她们家里包薄饼的料子相当丰富，有"猪肉、豆干、虾仁、荷兰豆、冬笋、香菇，样样切丝切粒炒过，再放在锅内一起熬。"熬的时候要控制好火候，"料子太湿，则包起来薄饼皮会破，太干没有汁，也不好吃，太油也不好；熬得恰到好处，要几个小时。"她们吃的时候也很讲究，"桌上放着鳊鱼酥、辣椒酱、甜酱、浒苔、芫荽、花生末，还有剪成刷子般的葱段，用来把酱涮在薄饼上。包的时候，先把配料撒在皮上，然后把热腾腾的料子一调羹一调羹放上去。"如此齐全的主料和配料，加以精工制作，其效果自然不一般。林家次女以美食家的姿态回忆说："吃的时候，用双手捧着，将薄饼送到嘴边……一口咬下去，有扁鱼的酥脆，花生末的干爽，芫荽的清凉，浒苔的甘香，中心的料子香喷喷，热腾腾，湿湿油油烂烂，各种味道已融合在一起，实在过瘾。天下实在没有什么比薄饼好吃的了。"（《林语堂传》）

如今厦门薄饼虽然已从街头巷尾的小食店、食摊，登上大雅之堂，成为宾馆、酒楼宴客风味名点，且于新近荣登福建名小吃榜上，但能懂得按传统食法品尝薄饼的，恐为数不多。

林语堂一家1936年由上海迁居纽约后，厦门薄饼仍是他们逢年过节的上桌佳肴。后来林语堂的三女林相如学会了自己烙薄饼皮，成为她母亲烹制这道乡味美食的得力助手。

《鲁迅林语堂与厦门薄饼》

❖ 洪卜仁：陈文麟自英驾机返厦经过

1928年陈文麟学成返梓，海军总司令部委任他为厦门海军航空处筹备员。1929年初，奉命赴英国购买飞机。这次购机共成交四架，分别命名为"厦门号""征鹅号""江鸥号""江鹏号"。事毕，他偕同丹麦国籍的飞行员（当时称为飞机师）约翰逊，驾驶"厦门号"飞机作跨越欧亚的远距离飞行。20年代末，敢于驾机横跨欧亚作长途飞行的人，寥若晨星，确需具有胆识。因此，当他驾驶的"厦门号"飞机安全到达厦门，受到各界代表和市民们的热烈欢迎，轰动一时，成为国内报刊的重大新闻和市民们茶余酒后最热门的话题。

1929年3月4日，陈文麟和约翰逊驾驶的"厦门号"飞机自伦敦起飞，途经欧亚十几个国家，行程1.5万多公里。启程前，海军总司令部请国民政府外交部，经征得有关各国同意该机通过领空和停留。

"厦门号"飞机原计划离开伦敦后三个星期就可飞抵厦门。讵料起飞不久，就在英吉利海峡上空发生机件故障，还好仅离水面60英尺，且是小毛病，未至坠水，立即飞回伦敦修理，到3月13日才修好。第二天，又再启程，经德国的汉堡向亚洲飞行，沿途飞越和停留的国家和城市先后有：捷克的波希米亚，奥地利的维也纳，匈牙利的布达佩斯和南斯拉夫、希腊以及阿拉伯国家的一些城市，到过印度的加尔各答，缅甸的仰光、暹罗（今泰国）的曼谷、安南（今越南）的河内，于5月10日进入国境，降落在广州湾。

"厦门号"返国途中曾有两次险情。第一次是飞渡波斯一望无垠的大沙漠，人烟绝迹，连续飞行15个小时，汽油将耗尽，险些机毁人亡。第二次是在印度境内，遇上45分钟之久的狂风暴雨，机件微有损坏，致发动机漏油，幸而懂得修复，未至出险。他到达缅甸仰光后，又患上疟疾，治疗多日，始告痊愈，因而延迟了回厦日期。

《陈文麟自英驾机返厦经过》

❖ 陈少斌：陈嘉庚谢绝建亭祝寿

集美科学馆东北隅（师院琴室与厨房之间）有一座八角石亭基址，它是陈嘉庚校主不为名利的见证。

1923年是陈嘉庚创办集美学校10周年，也是他的50诞辰。当时，叶渊校长和12名教职员共同发起在全校师生和校外募捐款项建造一座"介眉亭"，一是为他祝寿，二是纪念他兴学功绩。募款在校内外进行中，陈嘉庚设在厦门专司集美、厦大经济汇兑的"集通行"也捐出240银元。

"集通行"每月账务需寄到新加坡交陈嘉庚审阅，当他看到"集通行"账目捐款和来信说明后，表示断然拒绝"建亭祝寿"之举。因此，他先后给叶渊写了两封信，进行了严肃的批评。首先在1924年3月27日电集通行转告校长"请取消介眉亭，捐款发回"。3月28日函告叶渊："昨见集通来信云过，捐项240元，……始悉……'介眉亭'系为弟而建，闻之殊深诧异，……无论兴工与否，弟决不愿接受。"他指出了建亭祝寿的危害性是"沽名钓誉，夸示纪念"。应该考虑的是"盖今日本校虽有如许规模，而学生实益如何？可裨益于社会如何？"而且"建亭制造虚荣，必能影响厦大，为无益害有益，岂不误哉。盖我看能实行实事求是四字，加之不急功誉，必终显示无我之大公，则助厦大者必有其人，爱社会爱国家不为时欲所移。"并附言"此函乞送舍弟（指陈敬贤）一阅"。4月5日又寄给叶渊的信指出："不意诸君竟为目的已达，且欲建亭以树永功，而不计能否贻笑于将来。……唯寿亭之不可盖与集校甚密切之关系。"

叶渊接信后无言以答，随即召开会议研究，遵照陈嘉庚函示，决定：取消建造"介眉亭"，校内校外捐款一概退还。后改建为"军乐亭"，它是一座亭盖美观的八角翼亭，面积1320平方尺，建费3500银元，1925年4月落成，专供集美学校学生军乐队晨间练习军乐之所。

1949年9月集美解放。11月11日下午蒋机八架次滥炸集美学村，军乐亭支撑亭盖的八支石柱和亭盖被炸弹震荡倒塌，仅余亭台基石。

为了纪念陈嘉庚谢绝建亭祝寿，一心为公不为个人名利的品德，亭台基石被保留下来，以教育来者学习他的崇高精神。

《陈嘉庚谢绝建亭祝寿》

❖ 龚 洁：林语堂演绎"京华烟云"

林语堂在圣约翰大学读书时，一天他的同学带着妹妹陈锦端在学校操场边招呼他。林语堂在宿舍里举目看见柳树下一位长发飘飘的漂亮姑娘，经同学介绍，林语堂才知道陈锦端竟是鼓浪屿人，而且就住在廖家别墅隔壁，小巷的西邻。两人一见倾心，很快进入热恋。每逢寒暑假，林语堂几乎是天天跑去陈家别墅与锦端约会。他们的频繁约会，被锦端的父亲、厦门颇有实力的资本家陈天恩牧师发觉。陈牧师认为陈林两家贫富悬殊，不相般配，林语堂对基督教也不是那么虔诚，不合他的乘龙快婿标准。于是陈牧师作出决定，不许女儿与林语堂往来。他还跑到邻居廖家为林语堂当起了"媒婆"，把林语堂介绍给廖家千金翠凤。廖家女主人找翠凤征求意见，并说明林家是没有钱的。不料廖翠凤早已仰慕林语堂，苦于无人介绍，听说陈牧师来说媒，欣喜万分，立即答复母亲："没有钱没关系，人品好就行。"陈牧师的做媒一拍即合，林、廖双方家长也同意，林语堂此时真是欲哭无泪，无可奈何，只好于1915年应允与廖翠凤订了婚。陈牧师拆散女儿与林语堂的恋情后，怕事有变数，就把女儿送到美国学西洋画，后到上海执教。

1916年，林语堂从圣约翰大学毕业，学校推荐他到清华大学教英语。他回到鼓浪屿，廖家催他结婚，他即以到清华教书加以搪塞。实际上他心中对陈锦端的感情还没有淡化，时时出现锦端的漂亮形象。他到清华教了三年英语，获得了半个留学名额（全额为80元大洋，半额为40元大洋），到美国休斯敦哈佛大学攻读比较文学。他计划回鼓浪屿告别廖家，只身赴美。

▷ 林语堂

他回到鼓浪屿，廖家老爷立即发话必须结婚，婚后带翠凤一同去美国，说"谁知道你去了美国什么时候回来呢"，并拿出1000大洋做嫁妆。翠凤也说："我已24岁了，同龄姑娘早已生孩子了，语堂你怎么还不来娶我？"此时，林语堂再也没法推托，只好同意结婚。婚礼是在鼓浪屿最古老的协和礼拜堂用英语主持举办的。那天，林语堂去廖家迎亲，廖家端出一碗甜茶，林语堂不但把茶喝了，还把碗里的龙眼、莲子、红枣、鸡蛋全吃了，吃得津津有味，引来廖家女人们的一阵阵笑声。新娘房就设在廖家别墅前厅的西厢里，据说他们的婚床至今还放在地下室里呢。三天后，他挽着新婚夫人走下长长的石阶，踏过走了七年多的那条黄土小巷，回眸身旁的陈家别墅，心中不免升腾起与锦端约会的日子。他俩匆匆渡海，到厦门乘邮轮踏上经太平洋到休斯顿敦留洋之路，从此开始了新的人生旅程。

1936年，林语堂携全家赴欧美，从事写作，创作了《京华烟云》《风声鹤唳》《朱门》三部曲，其中《京华烟云》获1975年诺贝尔文学奖提名。他在小说中以巨大的篇幅，浓重的笔墨，深沉的情感，展示错综复杂的矛盾，把深藏在心底的陈锦端，化作主人公姚木兰和曹丽华，把她俩描写成端庄、聪慧、美丽、文静、宽容、善良的女子，识大体，顾大局，收养孤儿，画西洋画，与男主角荪亚爱得死去活来。读者不难发现，姚木兰嫁与荪亚以后，相夫教子，照顾家业，不就像廖翠凤嫁给林语堂以后，林语堂始终没有发生任何绯闻，翠凤也从一而终、白头偕老吗？这已不是林语堂的独白，而是他与锦端和翠凤的生活原型，三个人之间的感情纠葛，寄托着他的呼唤与怀念，是他真情的倾诉。

❖ 蔡吉堂、吴丹明：弘一法师在厦门

弘一法师出家24年，在闽南住了14年，曾10次到过厦门，算与厦门最有缘。他在厦门曾先后住过南普陀寺、日光岩、妙释寺、万寿岩、太平岩、虎溪岩、中岩、万石岩。

据他《闽南十年之梦影》自述："我第一回到闽南，在1928年11月，由温州到上海，是为着编辑《护生画集》的事，到11月底把《护生画集》编好。那时获悉尤惜音居士也在上海，我去看尤居士，他说要到暹罗国（今泰国）去，我就和他一起动身，途经厦门，意料不到竟结成我来厦门的因缘。12月初到了厦门，承陈敬贤居士的招待（陈敬贤是陈嘉先生之弟），陈居士就介绍我到南普陀寺来。到了南普陀寺，在方丈楼上住了几天，时

常来谈天的有性愿老法师、芝峰法师等。芝峰和我同在温州，虽不曾见过面，但两心是相契的，现在竟然在南普陀寺晤见了，真是说不出的高兴。我本想到暹罗国去，因诸位法师的挽留，就留滞在厦门了。"

▷　弘一法师

当时，弘一法师目睹闽南佛教内部较为纯洁，尤其是闽南佛学院，学僧虽只有20多位，他们的态度都很文雅，而且有礼貌，和教职员的感情也很不错；加上气候甚佳，也就住了下来。弘一法师有过这样的描绘："厦门气候四季如春，又有热带之奇花异草甚多，几不知世间尚有严冬风雪之苦矣！"数天后，他又离开厦门到南安小雪峰寺。以上就是弘一法师第一次到厦门的因缘和经过。从此，他就来往于厦门、泉州、南安、永春、福州、惠安、漳州等地大弘佛法。

弘一法师初出家时，崇奉净土宗，后来，精修南山律宗，宣扬700余年湮没不传的南山律宗。1929年1月，弘一法师自南安小雪峰寺到厦门南普陀寺，居闽南佛学院。4月间恐天气转热，就离开厦门去温州。10月又重返厦门南普陀寺，住寺内功德楼。其间，曾为闽南佛学院撰写了《悲智训语》，训示学僧要"悲智具足，应先持净戒，并习禅定，乃得真实甚深智慧，依此智慧，方能得利"。并且手书以赠。同时又为太虚法师所作

《三宝歌》谱曲，12月与太虚法师同往南安小雪峰寺。1932年10月重返厦门，由性愿诸师介绍，住山边岩（即万寿岩）。是月在妙释寺念佛会期讲《净土法门大意》；11月又在山边岩著《地藏菩萨圣德大观》；12月到妙释寺讲《人生之最后》，告诫佛教徒，他说："在病重到临终时，应将一切家事及自己身体悉皆放下，专意念佛，一心希冀往生西方，切勿询问遗嘱，亦勿闲谈杂话。"当年12月2日，是太虚法师住持南普陀寺6年期满，继任住持常惺法师、弘一法师参加寺内举行受请典礼。后就移居妙释寺，当时手书晋译《华严经》的"戒是无上菩提本，佛为一切智慧灯"长联赠予性常法师。数天后，便又移居万寿岩，刻有篆印一颗，文曰"看松日到衣"，赠予同居的了智法师。当时见到这颗篆印的人，无不称赞其刀法苍古，极为难得。

《弘一法师在厦门》

❖ 杨 扬："南琶国手"纪经亩

纪经亩先生，祖籍厦门同安，是当代南乐界驰名中外的演奏家、作曲家、教育家。他自13岁拜师学艺以来，志学不懈，刻苦钻研，因能谙熟南乐"指""谱""曲"之菁华，通晓被管的乐律指法，尤以琵琶弹奏，技艺更为精湛，同样的曲谱经他演奏，顿觉曲调脉络醒豁，节奏疏密、虚实得当、曲趣气韵生动。其被誉为"南琶国手"，确是名不虚传。

由于纪老在南乐方面有着深厚的功底，且艺术上一向要求严格，并能循循善诱提携后进，因而过去在国外华侨社会中曾竞相聘请他担任教席。40年代他先后执教于新加坡、马来西亚、印尼等国以及我国的台湾省和闽南等地。中华人民共和国成立后除为厦门地区培养了不少新秀以外，还曾受聘于福建艺术学院讲授南乐，并三度应邀赴香港执教，为南乐的传播与承宗接代做出了很大的贡献。如现任新加坡湘灵音乐社的著名乐师卓先生，就是纪老早年的高徒。近年来纪老还编写了南曲教材四册，由浅入深，颇能合乎循序渐进的教学原则，现已为厦门南乐界所采用。

《古木新花更芳馨》

❖ 林其泉："既不怕死又不要钱"

萨本栋对师生员工关怀备至，严格要求。当时正是抗战期间，物质生活十分困难，特别是山区，食品、副食品紧张，师生的营养普遍不足。萨本栋经常深入师生住处，深入厨房，发现问题及时解决。他督促厨房员工想办法把伙食办好，还发动师生开荒种地，改善生活。平时他很注意师生的文娱体育活动，增进健康，保证搞好教学。当时长汀没有电灯，师生靠油灯工作和学习，很不方便。萨本栋亲自动手，将一辆汽车拆了，用发动机装成发电机，使学校大放光明。

▷　萨本栋（左）与陈嘉庚的合影

他关心师生，师生尊重他，领导和群众的关系很密切。对于师生，除了要求教好学好，还特别要求大家关心中华民族的前途与命运，关心前方抗战。他经常向师生讲抗日道理，树立抗战必胜的信心，并组织学生向群众做宣传。他认为关心民族前途与命运，是知识分子的好德行，"予为今日之士，必德行为先，才学辅之，而后可以有济。"他曾对毕业班同学说："廉慎为公，忧先乐后"，以报师友殷切之望。他提出："我们的文人不但要做到不要钱的地步，还要有不怕死的精神；我们的武人冲锋陷阵，也不仅要不怕死，而且更需要不要钱。"他要求毕业同学统统能记住"既不怕死又不要钱"八个字，"镇静地站在各人岗位上埋头苦干"，"如果各人能够站在各人岗位，不侈、不淫、不屈及不惧地工作，他们的成功是必定的"。他鼓励毕业班同学，对待工作不要挑挑拣拣，不要使自己眼光、见解流于褊狭，"足迹应遍天下，交游尤须普及四海"，向外扩展自己所长，到社会上"观察更复杂的现象，领略更交错的问题，多与富有经验的人物接触，使自己办事能力，交游范围，获得新的进益；当然如果母校需要他留下工作，亦希望他不为待遇、环境或其他物质条件差些而见弃"。

萨本栋并要求同学们对于他校的优点及他校师生的长处，多多赏识并引为借鉴，不存妒忌的心理；对母校的缺点及母校校友的短处，要坦白批评，互相劝勉，不要家丑不可外扬。要求严格，道理浅显，态度诚恳，令人信服。

《前厦门大学校长萨本栋》

❖ 苏 华：影坛才女鹭红

1930年，鹭红出生于厦门一书香之家。家庭的熏陶使她自小爱读书，尤其喜欢看文艺作品。在读小说时，她最爱研究书中女性人物的性格、行动描写，常常闭目掩卷，默默揣测着书里描写的情景，有时甚至不知不觉地涕泣或失笑。稍长些又对音乐、戏剧非常着迷，如同读小说时一样，每次看完影戏，回去她就模仿片中女角的各种表演，或站或立，或喜或悲，无一不信手拈来。或许冥冥中早已注定，她应该是要从艺的。

南国的女儿早熟。温和而又热辣的海风吹拂下，中学时的鹭红已出落得挺拔俏丽、楚楚动人。她是学校各种文体活动的积极参与者，曾经参加厦门知识青年组织的业余剧团，演出了《雷雨之夜》等话剧；同时，她还喜爱各类体育运动，曾经获得50米短跑的冠军。这样的锻炼，不仅强健了她的体魄，更让她拥有了健康的肤色和修长的美腿。有了如此得天独厚的条件，当《相逢恨晚》剧组找上她这个新人时，也不能全归为幸运之神的眷顾吧！

1947年，由菲律宾侨商伍鸿卜及戴佑敏等人组建的"新光影业公司"，认为"厦语片"在菲岛、新加坡、马来亚一带及国内都大有市场，因此特集资数万元来到香港，计划拍摄"厦语片"。因留港女影星中，没有善操厦语的人物，故戴佑敏亲赴厦门挑选女主人公。适时有人推荐了鹭红。19岁的鹭红鹅蛋长脸，秀眉轻扫；编齿如贝，浓发如云。尤其一双美目，顾盼间如盈盈秋水，摄人心魂；低头时却又饱含哀怨情伤。于是，几乎没有任何迟疑，"新光影业公司"便与她签订了正式合约。鹭红欣喜之余，她的家人也全力支持她赴港拍片。

《相逢恨晚》原名《恨不相逢未嫁时》，是首部港产厦语影片，其内容讲述的是"敌伪时代，一个豪劣家庭中发生的恋爱纠葛。豪劣的太太（鹭红饰）被管家所觊觎，时兴问鼎之念，苦未得手。因知太太和某画家（白云饰）交谊甚挚，顿生嫉妒之心，暗中屡向主人致其谗言。最后竟唆使主人将画家毒害，毁其面目。他日水落石出，主人洞悉奸人诡计，兴师问罪，互相枪击，豪劣与管家遂各皆殒命"。在这部大悲剧的最后，画家同情豪劣太太，徒发出"相逢恨晚"的悲叹，让人唏嘘不已。对于初上银幕的新人，这部戏着实难度很大。幸而鹭红曾得学校演出戏剧的磨炼，加上她戏里戏外异常努力，时常央求导演毕虎尽力指导，最终交出了一份满意的答卷。

初战告捷的鹭红，一口气又接拍了《破镜重圆》《儿女情深》等20多部厦语片。而其姐姐鹭芬也赶来与她一起合拍了《孟丽君》《梁山伯与祝英台》等片，成了当时厦语片中花开并蒂的"姊妹花"。

其间，因为优越的外形条件，加上良好的演艺功底，鹭红又得永华公司老总李祖永的赏识，邀其至麾下后，得以出演《一刻春宵》《夫妇之间》《爱的俘虏》等国语片。其中，《一刻春宵》更是得到圈内人士的一致赞赏。

《电影圈里的厦门人》

❖ 力 强：集美女篮，驰名东南亚

集美学校在20世纪30年代，曾组织一支女子篮球队，它阵容齐全，训练有素。队员们的作风泼辣，敢于拼搏，是全国赫赫有名的三强之一，即福建（集美学校队代表）、上海、广东，曾驰誉东南亚一带球坛。

30年代初，厦门篮球活动活跃，学校普遍开展篮球运动，大多数学校都有男子篮球队。市里和学校之间经常举行篮球比赛。但是参加女子篮球运动的人很少，女篮寥若晨星。于是，当时的厦门体育协会为推动女子篮球运动，决定于1932年9月举行学校女子篮球锦标赛。

当时担任集美学校体育部主任黄炳坤，他毕业于南京东南大学体育专业，曾是全国第三届运动会跳远冠军。他决心奠起集美女篮霸主地位。于是，他于当年年初着手从获得过全省第三届学校联合运动会女子团体绝对冠军的集美女田径队中挑选队员，组成一支身材高、素质好（速度快、弹跳好）、体力足的女子篮球队。黄教练对队员严格要求，进行艰苦的技术训练。规定女篮队员每日出早操、每周四次利用课余时间进行训练。他还经常组织女队与男生队进行比赛，培养她们勇猛的作风，队员们进步很快，暑假期间，全队集中天天训练，还经常乘船到厦门比赛，集美女篮的水平不断提高。

当年 8 月底，上海两江女子体育专科学校篮球队远征南洋返程途经厦门时，集美女篮队到厦门和上海两江队进行比赛，出乎人们意料，集美队竟以 33：17 的成绩，击败当时全国著名的两江队，轰动了厦门。

集美女篮队在 9 月的厦门女篮赛上一举夺得锦标。此后在厦门和闽南一带所向披靡，成为闽南最强的一支女子篮球队。

1933 年 1 月寒假期间，集美女篮队出征汕头、广州以及香港等地，所到之处，屡战屡胜，名震港粤。

1933 年 5 月，集美女篮队前往省城福州参加当年全运会选拔赛，没有遇到实力相当的对手，鳌头独占，即代表福建队准备参加 10 月在南京举行的第五届全国运动会篮球比赛。当时全队阵容如下：队长陈荣棠，队员庄淑玉、陈金钗、陈白雪、陈云芬、陈聚才、陈婉卿、薛匹侠、黄淑华、张玉珍、游惠芳、潘梦、石瑞霞。

暑假期间，集美女篮举队远征南洋新加坡，一是受到校主陈嘉庚的邀请；二是加紧练兵，迎接全运会篮球比赛。出征队领队陈掌谔，教练黄炳坤，女教练兼队员庄淑玉。

集美女篮队经香港抵达新加坡，在新加坡期间，各场比赛所向无敌，赢得了五场比赛全胜的辉煌战绩，轰动了新加坡。这是集美女篮队的全盛时期。

访问比赛结束后，校主陈嘉庚先生接见女篮队全体成员。队员们都是涉世未深的女学生，从来没有见过校主，在千里迢迢的海外即将会见校主，姑娘们心情紧张。大家被带入客厅，厅里布置简朴，铺着白巾的桌上摆着各色糖果、菠萝、椰子等。校主身穿洁白西装，袖口还打几个补丁，他满脸笑容，亲切地和每个人握手，然后招呼大家坐下。这些活泼好动的姑娘显得腼腆，陈校主和蔼可亲地问道："你们跑了这么远路来这里打球，在这里习惯不习惯？怕热不怕热？一天冲几次水？"噢！校主原来是一位如此平易近人的人。姑娘们话也多了，气氛逐渐活跃起来，欢声笑语阵阵。最后陈校主勉励姑娘们说："你们球打得好！功课也要好，回去后要好好把功课作业补起来。"姑娘们听了直点头。随后，校主还带全队参观了他创办的橡胶园、鞋厂、饼干厂、波罗蜜罐头厂和玩具厂，并送给每个队员胶鞋、玩具等礼品。姑娘们高兴极了。

集美女篮队远征胜利归来后，10月，即以省队名义参加第五届全运会篮球比赛。前几轮福建女篮队顺利地淘汰了几个队后，遇到实力强大的上海队（以两江队为主）。这是福建队能否取得全国冠军的关键战。

比赛开始，福建队凭着优势一路领先，上海队毫不示弱紧紧咬住不放，逐渐追上来，比分接近。在一段时间里两队处于相持阶段，比分交替上升。在这重要时刻，福建队有些队员急躁起来，动作过大，主力队员陈金钗、陈婉卿、黄淑华相继犯规被罚下来，队友有些紧张，但仍毫不气馁，顽强拼搏。最后10秒钟，福建队还以45：44领先。不料结束前一秒钟，上海队中锋陈荣明远投，球应声进网，反以46：45险胜。比赛结束后，集美女篮姑娘们几乎都哭了，痛失了争夺全国冠军的机会。

集美学校女篮队队员毕业后，陈荣棠、陈婉卿、薛匹侠进入上海东亚体育专科学校深造。陈白雪等进入上海两江女子体育学校专科学习。这些队员后来都代表上海队打球，1935年第六届全运会上，上海队夺得女篮赛冠军。在这时期，上海队还获"万国篮球赛"（有在沪的洋人参加）冠军。其主力队员陈白雪，被誉为当时的"篮球皇后"。

《三十年代集美学校女子篮球队》

❖ **刘正英：**妇产科学的开拓者——林巧稚

1901年12月23日，林巧稚出生在鼓浪屿一个普通教员的家庭。12岁时她就读于鼓浪屿女子师范学校，1919年毕业。在毕业前不久的一次手工课上，当林巧稚专心致志地在钩织一个图案时，驻足在她身旁许久的女校长脱口而出："手很是巧呀！当个大夫倒挺合适。"一句由衷的赞扬使林巧稚的心为之一动，启发了她决定选择一生从医的道路。

▷ 林巧稚

1921年夏天，林巧稚带着老师的关心和期望，父亲的"不为良相，当为良医"的谆谆嘱咐，亲友的美好祝愿以及自己对"协和"的向往、对理想和前程的无限憧憬，毅然乘船北上，参加北京协和医科大学招生考试。北京协和医科大学，当时称协和医学堂，是一座中国式绿色琉璃瓦宫殿建筑，是由美国教会开办、而后由美国大财团巨子洛克菲勒出资的一座著名高等医学学府，要求十分严格。林巧稚在应试的莘莘学子中，顺利通过了13∶1的严格筛选，被正式录取了。

转眼就是1929年夏天。28岁的林巧稚寒窗苦读8年，克服了重重困难，闯过了淘汰率近40％的激烈竞争，从协和医科大学毕业了。她的学习成绩十分优异，在全体毕业生中独领风骚，一举夺得协和医学院毕业生的最高荣誉奖——一年一度仅能由一名最优秀者才能领取的文海奖学金。自1924年该院颁发此项奖学金以来，包括林巧稚在内，协和医科大学只有6人获此殊荣，而林巧稚是其中唯一的女性。

从此，林巧稚走上了从医的道路。

林巧稚最终选择了妇产科专业，她这一选择绝非偶然。当她早些时候在妇产科实习时，就亲眼看到女患者来求医时，在男大夫，尤其是外国男大夫面前要说出自己的病况，总是心慌意乱，难以开口。如果还要对她们进行临床检查，更比登天还难，弄得男大夫个个束手无策。为同胞姐妹设身处地着想，林巧稚感到妇产科多么需要有个女大夫为女同胞们排忧解难！加上她面对社会上流传的认为"女人不会做手术，学不会开刀"的冷嘲热讽，决心为女同胞们争口气，更坚定了她从事妇产科专业的决心。当时协和医院对担任妇产科助理医师的女医生要求十分苛刻，即在聘任期间不能结婚。在家庭和事业二者不能两全的情况下，她无暇顾及爱情和婚姻，毅然选择了事业。就这样，林巧稚成为协和医院妇产科的第一位女医生，并把自己的一切都献给了医学事业，把爱心奉献给了所有的母亲和儿童。

《爱与生命的使者林巧稚大夫》

❖ 龚 洁：黄仲训海上赌博赢别墅

黄仲训，又名铁夷，南安乐邱屏山人，光绪元年（1875）生，曾加入法国籍。其父黄文华，早年到厦门谋生，住在禾山麻灶（今文灶），后去法国打拼，经营米业发家。他好交友，结识一美国商人。后来这个美国商人经营失败，在越南混不下去，就找黄文华商借回国旅费。黄颇有同情心，又有侠义行为，一口答应赠送回国旅费。这可感动了这位异国朋友，他随即告诉黄文华一则能发财的"情报"。

原来这个美国人的法国朋友告诉他，不久法国准备在河内修筑铁路，在"厚芳兰"荒地上建火车站。由于美国人无力买下这片荒地，就想把它让给黄文华，希望他立即买下，待筑路征地时，可获高额赔偿。

黄文华依其言，买下了"厚芳兰"荒地。不久法国殖民者真的到那里筑路、建火车站，黄文华从征地中得到一大笔补偿款。1918年，黄文华让儿子黄仲训携120万银元，到鼓浪屿设立"黄荣远堂房地产公司"，代表黄文华在厦门鼓浪屿投资建房54幢共1.7万平方米。建的第一幢房子就叫"厚芳兰馆"，作为父亲发财的纪念。其间，菲律宾的晋江华侨施光丛也在鼓浪屿福建路建成一幢具有北欧风格的精美别墅，别墅里有宽敞的小花园，有亭台池榭奇花异木之盛，周边别墅里的小孩子颇喜欢进去游玩。最近（2008年夏）逝世的原鼓浪屿二中美术教师龚鼎铭，一直记得施家前别墅小花园十分好玩。

施光丛和黄仲训均从厦门乘轮出洋，两人在船上闲得无聊，提议玩牌打发时间，于是以扑克牌比大小点赌博。两人言明施光丛以别墅为筹码，如赌输了，别墅无条件交给黄仲训；如黄仲训输了，黄则将运输船队交给施光丛。两人勾手指表示确认决不反悔。赌啊赌，赌到轮船靠岸，施光丛输了，两人友好道别。施到菲律宾办完事回到鼓浪屿，即将别墅里的家眷搬至菲律宾，守信地把别墅交给了黄仲训，从此这幢别墅就属于"黄荣远堂"了。

黄仲训得到了施家别墅后，没有搬入居住，而是交给四弟黄仲平，如今的法人代表仍为"黄荣远堂"。

《黄仲训海上赌博赢别墅》

❖ 洪卜仁：乐善好施的林尔嘉

林尔嘉，字菽庄、叔臧，别名眉寿；晚年号百忍老人。生长在商绅家庭的林尔嘉，自幼聪敏好学。及长，虽"贵为公子"，却与同时代的官家、富家子弟不同。他既"不染于少年纨绔之习"，也不热衷科举仕达，"读书好暗观大意而不屑章句之学，每于古来治乱兴亡之迹，必反复思其所以然而考求其得失之所在。他主张变革立宪，提出"不以实业为政治之资，则政治几何能淑；不以政治为实业之盾，则实业几何能兴"的见解，认为"处今日交通时代，当施贯中西而后为国家有用之才"。为此，他勤奋攻读，遍览经史，通晓诗赋，并习英文、日文，学识广博，"论人才之盛衰，政治之得失。上下千百年，娓娓不倦，虽老生宿儒，无一复难。"

光绪二十一年（1895），清政府因甲午战败被迫签订《马关条约》，将台湾割让日本。身为台湾名绅首富的林维源，面临去留抉择。时维源57岁，正值英年，毅然放弃庞大家产，率带眷属内渡，21岁的林尔嘉，风华正茂，追随其父左右，定居厦门鼓浪屿。此后的半个世纪里，正是日本帝国主义者在中国大地上凶焰不可一世的时代，有些无耻之辈，卖身投靠日本犹恐不及，而林维源、林尔嘉父子，虽台湾总督府三番五次派遣民政长官后藤新平等要员"游说"，威胁利诱，始终不渝地保持中华民族气节；坚决拒绝加入日本国籍，不屑作"大日本"的"臣民"。

▷　林尔嘉故居

　　林尔嘉关心国家富强，提出改革经济、发展实业的设想，建议政府注重振兴商务、兴办工业、开矿铸银、修建铁路、整理税收、裁减冗员，以保证国家的财政收支平衡。光绪三十年（1904）四月，清廷商部右丞左参议王治穆考察东南地区商务，路经厦门，以林尔嘉"才识开敏"，重视振兴商务实业，关心地方治安和商民利益，遂向朝廷力荐，奉召以"道员"衔入京条陈新政利弊，光绪三十至三十三年（1904—1907）受命任厦门保商局总办兼厦门商务总会总理，并聘为农工商部头等顾问。宣统三年（1911）春，又受聘为度支部（财政部）审议员，参与国家财经大事。

自1904年至1907年，林尔嘉在厦门保商局总办兼商务总会总理任内，革除陋规苛例，方便华侨商旅，主持制定《土地买卖章规》《华洋交易规约》各64款，推动厦门的对外贸易。1905年福建议建铁路，筹组"商办福建全省铁路有限公司"，由在籍京官、内阁学士陈宝琛主其事。陈宝琛之妹陈正芳是林维让的二儿媳，与尔嘉有姻亲之谊。由于这个关系，林尔嘉不但是铁路公司的大股东之一，且实际参与漳厦铁路工程的具体事务。1907年厦门商务总会兴办电器通用公司，拟在厦门安装电灯、电话。由于风气未开，投资者寥寥无几，拖延数月，业务无法开展，林尔嘉投资30万银元为倡，促成其事，开设全国第一家民办电话公司。20年代厦门兴建近代城市，开辟马路，拆迁民房遇到地方封建保守势力和外国籍民的阻挠，身为市政会长的林尔嘉"不避嫌怨，力为其难"，"任其劳而不任其功，辞其利而不辞其责"，秉公办事，使"忌者不敢谤"，市政建设得以顺利进行。此外，他还兴办"广福"实业公司，参与泉州电力公司和泉安汽车公司的投资。

旧社会的富商巨贾，多数满身铜臭，为官不仁。家财万贯的林尔嘉，乐善好施。1908年南靖一带水灾，倒塌民房1000多间，伤亡200多人，他当仁不让，除自己带头捐献救灾外，还以厦门商务总会名义函电海外侨团，发动侨胞、香港同胞募捐，计得银10万多元，大米1000多包。他重视教育。主张创办学校，传播先进的科学技术，为国家培养人才。清末废科举后，福州将致用书院改办为全闽师范学堂，他即赴漳州与地方人士商议、将丹霞书院改办为福建第二师范学堂，不但捐款，还亲任堂监，主持校务。他反对封建礼教的"女子无才便是德"，认为"改造社会当自家庭始"，"女学之宣兴"，"不亚男校"。于是，先与施涵宇等在福州创办皋山高等女子学校，继而在鼓浪屿乌埭角创办华侨女子学校，自任总理兼校长，亲执教鞭。他还捐资厦门同文书院（后改为中学）、厦门大同学校、鼓浪屿普育学校和香港大学等。

当1937年7月尔嘉避暑庐山时，抗战爆发，他写了《七月七日倭寇侵犯卢沟桥感赋》："卧薪日已久，民苦不田生，背城拼一战，不为城下盟。匹夫知有责，举国欲皆兵。愧我桑榆景，未能事远征。……黄龙待痛饮，啸侣歌太平。"体现了他忠心耿耿热爱祖国的情怀，不仅主张坚决抵御日寇的侵犯，"不为城下盟"，而且满怀抗战必胜的信念，期待着"黄龙待痛饮，啸侣歌太平"这一天的到来。想不到他从庐山回到鼓浪屿后，而日军于10月26日占领金门。厦门告急。林尔嘉未雨绸缪，离开鼓浪屿隐居上海，闭门谢客，以免招惹失节之耻。高风亮节，令人钦佩。1941年，他在沪滨有《消寒书感》诗云："客中莫问家何在，海外徒闻战未休。"伤时忧国，情溢言表。1945年8月15日日本投降。喜讯传来，他写了《乙酉重阳登春申江三十一层酒家感赋》七律一首："……暮年历动人尤瘦，一字题糕自己酬。还我河山偿我愿，登临至上几层楼。"嗣而台湾光复回归祖国怀抱，他又写了感赋四绝，并有序云："乙未割台湾，挈眷归原籍龙溪，五十有余年矣，乙酉台湾收复，余旅沪辄思回台……"未几，即返回板桥故园，安度晚年。1951年11月8日，病逝寓所，享寿77岁。

《爱国爱乡的林尔嘉》

❖ **叶赛梅：** 庄希泉坚持以教育救国

庄希泉，祖籍福建安溪，因父亲在台经商，寄籍台湾。1888年9月9日，庄希泉出生于厦门。少年时代曾就读于厦门同文书院和前清举人办的学馆。他的启蒙老师陈观波是一位知识渊博、思想开明的人士，教学之余常给他讲述孙中山等人在海外从事革命的故事，还介绍他阅读章太炎、邹容等民主革命家的著作。由此，青年时代的庄希泉便萌发了爱国主义意识。1906年，庄希泉随父到上海经商，通过上海的泉漳会馆及其所办的泉漳中学，结识了一批民主革命志士，开始投身于革命的浪潮中。

1911年10月10日，武昌起义爆发，不久，上海光复。为帮助上海军政府解决严重的财政困难，庄希泉受军政府的委托，组织"南洋募饷队"赴新加坡募款，第一次见到了爱国侨领陈嘉庚，并在陈嘉庚的帮助下，募集到10万银元。随后，庄希泉赴马来亚的槟榔屿，由厦门陈新政等人介绍，加入了中国同盟会。

1912年，孙中山辞去临时大总统职务，从事实业救国，拟在上海筹建中华实业银行，计划筹资1000万元，而其中的一半股份准备向南洋华侨招募。为支持孙中山的实业计划，已回到厦门的庄希泉欣然领命第二次南渡，前往新加坡、槟榔屿、缅甸等地募股，不到三个月就超额完成了海外招股任务。由于股份迅速凑齐，中华实业银行很快就开业了，这是民国建立后的第一家银行，由孙中山任名誉董事长，沈缦云任总行行长，庄希泉任该行南洋分行协理。

1914年，庄希泉因劳成疾，返回厦门治疗。此时孙中山为反对窃国大盗袁世凯而发动的"二次革命"失败，蒙难海外，中华实业银行被迫关闭。1915年，庄希泉第三次南渡，处理南洋分行善后工作。并在新加坡与陈楚楠等人合股创办"中华国货公司"，专门推销国货，以实现孙中山实业救国的伟大理想。

在推行实业救国的同时，庄希泉又寻求教育救国的道路。1916年，他与余佩皋女士在新加坡创办"南洋女子师范学校"，余佩皋任校长，他任董事长。1919年，"五四"爱国运动的消息很快传到南洋，南洋女子师范的师生走上街头示威游行，声援国内学生的爱国行动。然而，英国殖民当局却将这股爱国潮流归咎于华侨教育，于1920年5月间抛出了24条限制华侨华人办学的《海峡教育条例草案》。对此，庄希泉怒不可遏，奋起抗争。他大声疾呼："这种条例如果实行了，不但华侨要返回到从前的野蛮状态，就是英殖民政府也要耻笑我们中国人。我现在牺牲全盘生意，也要替中国人争回一点人格。"遂联合余佩皋、陈寿民、张国基等华侨教育界人士，成立"华侨学务维持处"，发动了一场震动马来半岛的"争人格、反苛例"的斗争，在抗议书上签名的达20多万人。庄希泉的言行，激发了华侨的爱国热情，但也激怒了英殖民当局。1920年7月24日晚，几名便衣侦探采用绑架的手段，将他投进新加坡亚良敏监狱。在狱中，庄希泉为争得华侨人格，维护民族尊严，不惜倾尽钱财，延聘律师，向英国政府控告新加坡总督，坚决与殖民当局斗争。在被关押三个月后，伦敦法庭最后终审判决："总督拘留逾期违法，庄希泉予以释放。"

▷ 庄希泉

出狱后，庄希泉与余佩皋结婚。这时的庄希泉虽然经济拮据，但他反抗殖民当局的锐气不减。殖民当局对这个"危险分子"恼羞成怒。就在庄希泉新婚的第二天，再次拘捕他，并在10天之后，不容申辩地判处"永远驱逐出境"。1921年1月12日，庄希泉被强行押上轮船。在轮船上，他满怀激情写了一首诗，诗的末后写道："我十年相亲的同胞啊，望你勿从此灰心，望你勿从此便辍，待故国山河重改造，从头说。"表达了他对祖国的一片赤子之心。

回国后，庄希泉与夫人余佩皋于1922年在厦门创办"厦门南洋女子师范学校"，继续从事教育救国活动，并合著《南洋英属华侨教育之危机》一书，向国内外同胞报告华侨教育的危机和华侨抗争苛例的经过。1925年，庄希泉加入中国国民党，任国民党福建省临时党部执行委员。同年，上海"五卅"惨案发生，庄希泉联合厦门各界爱国人士，发起组织"外交后援会"，领导厦门市民罢工、罢市、罢课，抵制日货，开展反日救国活动。庄希泉的爱国行动，引起了日本驻厦门领事署的注意。1925年7月4日，日本驻厦门领事署以"庄希泉的父亲在台湾经商，持有台湾居留证，是日本籍民，其儿子也就是日本籍民，日本籍民反对日本就是犯法"为由，将其拘捕后押往台湾审理。庄希泉立在甲板上，面对前来送别的数千名群众，大声疾呼："我是一个堂堂正正的中国人。"

《情系中华的爱国老人庄希泉》

❖ 洪卜仁：陈嘉庚成立"闽南烟苗禁种会"

1919年，陈嘉庚先生为了筹划创办厦门大学，从新加坡回到厦门。他在厦门生活期间，目睹北洋军阀政府强逼农民种植鸦片、征收鸦片烟捐的罪行，义愤填膺。军阀的凶恶残暴，人所共知，他没有考虑个人的安危，毅然与厦门各界知名人士，发起成立"闽南烟苗禁种会"。

1920年9月17日下午4时半，闽南禁种烟苗会60多个发起人，集合在小走马路青年会（今思明区少年宫）开会，讨论禁种鸦片烟苗的有关事项。陈嘉庚先生在会上沉痛陈述鸦片的祸害，坚决反对军阀政府勒逼农民播种鸦片、派捐抽税。马大庆和柯孝灶，也相继在会上发言。与会人士认为：鸦片烟苗播种季节，为期甚迫，首先应该呼吁各界人士，群策群力，反对军阀逼种。于是会议决定立即成立"闽南烟苗禁种会"，以便开展工作，选举众望所归的陈嘉庚先生任会长，黄廷元任副会长，并选举教育界人士李禧（绣伊）、卢心启；基督教人士陈秋卿、王宗仁以及社会人士柯孝灶、马大庆、庄英才等为干事。

9月18日，"闽南烟苗禁种会"召开第二次会议，并通过有关决议：（一）推派代表赴省会福州向督军请愿；（二）致电北京政府和福建督军署，要求下令严厉取缔种植鸦片，同时电请南洋各埠商会声援；（三）印发传单，分寄漳州、泉州各县城乡的学校、教堂，扩大禁种烟苗的宣传。在这次会议上，陈嘉庚先生和黄廷元、王宗仁三人，被推选为晋省请愿的代表。

当年，陈嘉庚先生虽然为筹办厦门大学呕心沥血，但鸦片流毒家乡的惨状，又怎能袖手旁观？他不辞艰辛，满怀爱国爱乡的热忱，奔赴福州，一面向督军李厚基请愿，一面在青年会等处演说，揭发军阀政府倒行逆施、非法逼种鸦片。他大声疾呼："闽南近年遍种烟苗，流毒害民，尽人皆知，毋庸再赘。本年若不严禁，其祸尤烈。……敬为诸君言之：因抽捐扰民，军队横行，淫掳交加；劣绅乡豪，串通取利，农民怨恨入骨。对诸军队，虽敢怒而不敢言，若对诸乡豪，则视为不共戴天之仇，经有多处团结，力筹对付，本年若复勒种勒捐，势必酿成械斗，地方糜烂……"

他希望"各界诸君，协力帮助，为本会之后盾，以民气战胜武力（指军阀）"。最后，陈嘉庚先生对军阀和劣绅提出警告："凡诸口是心非或奉行不力者，必联电京力争到底，以达目的。此同人此次来闽（福州）之微意也。"

陈嘉庚先生在福州的请愿活动和演说，反响很大，并得到省会各界人士的支持，因而迫使福建督军"面许，负责即饬地方官出示严禁"。斗争取得初步的胜利。他回到厦门，又再召开大会，报告赴省请愿经过。会后，以"闽南烟苗禁种会"的名义，刊发"紧要启事"，号召闽南各县"爱国志士及学校、社会（团）等，各设分会"，发动检举军阀官绅劣迹。"紧要启事"最后以"事关吾闽2000余万人祸福"，呼吁全省同胞，"如查知情弊，务祈据实详达"，"庶官吏无从蒙蔽"。

从"闽南烟苗禁种会"会长的陈嘉庚先生身上，体现了他刚直无私，不畏强暴，爱憎分明，疾恶如仇的高贵品质。

《爱憎分明疾恶如仇——有关陈嘉庚先生的一段史实》

❖ **何丙仲：**许春草与中国婢女救拔团

　　蓄养奴婢是中国封建制度下的社会恶劣现象，它反映了旧社会等级制度和对妇女的压迫，是一种极不合理的社会产物。直到抗战爆发之前，厦门、鼓浪屿的养婢之风依然盛行。清末光绪年间，会稽人陶浚宣来厦任职，为期甚短，即写有《鹭江老婢行》，揭发厦、鼓社会的这种残酷的社会现实，可见此风之严重程度。辛亥革命之后，闽南地区军阀混战、兵匪肆虐、民不聊生，但官商、地主阶级却过着骄奢淫逸、胡作非为的生活。地方豪绅、富商巨贾或军政要人家中多蓄婢或养童养媳，他们或用廉价从人贩子手中收买，或靠高利贷盘剥，强迫穷苦人家的女孩子入门为奴婢，甚至中等阶层的家庭也引为风尚，蓄婢养童养媳者大有人在。这些女孩子大多七八岁或十一二岁，被卖到主人家后，便得当牛作马，受尽百般虐待，任凭主人打骂买卖。她们中往往有的熬不到成年就被折磨致死，即便能活到一定年龄，不是被收留为妾，便是被贩卖为娼。翻开旧报纸，诸如清宣统元年（1909）九月"普佑殿前某户打死女婢"，二年十一月"黄大九女婢投入相公宫四空井毙命"等等，此类消息时有刊载。即使1925年，还发生鼓浪屿"乌埭角"某家女主人将婢女活活打死之案；1929年，鼓浪屿大宫口某洋行老板强奸了婢女，还逼迫婢女用电线自缢于厕所等让人触目惊心的悲剧。资本家李文学虐待婢女红花致死的惨案，还曾被编成剧本上演。

　　五四运动以后，全国的爱国民主运动风起云涌，特别是1921年后在中国共产党领导下，各地的新文化革命运动更是一浪高过一浪。厦、鼓的这种虐婢现象引起了社会的关注。1927年3月8日，厦门各界成立"妇女解放会"。1929年4月19日，又有人发起成立"解放婢女会"，但因黑幕重重，并没有造成较大的声势。鼓浪屿自1902年沦为"万国租界"以后，外国列强在鼓岛的统治机关"工部局"为了标榜"文明"和"慈善"，也曾设立一个"济良所"，表面上说是专门收容被虐待的不幸幼女和少妇，其实却是个"鬼门关"。因该所主持人徇私舞弊，往往把请求庇护的婢女发还养婢之家，结果有的婢女被带回去后被摧残致死，再次酿成惨案。厦、鼓人民对此强烈不满。

▷ 许春草

1929年，爱国民主人士、厦门建筑总工会会长、鼓浪屿人许春草先生和张圣才等人，在厦、鼓人民的支持下，在鼓浪屿笔架山观彩石召开一次群众大会，提议成立"中国婢女救拔团"以解放婢女。"虽然首次开会响应号召主动前来参加者不上百人，但许春草严肃而郑重宣布开会。他站在讲台上，慷慨激昂，控诉蓄养婢女的罪恶，谴责一切蓄养婢女的人家。他在举例中，涕泪滂沱，听众同声饮泣"。许春草最后呼吁："愿有良心的兄弟姐妹们，跟着我来！"

许春草是何许人？老鼓浪屿人都知道，许春草（1874—1960）是一位建筑师，早年由土木建筑工人出身，后来积极组织"厦门建筑公会"，任理事长。1907年加入中国同盟会，投身孙中山先生领导的民主革命，1922年曾受孙中山委托在厦门设立国民党联络站，任福建讨贼军总指挥，组织武装讨伐陈炯明，是一位民主爱国人士，同时又是一位虔诚的基督教徒。许春草因为其父曾作为"猪仔"被卖到南洋，6岁无父，生来特别痛恨洋人。加上家庭背景的影响，使他自小就富有正义感。当他还是个建筑工人时，看到人家虐待婢女，总是按捺不下内心的怒火，经常出面干涉。有一次他被婢女的主妇抢白："婢女是我用钱买来的，要打要杀你管不着！"这一句话，触动他的深思："用钱买来的人，便可随意打杀。"看到当时社会正在发展，厦、鼓地方居然还残余这种可怕的封建恶势力，他越想越不是滋味，因此他立下志愿：有朝一日我有了力量，首先就要解放婢女！

1929年，许春草带头筹创厦门婢女救拔团时，正是福建讨贼军收场之后，他已典尽、卖空了自己历年储蓄下来的微薄家产，用来遣散奉孙中山先生之命解散的内地民军，正值其经济最穷困的时期。许春草深知养婢之家都是拥有资产的富豪和有钱有势的官僚家庭，加上政府的威胁，没有办法向外募捐，只好先用借债来维持这项事业。许春草等人的正义行为得到当时工人群众特别是拥有4000多名会员的"厦门建筑总公会"的支持。

1930年10月4日，中国婢女救拔团暨收容院终于在鼓浪屿挂牌成立，许春草任理事长，张圣才、庄雪轩、吴李林、李德佛等6人任副理事长。"该团的宗旨是挽救遭受虐待、迫害的婢女，伸张正义，反对封建的奴婢制度。该团宣言规定：（一）让婢女进学校读书，课余回家，仍可帮理家务；（二）婢女不堪虐待的可以进入救拔团，由救拔团收容教育，给衣服膳食，并保证其生命安全，健康成长；（三）受到残酷虐待的婢女，中国婢女救拔团要加以强行抢救，不怕牺牲；（四）中国婢女救拔团设立收容院，婢女进院称院生，按年龄程度接受教育，够上中学程度的，保送入中学。达到结婚年龄的任其自由选择配偶，由救拔团主持婚礼。"这份宣言印了5000多份，分发厦、鼓各界，一时在社会上震动很大。

《中国婢女救拔团》

❖ **史　海：**厦门市民初见电灯

厦门是我国东南沿海港口城市，鸦片战争以后，厦门被辟为五个通商口岸之一，外国人和外国资本纷纷进入厦门，华侨资本也纷纷在厦门投资建设。但是，尽管城市在发展，而城市的基础设施却很落后，影响了城市的进一步发展和建设。

1908年，美国舰队访问厦门，在准备接待舰队时，清政府地方当局为讲排场，造声势，特地从上海借来发电机，从现在的思明南路一路架设电灯至南普陀寺会场，但是因为遭遇台风，所架设线路被严重破坏。虽然如此，经过紧张抢修，电灯最后还是亮起来了，厦门市民第一次看到了电灯。当时，厦门绅商陈祖琛因为其儿子曾在北京高等实业学校学习电业专科，对电的知识有一定的了解，认为厦门为五口通商之地，大规模城市开发是必然趋势，如能设立电灯公司，大有发展前途，因此有意设立厦门电灯公司。黄世金是厦门的富商，资本雄厚，热心地方公益事业，也愿意投资建设关系城市建设发展、改善市民生活的厦门电灯公司。

1911年，陈祖琛、黄世金、叶鸿翔等人发起创办电灯公司，并筹集资金5万银元，公司定名为厦门电灯电力股份有限公司，呈请清政府实业部注册，由陈祖琛之子陈耀煌和黄世金分别担任正、副董事长，工程师由陈耀煌兼任。1911年（清宣统三年），厦门电灯电力公司正式开办，选择厦门港沙坡尾建发电所。当时，厦门马路尚未开辟，沙坡尾离市区1公里多，选择在这里建发电所距离市区较近，线路较短，可节省大量资金。但是，在沙坡尾地方建设发电所遭到当地居民的反对，因为，沙坡尾虽然地方不大，但是这里有一个龙王庙，旁边有一个船坞，建发电所必然要拆庙毁坞，渔民和当地居民不同意。为此，电灯电力公司陈祖琛、黄世金等人为解决这一问题，一方面请官府出面做工作，一方面与当地居民谈条件。最后，达成协议，电灯电力公司招收当地居民到发电所做工，发电所建成后，优待居民电费，同时，在发电所旁边重新建一座龙王庙，当地居民这才同意电灯公司在此处建发电所。

1912年（民国元年），发电所建成，并在市区架设电线，由于资金不足，只安装了一台300千瓦的火力发电机。由于发电所规模小，成本高，加上管理方面的原因，电价昂贵，用户主要是政府机关、洋行、大公司和一些较富有的人家，一般市民用电的不多，路灯的照明也仅限于几条较大的街道，公司无利可图，市民多有怨言。

20年代，厦门开始大规模城市开发建设，市政用电和居民用电量大量增加，原有的发电设备无法满足城市用电的需求。1926年，黄世金再次建议扩大公司规模，增加股份，把公司的股本扩充至35000股，每股仍为40元；同时，黄世金还提议将公司资产按照当时的物价计价，并把公司的溢利暂存款和公积金一起作为增加的股金，共凑成60万元，用于扩充公司的股份，各股东按比例增加股份，这一提议很快得到股东的支持和认可，公司的总资本达到120万元。于是公司向德国西门子公司购置1500千瓦蒸汽透平发电机一座，并于当年安装发电，公司发电量增加到2300千瓦。

▷ 厦门电力股份有限公司

1933年，厦门城市市政建设的规模进一步发展，城市范围进一步扩大，为满足日益扩大的城市用电需求，黄世金再次提议扩充公司股份，吸收股本20万元，增加发电机组，扩大发电容量，向美国通用电气公司购买1500千瓦蒸汽透平发电机一座。到此，电灯电力公司总资本达到140万元，发电总量增加到3800千瓦。供电范围进一步扩大，城市郊区的曾厝坡、文灶和西北沿海一带住户也用上了电，平均每月发电量40余万度，公司的员工达到200多人，这是厦门电灯电力公司的全盛时期。

《黄世金和厦门电灯电力股份有限公司》

◆ 赵家欣："美人鱼"现身厦门

1935年，厦门海军航空署署长陈文麟和富商黄超群等，发起组织竞强体育会，在胡里山辟有游泳池，为提高竞强体育会的声誉，邀请年仅16岁而已声名远播的杰出游泳运动员，被誉为"美人鱼"的杨秀琼来厦表演，同来的有她的父母、姐姐和一位相貌英俊、体格健壮的男游泳运动员陈再兴。

▷　杨秀琼在厦门受到了热烈欢迎

表演之日，厦门市区到胡里山，车水马龙，人群络绎不绝，万人空巷，争睹"美人鱼"风采。当时我是厦门《星光日报》记者，和各报同行一起，采访这一盛举。碧波绿水的游泳池中，但见穿泳装的杨秀琼，宛如水中游鱼，有似"浪里白条"，或隐或现，或竖或卧，泳姿优雅，变化无常，引起阵阵掌声，令人啧啧称奇，"美人鱼"之称，名不虚传。她的姐姐杨秀珍和陈振兴，都是游泳好手，也做了出色的表演。

事后，我们访问杨秀琼，"美人鱼"只讲广东话，不习惯国语，由陈振兴代为答问。我担任"厦门竞强体育会游泳池开幕典礼暨全厦游泳竞赛大会"编纂股长，曾写过《欢迎杨秀琼女士及香港游泳选手来厦》的报道，还访问香港来厦的男女各位选手，写了一篇《香港男女选手画虎录》，刊载于《星光日报》和纪念特刊里头。

《"美人鱼"现身厦门》

❖ 龚鼎铭、龚鼎煌：三惩美水兵

《南京条约》签订后，厦门被迫为五口通商之一，帝国主义国家任意把战舰驶进厦门，舰只一下锚，舰上的人员和水兵即汹涌上岸，横行道中，看到儿童群向迫视，则挥起巨掌，左批右打。看到妇女，则嬉皮笑脸调戏侮辱。厦门人民看到这种情况，莫不引为大辱奇耻，愤恨交加，时常起而反抗！下面就是三件痛惩美水兵的事实。

记得1913年的夏天某日，英华书院学生苏行三等七八人要到鼓浪屿田尾海边泅水，突然听到有急迫凄厉的喊声。苏等拔起脚，朝着喊声方向走去。远看有三个美水兵，上下其手，纠缠侮辱两个妇女，急上前，叱声何得无礼？三个水兵只作狞笑，不加理睬。苏等不由得涌起民族自尊心和动起义愤！喊声打！即一起挥拳打上去，三个鬼子见势不敌，才抱头乱窜。不料美水兵走告美领事，美领事查知肇事者是英华书院学生，即往见该校校长金禧甫（英国人）诉述前因，并要求严办打美国水兵的学生。金禧甫与美领原是一丘之貉，坚欲开除苏行三等人，经该院学生反对和学生家长的力争才作罢。

1924年初冬的某日，有两个美国水兵，手里各握着两个空啤酒瓶，大摇大摆地横冲直撞，旁若无人。到了龙头街明山水果摊门口，竟然拦住一位行路的妇女，大肆调戏。路人愤不能平。适有英华书院足球队学生十多人路过此地，欲向明山买甘蔗止渴，目击美国鬼子那种野蛮行为，非常气愤！互相使个眼色，即由学习过武术的曾恭（侨生）、龚鼎煌领先，疾趋两水兵的背后，使足脚力，把两鬼子扫倒；接着，丘世远、吴金沙两人将其按住，其他队员如林青禄、黄悦华（均印尼侨生）、陈清前等和几个路人，加以痛打泄愤！随即有三个水兵赶至，学生和群众才星散。当时有两个华籍巡捕巡过此地，佯为不知，从偏街他行。隔天，英华书院朝会，校长洪显理（英国人）板起丑恶的脸孔，厉声说："昨天，你们学生中谁先动手打美国水兵？快站起来！"顿时，不但所有足球队员站起，绝大部分学生也站起来，表示抵抗！弄得洪很丢脸，难以下台。但洪一定要严办出事的学生。是时，足球队教练苏行三极力支持学生的正义，在学校会议上力争，洪才把全体足球队员记过了事。

我（鼎铭，下同）平生和人吵架，或动手揍人，脑子里记得只有一次，事情发生在鼓浪屿英、美、法、日、德等帝国主义统治的时代。当时，我是17岁的青年。1935年，一个星期六的下午，同一位朋友要到精武体育会看哥哥们练习排球，途经泉州路口，迎面来了两个彪形大汉——美国水兵，向停在路旁的豆干小贩（十二三岁的儿童）的豆干担，一个一个拿着玩，不管豆干被弄得破碎，并且不给钱拿着豆干就走。我看了已愤不可遏，万不料当他俩和我挨身时，那个拿豆干的鬼子，竟把豆干塞入我的口袋；这突如其来的侮辱，是可忍，孰不可忍？我登时愤上加愤，立即停住脚步，怒目盯住那个鬼子，准备同他一拼！他看到这种态度，便把双手插在半腰，歪着头，表示"你其奈我何"的样子，这更使我不能再容忍下去。但自揣力不能敌，是会吃亏的，顿时急中生智，立即跨进一大步，看准鬼子兵的下颌，用全身力气，狠狠地击他一拳后，即拔腿奔跑。对方受到意外痛打来不及回击时，我已拐几条小巷，躲入朋友的楼上，暗视鬼子正在东张西望失意地回去，我才下楼，前往球场，快要到球场路口时，有十几个雄赳赳的青年，有的挥着大刀，有的拿着长棍，有的带其他武器，杀气腾腾地大踏步前来。原来是同行的朋友，看到我与鬼子拼，估计会吃亏，急到球场求援，所有球员闻讯后（我的哥哥也在内）迅速到精武体育会拿武器赶援。他们一看到我，急问有无被打伤，我讲述经过情况后，大家高兴地称赞我机智、勇敢。高喊："打得好！打得痛快！"

《三惩美水兵》

❖ 杨纪波：昙花一现的人力车

20世纪初，外国人在鼓浪屿组织"道路墓地基金委员会"，规定交纳税款的办法，其中有"人力车辆每年五元，马每匹每年十元，车每辆每年十元"的条文，可见当年预计车马会出现。

20年代前后，鼓浪屿救世医院院长郁约翰（美国人）进口一辆摩托车

▷ 人力车

自用；该医院医生黄大弼则骑马往来；菽庄花园园主林尔嘉自备人力车雇专职车夫载拉。另有自备或出租的轿子，为个人日常交通工具或医生、病人、产妇一时之用，还有出租婚嫁的花轿。

1941年底，日本占领鼓浪屿，从厦门调拨10辆人力车来鼓出租，但因道路崎岖，上下坡要一车夫拉一车夫推扶，乘客坐不舒服，心有担忧。如不上下坡，就要选择平坦道路，绕道而行。以龙头路到内厝沃来说，要大拐弯绕过四丛松，路远行慢价昂，乘客稀少，人力车也就昙花一现了。

抗战胜利后，国民政府官员曾经以小轿车代步于鼓浪屿，但既要渡船载车，又要绕道行驶，很不方便，终于弃之。

《鼓浪屿的公用事业》

❖ 姚自强：青帮在厦门的瓦解

青帮，又名"清帮"，也称"安清帮"，清代民间秘密结社之一。青帮规定帮规和仪式，按辈分收徒弟，长期在运河漕运中保持封建行帮的地位。后因漕运改为海运，遂在上海、天津等地和长江中下游其他通商口岸演变为黑社会性质的游民组织。辛亥革命时，在上海设立"中华共进会"，曾受北洋军阀头子袁世凯的利用，谋杀了国民党重要领袖人物宋教仁。1927年蒋介石在上海发动"四一二"反革命政变时，又为蒋介石所利用，上海、武汉等地的青帮头子充当了蒋介石屠杀共产党人、破坏革命运动的工具与刽子手。抗日战争期间，日本帝国主义在上海又利用青帮头子张啸林等人进行汉奸活动。

厦门的青帮最早是由李金堂传入。李金堂，河北省大名县人。他年轻时当过清兵，后来在北洋军阀的部队当班长，1914年调来福建，任过陆军福建第三旅第五团第二营副营长等职，1920年离任后，曾在海沧购买土地成为地主。李于1913年在上海加入青帮，投帖拜大字辈的阮新传为师。青帮的辈分高低先前按24字排列：清净道德，文成佛法，能仁智慧，本来自性，圆明行理，大通无（悟）学。后因前24字已满，续订24字的排列为：万象皈本，戒律传宝，化度心田，临持广泰，普门开放，光明乾坤。李金堂的辈分很高，和上海的青帮头子黄金荣、张啸林等同属通字辈，比杜月笙的悟字辈还高一辈。中华人民共和国成立前，李曾在鸿山寺、中央银行等处多次开香堂，先后收过国民党军官徐保民、吴兹篆等20多人为徒弟。另有通字辈的刘聪生、沈俊杰、胡天民、胡乃文等人也曾在厦门开香堂收过中南银行行警黄延平、侯国华以及沈文斌、刘无智等人为徒弟。包括李金堂、刘聪生等人所收的徒弟，共有四五十人之多。参加青帮者系旧军警人员和江湖术士等外省籍人氏。他们定期集会，按帮规进行活动。此外，1947年5月，北京青帮创办的刊物《新进步月刊》总社社长兼主编李逸盦（又名李雪樵）行文通知李金堂为厦门总分社社长。1949年4月，李又参加反动的"一贯道"并担任厦门宝光组大乘坛的坛主。

1951年初，李金堂曾被厦门市公安机关逮捕，经审查后因其历史罪恶不大，认罪态度尚好，且年龄较大，没有做任何处理，不久就交保释放。青帮在厦门也自行瓦解。

《青帮在厦门的活动》

❖ 苏穆如：*海后滩的交涉*

海后滩是在太古洋行（今华联商厦一带）前面的一片海滩，因废土日积，英人再以贱价收买废土，填筑成滩，据说只供运动娱乐。我官厅与之交涉，即拨款偿其工料，收归国有，另委托英领事管理清洁事宜。后因该滩部分损坏，英领事照会厦防分府赵某雇工修理，赵分府不明事理，复以此系贵租界之事，英领事即借此公文，作为租界证据。

该滩前面朝西临海，近滩有太古趸船，为太古轮船出入港囤积货物之用。英人垂涎是地，设置巡捕，其巡捕长名小鸟，由英国驻厦领事管辖。小鸟贪得无厌，凡卖点心摊贩，若非暗中行贿，则不准在该地贩卖，因此小鸟食髓知味，认为该地可享一己之特别权利。

1918年李督军厚基奉令三路出兵攻打广东，北路大败，被陈炯明追至漳州，厦门一时紧张，英领事乘机扩大海后滩，三面筑墙，从岛美路头、乌利文巷、新路头、磁街路头通往内街要道处筑起铁门，在墙壁上写"大英租界，不得擅入"。时因厦门紧张，暂且隐忍，后地方安定，厦门道尹陈培锟，提出严重交涉，厦门各界如商会、教育会、益同人公会，组织收回海后滩后援会。一时民愤沸腾，上下团结一致，不达目的不罢休。

▷ 海后滩旧影

清末太古洋行趸船造有木桥以通海滩，便利货运。因该桥年久损坏，正在改造钢筋混凝土，适逢厦人愤激英人筑墙占滩，组织收回海后滩后援会。遂阻挡工人，不得为栈桥工作，本地工人立即停工。太古再调外省工人继续施工，禁之不听，但工人不敢睡于岸上而睡于船中，民众乘其不备，潜水凿破其船，仍不觉悟。乃诱工头到僻巷说话，出其不意，将其耳朵割去，越日工人全部停工，人人称快。

当时后援会开会议决，英轮入口，不得为之起卸，并派人到汕头、上海联系，采取一致行动。英人受此抵制，无计可施，只得由厦英领向厦门道尹陈培锟交涉，陈以一笑置之。英领无可奈何，乃请北京英公使向我外交部交涉，请厦官厅保护。我外交部不知底蕴，又怕麻烦，认为事小，准继续筑桥，后援会认为此乃丧权辱国之事，海后滩既非英租界，何以竖英国旗，何以在该滩建筑围墙，擅自造桥。于是开会共同研究对策，乃举商会董事黄廷元、教育会长卢心启代表晋京请愿。

先是英领侦知厦门各界愤激异常，已举代表晋京请愿，立即电报驻京英公使，用尽狡猾手段，谓厦门所派代表，乃是流氓，只会捣乱，不能代表民意。其实后援会纯是爱国群众组织，人才济济，如洪晓春、黄幼垣（即黄鸿翔）、杨子晖、李禧、余少文诸人，英领焉得随便诋毁。后援会得知其事，即将情电达代表。代表抵京后，即向外交部请愿，呈上由黄幼垣编纂的档案，并报告厦门交涉情况。外交部甚表同情，乃派刘光谦为交涉员，来厦门会同陈道尹，据理力争。

代表回厦，一日遇见英领，当面对英领云："我黄廷元年纪已高，白须亦长，难道能做流氓乎？"英领知伎俩被人揭穿，面红耳赤，无词以对。

时英领以无租界凭据，自知理屈，且鉴于民气激昂，太古轮船往来及栈桥工作，均受抵制，恐范围扩大，英商受其影响，乃屈就和议，订立三条和解息争：海后滩围墙应拆去，恢复原状；栈桥应纳租；海后滩所竖英国旗应即拔起。至此交涉胜利结束，此乃厦门民众团结一致，对外交涉第一次之胜利。

《海后滩的交涉》

❖ 余少文：跑马场事件

鸦片战争后厦门被迫开放为五个通商口岸之一。外国人好跑马，自1875年起，每年阳历1月6、7、8三日举行赛马。每届赛马之期，即以500元向武营租借厦港演武场（今厦大校址）为赛马场所。这演武场是一片大平地，为平时练兵之所。北有演武亭一座，每逢总督出巡，在此阅操。在跑马期前，英人就召匠造木栏，内外两大圈，漆以白油，中为跑道，修整柏草。

跑马之日，函请水师提督、兴泉永道、厦防分府和地方人士到场参观。其跑马方式，午后2时举行，跑马8场或10场。各马师都穿五彩绸衣，头戴彩帽，骑在赛跑之马上，排成一列。一声号起，各马争跑。出售马票，每票5元。分"温拿"和"皮里是"两种，"温拿"是首名得奖，奖金较多，"皮里是"是一、二、三名，都有得奖，奖金较少。其奖金厚薄，视买票之多少为准。热门马买票多分奖金薄，冷门马买票少分奖金厚。每次输赢数万元或十余万元，可说是一种大赌博。马场外围赌场林立，五花八门，各种赌博都有。设赌之人，中外都有。到场参观者约上万人。其参观目的各有不同。洋人和中国商人，其目的在买马票，一般民众目的大多在赌博，只有妇女儿童，才是实看跑马。

▷ 赛马场跑道

1904年阳历1月8日为该年跑马最后一天，将近末场之时，忽有印度巡捕数名向华人妇女调戏。民众大哗，以洋人借我土地为娱乐之场，竟敢侮辱我国妇女，实属目无中国。群相鼓噪，迫聚与较，巡捕以木棍痛击某华人头额致伤，鲜血淋漓。民众益加愤怒，向巡捕殴斗。在场洋兵和洋商300余人，出与印捕为助。民众亦愈集愈多，中外互斗，甚为激烈，息而复斗，前后四次。一时木石和瓦砾齐飞，呐喊声音震及岛外。各马栏都被民众以足摧毁。洋人慑于声威，惊恐万状，急趋匿我官员座侧，请求保护。厦防分府骆腾衢和中营参将李祥麟带兵数百名分列左右，夹护洋人。这时洋人无不垂头丧气，乘兴而来，败兴而归，狼狈走至海口下船，而民众犹愤愤不已，要求官厅交涉，惩办侮辱殴打我华人的巡捕和帮凶的洋兵，以平民愤。此次事件之后，元旦跑马，从兹绝迹。越日德记洋行书记威麟奉各领事命令，向兴泉永道延年请为追究。延道答以"巡捕调戏妇女殴打华人，激动公愤，罪有应得，何得指为华人肇事请求惩办？"威麟无言可答而退。此事遂以不了了之。

《清末的跑马场事件》

❖ 杨纪波：观海别墅旧事

在鼓浪屿田尾路海滨的观海别墅，原是大北电报局经理挪威人的住宅。厦门电气工人为反对大北电报局虐待而罢工的事件发生后，经理溜走，人去楼空，华侨巨商黄奕住乘机买下这座住宅，取名"观海别墅"，作为避暑之用，并且打算沿海滨造桥，要与港仔后菽庄花园的"四十四桥"相连，借此便于和姻翁林尔嘉来往。这座盛传一时的"亲家桥"因为大北电报局的阻挠，尽管黄、林协力与外国人打了十几年官司，终于没有建起来，但是，从这事件可以看出当年帝国主义在华的势力是如何嚣张。

观海别墅虽说是楼房，其实只是平屋底层有个地下室而已。黄奕住对它并不多加修饰，只添个观海台，基本上还是保持原状。尽管如此，白天，海风拂面，空气新鲜，倚楼观潮，视野宽阔；夜晚，浪涛拍岸，淘尽千古，倚枕听潮，胸怀坦然。观海别墅确是避暑胜地，休养幽境。

20年代北伐前一年的夏天，当时还是国民党风云人物的汪精卫，为北伐之事来到厦门。由于军阀势力当年尚嚣张，汪精卫有所顾忌，不公开活动，而是私访黄奕住，借以藏身观海别墅，待过三天。

汪精卫在观海别墅，虽然也观潮听潮，但别有一番滋味在心头。这从他临走时书赠黄奕住所录的李白的一首诗可以看出。诗是："问余何事栖碧山，笑而不答心自闲，桃花流水渺然去，别有天地非人间。"据传：汪精卫借此诗的前半，自问"何事栖身革命，彼心中虽有数但不能作答"，然而，不打自招，他还是借此诗的后半，自答"他欲效轻薄桃花随波逐流，另找他私人的天地，哪管人间羞耻事"。后人对汪精卫当年叵测居心的剖析，不无道理。汪精卫借诗喻志，诗签预兆，后来他沦为汉奸，是有前兆，是有铭记，怪不得他落款的是"兆铭"两字。后人对汪精卫当汉奸的前因后果的推断，该不是偶然巧合吧。

《观海别墅旧事》

❖ 金 枝："垃圾城市"改头换貌

厦门虽在鸦片战争以后开辟为五口通商口岸，但长期被诬为"垃圾城市"，全市山坡和海滩，低洼沼地很多，如龙船河（今斗西路至美仁宫一带）、荷庵河（公园虹彩桥）、咸草河（今妙释寺东北路）、魁星河（今公园晓春桥）、瓮菜河（今新南轩附近）、洗布河（今中山医院）、双莲池（今故宫路）、月眉池（今第七菜市）和沟涵潭窟低地，占地面积约700多亩，由于淤积不流，大部分池河成为倾倒垃圾和秽物的场所，瓮菜河地处市中心，居民稠密，污秽更甚，河床齐岸，垃圾成堆；河边树上，不时挂着死猫，河里污水中，经常有腐烂禽兽，臭气熏天，行人莫不捂鼻疾走……市内住宅大多为平屋，商业中心的店铺也不过二层楼屋，且建筑简陋，每层大都高不及丈。

1920年春，厦门地方人士倡议开辟马路，成立厦门市政会，商请林尔嘉为会长，华侨黄奕住为副会长，会董12人，负责工程审议和筹款，进行马路建设，大规模建设在1927至1932年进行。经过建设厦门面貌基本改观，

▷　1908 年的厦门濒海街道

▷　大汉路旧影

市场、戏院、码头、公园、马路，形成解放前厦门市区的布局，深受厦门人民赞颂。为当时厦门市政府公报说："查厦岛自开辟马路，改良新市区，旅外华侨不惜以多年勤劳累积之金钱，返回投资，重金购买地皮，建筑新式房屋，繁荣市区，提高厦岛地位，虽然政府提出有方，如非华侨热心桑梓，踊跃投资，则建设新厦门恐非易事。"

《近代华侨在厦门投资概况及其作用》

❖ 林金枝：近代华侨也热衷房地产

（一）黄奕住和黄聚德堂

黄奕住在厦门投资的房地产业仅仅是国内投资的一个部分，他在厦门是仿照外国大家族、大财团的做法，组织"黄聚德堂"来投资房地产的，他投资房地产业是从1918年回国后就开始的。首先他在鼓浪屿洋人球埔（现在鼓区人民体育场）南面购买大片旷地（其中包括德记洋行和明德女校的旧楼），将旧建筑物全部拆掉，兴建南北大楼和正中大楼（即现在鼓浪屿宾馆），南北大楼是在1921年建成的，正中大楼是在1923年建成的。建成后，还在空地建花园，人们称为"黄家花园"。

1920年间，黄又在鼓浪屿田尾滨海地带，筹建"观海别墅"（即现在福建省干部休养所一部分），筑堤砌墙，填海扩地，并筑起一座一丈左右高的螺旋形天台。

黄还在鼓浪屿三丘田、东山顶、梨仔园、新路头（现漳州路）、旗山路等地购买住宅。另在鼓浪屿濒临鹭江东侧坞内购买大片荒地，开辟一条街道（今风行照相馆与光学仪器厂之间）两侧筑起一排排的二层楼出租，并以黄日兴钱庄的店号，命名为"日兴街"（现并入龙头路）。

据估计，黄聚德堂在厦门和鼓浪屿的房地产投资约在200多万元（银元），建造质量较高的房屋和楼房大小共160座。

▷　思明东路

▷　中山路与思明南路交汇的十字路口

（二）黄仲训和"黄家渡"

黄原籍泉州，是一位旅居越南的富裕华侨。1918年回国后，就投资厦门房地产。当时，鼓浪屿东面海岸上，有一片空地和海滩（当时用木头架设码头，人们称柴楼梯，作为鼓浪屿与厦门以及内地运载货物船只起卸之用，称为通商码头）。20年代，黄仲训买下这一块空地，花了十几万元，雇了许多民工，填平了这一片海滩，通商码头被填为平地；在平地上新建一个巨型码头，因他姓黄，就取名为"黄家渡"，建造"黄家渡"的目的，是想在这片土地上建一个集市场，但码头建成后，发现空地尽是沙地，不宜建楼房，计划落了空。尽管如此，"黄家渡"却为鼓浪屿的海上交通带来了便利。

此外，投资厦门房地产业较著名的华侨还有：印尼黄超龙、黄超群兄弟组织的龙群公司，在思明南路（今新南轩酒家附近）一带（以前是瓮菜河）投下巨资，填河筑楼数十幢；新加坡、缅甸华侨黄文德、许文旒等人创办"振祥""宏盖"两家房地产公司填筑今厦禾路，小学路地段（旧称浮屿，本也是一片浅海滩）并建起了一排楼房；菲律宾华侨杨孔莺等人于1929年组织兴业公司，在南普陀东南，购一片大坑地，平整山坡，得地2000亩，共花地价10万元，建造新式楼房十余座，名为"大南新村"，即现在的厦门大学大南新村，此外，该公司还在大生里一带，买地皮，兴建左、右两列规格统一的整齐楼房，称东里和西里。后来，因为世界经济危机的影响，商业萧条，经济不景气，地皮跌价，兴业公司大亏本，股东只好将房屋折价抵押出租。

《近代华侨在厦门投资概况及其作用》

❖ 龚 洁：陈四民观彩楼上观彩霞

笔架山顶有一座北欧风格的秀美别墅，形如"花轿"，人称其"新娘轿子"，更因其地理位置独特，宛如鹤立山顶，既可看到日出的朝霞，又可欣赏日落的彩霞，故美誉"观彩楼"。

1931年，因鹭江道堤岸建设过程中发生两次崩堤事故，弄得中国工程师无计可施，只得向国际招标，招来荷兰治港公司。该公司派来工程师负责施工，该工程师非但带来工程图纸，还带来胖夫人，但没有住处。于是，"堤工处"选择鼓浪屿笔架山顶，由许春草营造公司承建，为他俩建造了这幢观彩别墅。

荷兰工程师一直住到抗战前才回国，别墅托人代管。太平洋战争爆发后，别墅卖给了丁玉树，1944年丁又转卖给上海固齿龄牙膏厂的老板陈四民。陈四民这个人颇有点民族自尊心，他从英国剑桥大学化学系毕业后回到祖国，发现外国牙膏充斥市场，独缺中国人自己制造的牙膏，一股民族自尊的冲动油然而生。他决心要研究出中国牙膏的配方，制造出中国人自己生产的牙膏，与外国牙膏较量一番。于是，他在上海设厂，独家生产出由他自己取名的"固齿龄"牙膏，结果一炮走红，畅销全国，当然也赚了不少钱。他从丁玉树手中买下观彩楼，夏天用以消暑，冬天用以避寒，享受人生的惬意和潇洒。

《陈四民观彩楼上观彩霞》

❖ 许国仁："万福士"轮被劫经过

1947年12月间，华南海面曾发生一起自太平洋战争爆发后最大的抢劫案。海匪25人，大肆洗劫"万福士"轮，劫持时间达15小时之久，头等舱旅客六人被绑架。当时陈嘉庚先生次子，厦门集友银行总经理陈厥祥亦被绑。消息传开，不但乘客亲属惊慌哭泣，全市人民亦为这些遭受绑架旅客安全担心，感到极大震惊！

事情经过追述如下。

本市渣华轮船公司代理的"万福士"轮，航行于中国香港、新加坡及南洋群岛一带，此次由新加坡经港、汕来厦，载有旅客1500多人，其中汕头籍华侨800多人，厦籍华侨700多人。

1947年12月14日正午12时20分，该轮由香港启碇开往汕头。头等客舱的旅客由新加坡登轮的一人，由香港上轮的约十人，航行约四个小时，当轮船驶至汕头湃亚士湾附近，混杂在三等客舱中伪装乘客的海盗25人，突然窜出，为首的彪形大汉手持机关枪一挺，余均持短枪，分守轮上各要道，机务室及无线电室，进行全面封锁。众海盗遂分别在船舱倾箱倒箧，大肆洗劫。船上旅客被这突然事故吓得人人面如土色，听任海匪搜查。所有乘客的金饰钞票及贵重衣物，悉数被抄走，连船上船员亦难幸免，其他粗贱物品皆被随手放置，满地狼藉。该轮前后被劫持历15小时。至翌晨7时30分，众匪复绑架乘坐头等舱旅客六人，船上职员两人。此时，从海面上驶来三只汽船，靠近轮船边，海盗将抢劫所得物品及被绑旅客，强行押下汽船。临行，才将船上两个职员释放，在"万福士"轮旁边的一只小汽船，亦被海匪顺手牵羊，一并劫走。离开前，匪酋向天鸣枪数响示威，然后扬长而去。

过后，据目睹旅客称，海匪临逃前，曾向乘客扬言："此次搜劫，出乎意外，所得的贵重物品不多，势将亏本，不得不绑架几个旅客，当为肉票。"不少乘客反映，海匪多操广州、潮汕和福州口音。

"万福士"轮遭劫后，于上午11时返航，至下午1时半抵港，于16日再开汕头，然后转回厦门。当时被绑架的头等舱六位旅客为：陈伯旋（汕头市侨务局局长），陈厥祥（厦门集友银行总经理），白圻甫（厦门集友银行业务主任），陈振武、陈光别、杨先生（皆新加坡华侨）。

估计全船被劫财物达叻币100万元（折合港币180多万元）。查"万福士"轮船上，原雇有荷籍警卫12人，由一军曹指挥，专司保护航行安全，后因中国政府方面交涉，外轮在中国海面航行，不得设有警卫和携带武器，乃于近期解散警卫人员。事为海匪侦知，遂混装旅客进行抢劫。当船上发生事件后，船长威列仍未觉察，突闻舱内嘈杂声，乃自房间窗口窥视，只见人影憧憧，遂启门出视。海匪五人强行冲入，手持武器查问，轮上有没有军火，遍搜全房。邻室的大伙奇礼云闻有异声，出外探视，知为匪劫，准备与匪格斗。此时，船长睹状，自知不敌，乃以英语提醒奇礼云保持镇定，不能鲁莽从事，避免无谓牺牲。

当"万福士"轮抵厦后，市侨务局与华侨协会均派员至渣华公司慰问，并协商这批华侨抵厦的善后问题。据渣华公司经理表示，因中国政府不允许该轮有保卫人员，致警卫遣散，此不幸事件即告发生，而地点又是在中国领海内，故公司不负任何责任。

厦门市政府社会科，于18日在市府邀请有关机关社团商讨善后，当场议决：请市府、市商会、总工会、水警局、侨务局、华侨协会、渣华公司等13单位，各派代表一人登轮慰问；请旅栈公会转知各旅栈，将接待该批华侨居住食宿各费减收一半；请轮船公会转知各内河汽轮，如该批华侨乘坐，凭证给予半价优待；行李由轮上至旅栈运费，每件只收15000元，以示优待。

"万福士"轮此次载厦旅客为791名，该轮前后航史已有22年，此次被劫为破天荒第一次。

被绑旅客陈伯旋、陈厥祥等六人，事后被海匪勒索巨款于1948年4月11日才被放回。这一起严重的海上骑劫案，虽经国民党当局四出侦查，但无法破获。

《"万福士"轮被骑劫经过》

第十辑

鼓浪闻音·
文人笔下的海天情缘

❖ **房向东：** 背山面海，风景绝佳

1926年8月29日，鲁迅与许广平同车抵达上海，与亲友盘桓了两天，9月1日深夜鲁迅登上"新宁"号海轮，次日晨7时向厦门进发。一小时后，许广平乘坐的"广大"号海轮也跟着启航开往广州。鲁迅身在"新宁"号上，心里却记挂着后面船上的许广平，他后来在信中询问她："不知你在船中，可看见前面有一只船否？"

9月4日，客轮缓缓地开进了厦门港，停靠在太古码头。林语堂、沈兼士、孙伏园来接，鲁迅随他们坐船移入厦门大学。

▷ "海上花园"鼓浪屿

厦门位于我国东南沿海——福建省东南部、九龙江入海处，背靠漳州、泉州平原，濒临台湾海峡，面对金门诸岛，与台湾和澎湖列岛隔海相望；厦门地处亚热带，雨量充沛，气温常年保持在20℃上下，草木茂盛，景色宜人；因远古时为白鹭栖息之地，而有"鹭岛"之称。厦门的海，碧波粼粼，"海上的月色是这样皎洁；波面映出一大片银鳞，闪烁摇动；此外是碧

玉一般的海水，看去仿佛很温柔。"厦门风景秀丽，厦门大学坐落在厦门岛上的海滨，背山面海，风景佳绝。

1921年4月6日，厦门大学在同属陈嘉庚的集美学校开学。5月，曾任南京临时政府卫生部部长的新加坡华人林文庆出任校长并掌校十六年至厦大改国立为止。

1925年，是陈嘉庚实业最鼎盛期，实有资产总额达1200万，使其雄心勃勃的"次期五年计划"有了雄厚的经济基础。1926年，厦大以重金在全国延聘名师：教授月薪400大洋，讲师200大洋，助教150大洋。其时，复旦大学的校长及专任教授最高也不过200大洋。

鲁迅抱着"换一个地方生活"的想法，因好友林语堂的推荐，应邀来厦大担任国文系教授兼国学研究院的研究教授，讲授中国小说史和中国文学史。

鲁迅对厦大的形容是："硬将一排洋房，摆在荒岛的海边。"说的是厦大的第一批校舍，一字排开的群贤楼群，依次为囊萤楼、同安楼、群贤楼、集美楼、映雪楼。初时，鲁迅借住厦门大学生物楼三楼，同住一层的先后有沈兼士、顾颉刚等。生物楼亦是国学研究院所在，原楼毁于日军的炮火，现在是"修旧如旧"。

1926年9月25日，鲁迅从生物馆搬到了集美楼住。集美楼曾经是厦大的图书馆，楼下左边是藏书库，右边是阅览室。这是一座较大的两层楼房，鲁迅就住在楼上靠西边第二间的房子里。虽然鲁迅是卧室兼工作室兼厨房及餐厅，但鲁迅对集美楼的感觉颇佳。推开北窗，是五老峰和峰下的南普陀寺；推开门，楼前是一片广场，相传为郑成功的演武场。楼上右手第一间是大屋，隔成两间，由孙伏园和张颐住。孙常往广州，张常去市区，所以楼上往往只有鲁迅一人。

这里是绿色的世界。在山坡和平原上，有成片成片的龙眼树、甘蔗园；路旁的各种果树，青翠欲滴；枝叶繁茂、根须发达的老榕树，散布在宅前院后，以及祠堂边、古庙前；绿油油的稻田同小桥流水错落有致地交织在一起。使鲁迅更为惊奇的是，在暮秋初冬时节，厦门大学附近山坡上的野石榴，住处的大楼前面，有一种黄色的无名花，还一个劲地盛开着哩。1926年12月31日，鲁迅在给李小峰的信上说："我那门前的秋葵似的黄花却还在开着，山里也还有石榴花。"这"秋葵似的黄花"，从鲁迅9月一到厦门就在开着，一直开到12月，而且"还有未开的蓓蕾，正不知道他要开到什么时候才肯开完"。

厦门大学前那碧玉一般的海面，卷着一束束白色的浪花。每天清晨，不远处的大担、二担、南太武山等岛屿，蒙着一层薄薄的晨曦。一艘艘小船，吃水很重，张着风帆，向鼓浪屿驶去。

在浪花飞溅的沙滩上，有着各种美丽精巧的贝壳。退潮时，厦大附近的海滩上留下形状各异的贝壳。有一次，川岛见到鲁迅从海滩上归来，手里还捧着不少小巧玲珑的贝壳，显然是从海滩上捡回来的。

《初到厦门》

❖ 郁达夫：识见远大的厦门儒商

丙子冬初游厦门，盖自日本经台湾而西渡者，在轮船中，即闻厦门天仙旅社之名，及投宿，则庐舍之洁净，肴馔之精美，设备之齐全，竟有出人意料者，主人盖精于经营者也。居渐久，乃得识主人吕君天宝，与交谈，绝不似一般商贾中人，举凡时世之趋向，社会之变动，以及厦埠之掌故，无不历历晓，较诸缙绅先生，识见更远大有加。噫矣，吕君殆士而隐于商者耶？畅谈之余，吕君复出近编之特刊一种相示，珠玑满幅，应

▷ 天仙旅社

有尽有。自古指南导游名著中从未见有包含如此之博且富者，是吕君又为一特具异才之著作人矣。达夫从事文笔廿余年，踪迹所至，交游亦几遍于全国，而博闻多识行径奇特如吕君者，尚未之见。喜其新作之成，且预料其事业之将更日进也，特为之序。丁丑元月郁达夫书。

《识见远大的厦门儒商》

❖ 王鲁彦：厦门话，不易懂

厦门话真不易懂，跑到那里好像到了外国一样，就连用字，也有许多是我们一时不容易了解的。学校的布告常常写着"拜六""拜五"，省去了一个"礼"字。街名常常连着一个"仔"字。从某处到某处的路由牌，写着"直透"某处。

有一次，我看见街上有一个工厂，外面写着很大的招牌，叫作某某雪文厂。我不懂得"雪文"是什么，跑到门口去一看，原来里面造的是肥皂，才记起了英文的soap，世界语的sapo，法文的savon，而厦门人叫肥皂是作sapon的。

我的老朋友告诉我，厦门话古音很多。如声方面，轻唇归重唇的例如房读若旁；舌上归舌头的，澈读若铁；娘日归泥，娘读若良，人读兰。韵方面，有闭口韵，如三读sam，今读kim，人声带阻，如一读it，十读tsap，沃读ok。

然而，我的那位老朋友虽然平日在文字学和音韵学方面有特殊的修养，在厦门已经住上三四年了，他还是不大会说厦门话。

同时，厦门人学普通话，也仿佛和我们学厦门话一样地困难。虽然小学校里就教国语，到了高中甚至大学的学生还不大会说普通话。他们写起文章来，常常会把"渐"写作"暂"，把"暂"写作"渐"，而"有"字尤其容易弄错。

但是有一天我却看到了一种特别的异象。我看见许多男女老幼从一家教堂出来，各人都挟了一两本书。这自然是《圣经》之类的书了。

"他们都受过很好的教育，都认得字吗？"我实在不相信。

他们中间明明是有许多太年轻的人或工人似的模样的。

一次，我在一家商店里买东西，瞥见了柜台上一张明信片。那上面全是横行的罗马字，看过去不是英文、法文、德文、俄文。

▷ 20世纪40年代的鹭江道水仙宫码头

"怎么，你懂得罗马字拼音吗？"

"是的。我们这里不会写中国字的，就学这个。"

"谁教你们的呢？"

"在教会里学的。"

"不是北平几个弄注音字母的那几个人发明的吗？"

"我们不知道。我们这里已经学了很久了。教会里的书全是用罗马字拼本地音的。"

我明白了。我记起了鼓浪屿有一家专门卖《圣经》的书店，便到那里去翻看，果然发现了全是罗马字拼厦门音的《新旧约》以及各种书籍，而且还有字典。据说是教会里的外国人所发明的。

《厦门印象记》

❖ **鲁　迅：** 山光海气，春秋早暮都不同

　　我到此快要一个月了，懒在一所三层楼上，对于各处都不大写信。这楼就在海边，日夜被海风呼呼地吹着。海滨很有些贝壳，捡了几回，也没有什么特别的。四围的人家不多，我所知道的最近的店铺，只有一家，卖点罐头食物和糕饼，掌柜的是一个女人，看年纪大概可以比我长一辈。

▷　1905 年的厦门港

　　风景一看倒不坏，有山有水。我初到时，一个同事便告诉我：山光海气，是春秋早暮都不同。还指给我石头看：这块像老虎，那块像癞虾蟆，那一块又像什么什么……我忘记了，其实也不大相像。我对于自然美，自恨并无敏感，所以即使恭逢良辰美景，也不甚感动。但好几天，却忘不掉郑成功的遗迹。离我的住所不远就有一道城墙，据说便是他筑的。一想到除了台湾，这厦门乃是满人入关以后我们中国的最后亡的地方，委实觉得可悲可喜。台湾是直到 1683 年，即所谓"圣祖仁皇帝"二十二年才亡的，这一年，那"仁皇帝"们便修补"十二三经"和"二十一史"的刻板。现

在呢，有些国民巴不得读经；殿板"二十一史"也变成了宝贝，古董藏书家不惜重资，购藏于家，以贻子孙云。然而郑成功的城却很寂寞，听说城脚的沙，还被人盗运去卖给对面鼓浪屿的谁，快要危及城基了。有一天我清早望见许多小船，吃水很重，都张着帆驶向鼓浪屿去，大约便是那卖沙的同胞。

周围很静，近处买不到一种北京或上海的新的出版物，所以有时也觉得枯寂一些，但也看不见灰烟瘴气的《现代评论》。这不知是怎的，有那么许多正人君子，文人学者执笔，竟还不大风行。

《厦门通信》

❖ 郑振铎：移山填海话厦门

这是"旧"话了，但还值得重提。

几年前曾到过厦门。那时厦门还是一个海岛。从集美到厦门去，一定要乘帆船或小汽轮。我在小汽轮上，望着前面一重山、一重山的无穷尽的小山岛，耸峙于碧澄澄的海水之上，恰巧那天没有风，连小波浪也不曾在粼粼的跳跃着，太阳光照射在绿水上，燠暖而作油光，是仙境似的为无数小岛屿所围绕的内海。小汽轮在海面上像滑冰似的走着。但有一件事使我们觉得很诧异。为什么有那么多的帆船停在这内海的当中呢？不像是渔船，也不像是远海的归帆。总有一二百只的数目，当然也不是为了避风，问问同行的本地人。他脸上闪耀着喜悦的光亮，微笑地说道："你们还不知道吗？厦门将不再是一个岛屿了，她将和大陆连接了起来。我们将在集美和厦门之间建筑一道长堤，走火车，也走汽车。过个三两年，你们再来的时候，就可以乘火车或汽车来了。这些帆船都是运载石料，倾倒于那里的海中，作为这道长堤的基石的。"

"这有可能吗？"我心里有些怀疑，这不像小说里写的樊梨花移山倒海的故事吗？一面问他道："这个填海的大工程有把握吗？什么时候可以完成？"

"当然有把握。我们准备削平三四座山，用山石来填平这一段预备筑堤的海水。现在已在积极进行着了，并且已经削平一座山。每天总有200只以上的帆船，从那边把石块运载到这里来。"他一面说，一面指着道："你们看，那边船上的人不是在把石块倒在海里吗？"

果然的，在那边密集着的帆船上，有无数的人在搬运着大大小小的石块，往海水里抛下。无数只手，无数块山石，在不停地倾抛着。"精卫填海"，只是寓言。想不到如今是竟成为活生生的现实的事迹了。

到了厦门，觉得街道整洁，沿街的房子，以洋式的为多。公园是一座很幽深的园林。在那里，有一座很大的文化馆，外表是宫殿式的建筑。我所见到过的文化馆，恐怕要算这一座是最漂亮的了。可惜内部正在整理，没法进去参观。

▷　厦门大学芙蓉楼旧影

厦门大学是一所著名的南方的大学，就建筑在海边。站在海边就可以隐隐约约地望得见尚为敌人所占领的大小金门岛。奇怪的是，一点战争的气氛也没有。我们看不出她是坐落在国防最前线。"弦歌之声"不绝，教职员们和学生们完全按时工作，按时上课，和内地的任何大学没有什么不同。更奇怪的是，这所大学，那时正在大兴土木，建筑一座可以容纳五千多人的大礼堂；还在建筑一个大运动场，它的露天的四周的圆座，足足可以坐上观众近五万人。那气魄是够宏大的。

说起闽南人的宏伟的气魄来，从泉州的洛阳桥开始，就能够看得出。洛阳桥本名万安桥，落成于北宋仁宗时期，离今已有900年了。蔡襄的《万安桥记》说：这桥始建于皇祐五年（1053）四月，落成于嘉祐四年（1059）十二月。桥长凡3600尺，广丈有五尺。这900年前所建筑的石桥，桥基还很稳固。被敌人炸毁的一段，已用木板补好，照样能够通车。我们走过这座著名的桥梁就想起900年前的工程师们具有怎样的高度的设计能力，能够在昼夜为海潮所泛滥的水面上，架起这座长及三华里的石桥来。后来越向南走，就知道像这样长到四五华里的石桥，在闽南是不足为奇的。在一个地区，在海湾之上，我们的先人们就建造了一座大石桥，像在弧形的弓上，安上一根直弦，使走路坐车的人少走了不少弯路。那座桥本来可以走吉普车，但为了安全起见，已经禁止通车。汽车都要沿着海边的公路走，不走那座长桥了。而那条海边公路足足有30公里长。我们之中，有几个人奋勇地步行从桥上走过，而我们则坐了汽车沿海边公路走。几乎是同时到达目的地。由此可见那座石桥是如何的"便捷"了。

厦大还在建筑着物理楼之类的。他们有充分的信心，知道师生们虽身处于国防最前线，却是安如泰山。他们相信我们的国防力量和人民解放军的威力，丝毫也没有任何的担惊受怕之感。不仅大学的师生们有这样的感觉，整个厦门市的人民也从来没有发生过任何恐慌。有一天傍晚，我们在中山路上闲步，防空的警报响了，市民们仍是安闲地走着，并不急急地想回家。街上的电灯照样地亮着，热闹的市容，一点也没有减色。我们有点不解了，就去问一家店铺里的伙计：

"警报响了，你们为什么还不关上电灯？"

他徐缓地答道："这是常有的事。对面的飞机起飞了，我们就响起警报来。但根本上不用去理会他们，他们是不敢飞过来的。所以，我们也可以不关灯，还是照样地做买卖。"

是的，我们的强大无匹的国防力量是足以保卫着人民的安全的！在国防前线上，特别的看得出我们人民是怎样地爱戴和信赖我们的解放军。有一个故事，流传得很广。解放军在某山区挖壕沟。但在那里，老百姓已种下了不少白薯。军士们怕把那些白薯搞坏了，连忙代为掘起，移种到附近的山坡上去。第二天，老百姓上山一看，他们的白薯已经搬了家。这是有名的"白薯搬家"的故事。不，这不是"故事"，乃是实实在在发生过的实事。

我们在厦门住了好几天。除了工作之外，还能有时间到几个名胜古迹的地方去游览。那里的名胜南普陀寺，就在厦门的附近的五峰山上。

我们登上了五峰山顶，心旷神怡地恣意吸取着四周的风景。海水是那么无穷的广大、深远，它拥抱着大大小小的无数的岛屿，白色的浪沫在澎澎湃湃地有节奏而徐缓地扑向海边的赭苍色的古老的岩石上来，仿佛是摔碎在岩下，却又像是有节奏而徐缓地引退了。这时，有微风在吹拂着。白色的帆船在安稳地驶进或驶出港口。绿水和青山在这里是最和谐地构成了不止一幅两幅的好图画。是那样地山环水抱的海湾。是那样地轻云微罩，白波细跳的水面。是那样地重重叠叠的山峰，一层又一层的显露地雄峙于海上。是那样地像南方所特有的润湿温暖的山水画。我们想，在晚霞斑斓的夕阳西下的时候，或在曙红色的黎明带着紫黑色的云片从东方升起的时候，或是银白色的月亮朦朦胧胧地映照在这平静的夜的海湾上的时候，或那样地蒙蒙细雨，像轻烟薄雾似的笼罩着这些海上的群峰的时候，那些景色的变幻，是更会十分迷人的。就在这晴天白日的时候，我们也为这四围的风光所沉醉而舍不得下山。

这里的物产丰富极了，特别是香蕉，整年地都有得卖。家家有一株或好几株的墨绿色的荔枝树或龙眼树，就像北京那里家家有棵枣子树似的。不时地有暗暗的浓香，扑鼻而来，那不是月桂花——在那里，桂花是四季皆开放着的，故名月桂——就是香橼花在喷射出它的香气来。在那里，几乎没冬天。许许多多的花卉，此开彼谢，从没有停止过花期。元人张养浩有诗道"山无高下皆行水，树不秋冬尽放花"，正道着这里的特色。

是这样仙岛似的厦门岛，而如今却已经不再是一个岛屿，而是和大陆连接在一起了。从今年的元旦起，鹰潭铁路已经可以运载旅客了。移山填海的大工程，不再是幻想，不再是空想，而已是活生生的现实了！再要到厦门去的时候，我们可以乘坐着火车直达厦门港了。这样宏伟的建设，只有在社会主义社会里才会有可能实现。我们正在做着许许多多前人从未做过的大事业。这一番移山填海的足以使洛阳桥或其他的那些闽南的大石桥都黯然无色的大工程，就是空前的建设事业之一。洛阳桥的故事，已成为"神话"，已播为戏曲。这远远地超过洛阳桥的移山填海的海上长堤的故事，难道不会也变成了现代的"传说"，而被写入诗歌、小说和戏曲里去？

《移山填海话厦门》

❖ 巴 金：鼓浪屿，如此让人新奇

我第一次去鼓浪屿，是在1930年的秋天。当时和我同去的那朋友今天正负着一种使命在甘、宁、青三省奔驰。在西北的干燥的空气里，听着风沙的声音，他现在大概没有余裕回想到南国的梦景罢。但是去年年底在桂林城外一个古旧的房间里，对着一盏阴暗的煤油灯，我们还畅谈着八九年前的令人兴奋的经历。我们也谈到厦门酒店三楼的临海的房间。

从前我和那朋友就住在这个房间里。白天我们到外面去，傍晚约了另外两三个朋友来，我们站在露台上。我靠着栏杆，和朋友们谈论改造社会的雄图。这个窄小的房间似乎容不下几个年轻的人和几颗年轻的心。我的头总是向着外面。窗下展开一片黑暗的海水。水上闪动着灯光，漂荡着小船。头上是一天灿烂的明星。天是无边际的，海也是。在这样伟大的背景里我们的心因着这热烈的谈论而变为高扬了，有一次我们抑不住热情的奔放，竟然匆匆地跑下码头，雇了划子到厦门去访朋友。划子在海上漂动，

▷ 鼓浪屿上的码头和仓库

▷ 鼓浪屿上的国际俱乐部

海是这样地大，天幕简直把我们包围在里面了。坐在小小划子里的我们应该觉得自己是如何的渺小罢。可是我们当时并没有这样的感觉。我一直昂起头看天空，星子是那样地多，它们一明一亮，似乎在眨眼，似乎在对我说话。我仿佛都认识它们，我仿佛了解它们的话语。我把我的心放在星的世界中间。我做着将来的梦。

这是南国的梦的开始。我在鼓浪屿住了三天后便在一个早晨坐划子把行李搬到厦门去，搭汽车往前面走了。

美丽的、曲折的马路，精致的、各种颜色的房屋，庭院里开着的各种颜色的花，永远是茂盛和新鲜的榕树……还有许多别的东西，鼓浪屿给我留下的印象是新奇。我喜欢这南方的使人容易变为年轻的空气。

《南国的梦》

❖ 王鲁彦：厦门的春天是永久的

我爱厦门，因为在这里的春天是永久的。

没有到厦门以前，我以为厦门的夏天一定热得厉害，但到了夏天，却觉得比上海的夏天还凉爽。

"上海的冬天冷得厉害吧？我们这里的人都怕到上海去哩！"

这话正和我到厦门去以前的心理是成为对比的。

没有离开过厦门的人，从来不曾见过雪。厦门的冬天最冷的时候也有四十五度（华氏温度）。草木是常青的，花的季节都提早了。离开繁盛的街道，随地可以看见高大奇特的榕树，连茅厕旁都种满了繁密的龙眼树的。农人们一年插两次秧，还可以很从容地种植菜蔬。在我们江浙人种的不到一尺的大蒜，在厦门却长得和芦苇差不多。岛上的山石大多是花岗岩。山峦重叠地起伏着，海涌着，睡着，呼号着，低吟着。晴朗的黄昏，坐着一只小舟，任它顺流荡去，默默地凝神在美丽的晚霞，忘却了人间苦。狂风怒鸣的时候，张着帆，倾侧着小舟，让波浪啪啪地敲击着船边，让浪花飞溅在身上，引出内心的生的力来。黑暗的夜里，默数着对岸的星火，静静地前进着，仿佛驶向天空似的。

这一切，都告诉了我，春天在这里是永久的。

《厦门印象记》

❖ 刘白羽：这里永远是春天

一个深夜，我经鹰厦路来到厦门。

当火车驶近海堤，服务员把朝大海那面的绿色窗帘放下时，你会以一种庄严、肃穆的心情，感到你已面临战争了。的确，几个月以前，从金门岛上飞来的炮弹就曾在铁路沿线纷飞过、爆炸过，但，我是多么渴望看一眼我们的大海啊！于是，我掀起窗帘的一角。海洋，海洋，一片无边无际的海洋上，恰好涌出一轮明月，在海面照出一道粼粼闪光。而这就是我对屹立在福建前线上的英雄城市厦门的第一瞥。

▷ 鼓浪屿旧影

太阳上升，一个光辉灿烂的日子开始了。你真无法想象，北方已经飘舞着雪花，在厦门中午竟会这样炎热。夹竹桃树上还开满一簇簇火红或雪白的花朵。这儿到处是"红豆生南国"的相思树，龙舌兰遍地成丛，椰子树和棕榈高耸空中，仙人掌长得像一片小树林。这儿古老的榕树遮着碧绿的浓荫，橘柑树垂着蜜一样甜的金黄果实。如果你站在这面窗前，你不但会立即被那大海的蔚蓝色所吸引，而且你还会闻到一阵阵清幽的花香，这时，你不由得不想到：这是一个多么美好的春天。

……

有一天，我乘着一只银灰色鱼雷快艇在海面上航行。这只快艇像一只海燕，昂着头，冲破碧波，在海面上划出一道冰花。我迎着拂拂海风，却从海上饱看了厦门和鼓浪屿。

这儿的海是如此广阔，如此温柔，如此清碧。我在鹰厦线上，曾把一道道江流比作碧绿宝石，那么，这海就是所有碧绿宝石汇集起来的湖了。海的美丽是那样变幻莫测：早晨，乳白色的雾遮没了大海，大海安静得像一位守着摇篮的母亲，但不久，太阳冲破了雾霭，带着欢乐的火焰上升了，大海，天空，地面，突然都变得那样亮，都像闪着光的银片一样，有点炫人眼目。中午，海上粼粼闪光，你看看吧！海变得色彩如此斑斓，一条姜黄色，那是海滩；一条天蓝色，那是近海；一片淡白色，那是反光的远海海面。但是，风浪有时汹涌起来，天空上一团团乌云有如千军万马呼啸奔驶。这时，你从炮队望远镜上看出去，会看到金门岛海岸上一下一下进起几丈高的雪白浪花。如果这是个双日，是我们允许蒋军补给的日子，你还可以看到一只两只灰色的舰船在巨浪上颠簸。黄昏，海上的霞光真是灿烂极了，一片片透过蓝色浮云，像给阳光照明的红珊瑚礁。可是一转眼，海变成墨蓝色了，海涛就开始澎湃，海风就开始呼啸了。有时一道月光就好像在海上铺了一条金光闪闪的道路，不过不管怎样，夜潮涨时，总带来一阵沉重的、潮湿的咸味的海风。

现在，当我们的鱼雷快艇航行时，却是阳光普照，水秀山明。远远望去，厦门一片红的、绿的、白的屋墙瓦顶简直是一幅色彩斑斓的画图。鼓浪屿被称为"海上花园"，自然是浓绿丛丛。集美镇一群深红色的楼房在海面上投下美丽的倒影。你乘车驶过那最突出地表现厦门人精神的"移山填海"的海堤，就使你感觉到你像在海面上御风急驶，因为两面窗外都是大海。如果你暂时不到前沿阵地去，你就必须至厦门大学去走一下，在那儿你会跟火苗一样活跃的厦门青年人见面了。你听校舍那面一片人声，过去一看，炼钢炉上火焰熊熊，通红的火，发亮的火，照着炉下一群、炉上一群年轻人的面孔。但这里不仅有着炼钢的烈火，还有着战斗的烈火，炮弹曾经在这儿爆炸，这儿土地上被血染红过，这就使得火热的青春变得更加美丽。当初夜来临时，你到厦门热闹的大街上去吧！那万千灯火，那拥挤的行人，要不是那些个飘着蓝色披巾的海军战士，要不是那些个装满军用物资的汽车，要不是那横贯街头的动人心目的标语，也许你真的忘掉这就是前线，这就是几万、几十万发炮弹呼啸、飞舞、爆炸、燃烧，迸起冲天的黑色浓烟的地方了吧。

《这里永远是春天》

图书在版编目（CIP）数据

老厦门 /《老城记》编辑组编 . — 北京：中国文
史出版社，2019.1

ISBN 978-7-5205-0580-2

Ⅰ . ①老… Ⅱ . ①老… Ⅲ . ①随笔—作品集—中国—
现代 Ⅳ . ①I266.1

中国版本图书馆CIP数据核字（2018）第226699号

责任编辑：高 贝

出版发行：**中国文史出版社**

社　　址：北京市海淀区西八里庄69号院　邮编：100142

电　　话：010-81136606　81136602　81136603（发行部）

传　　真：010-81136655

印　　装：北京地大彩印有限公司

经　　销：全国新华书店

开　　本：710mm×1010mm　1/16

印　　张：18.75　字数：270千字

版　　次：2019年1月第1版

印　　次：2019年1月第1次印刷

定　　价：62.80元